DER GRENADIER UND
der stille Tod

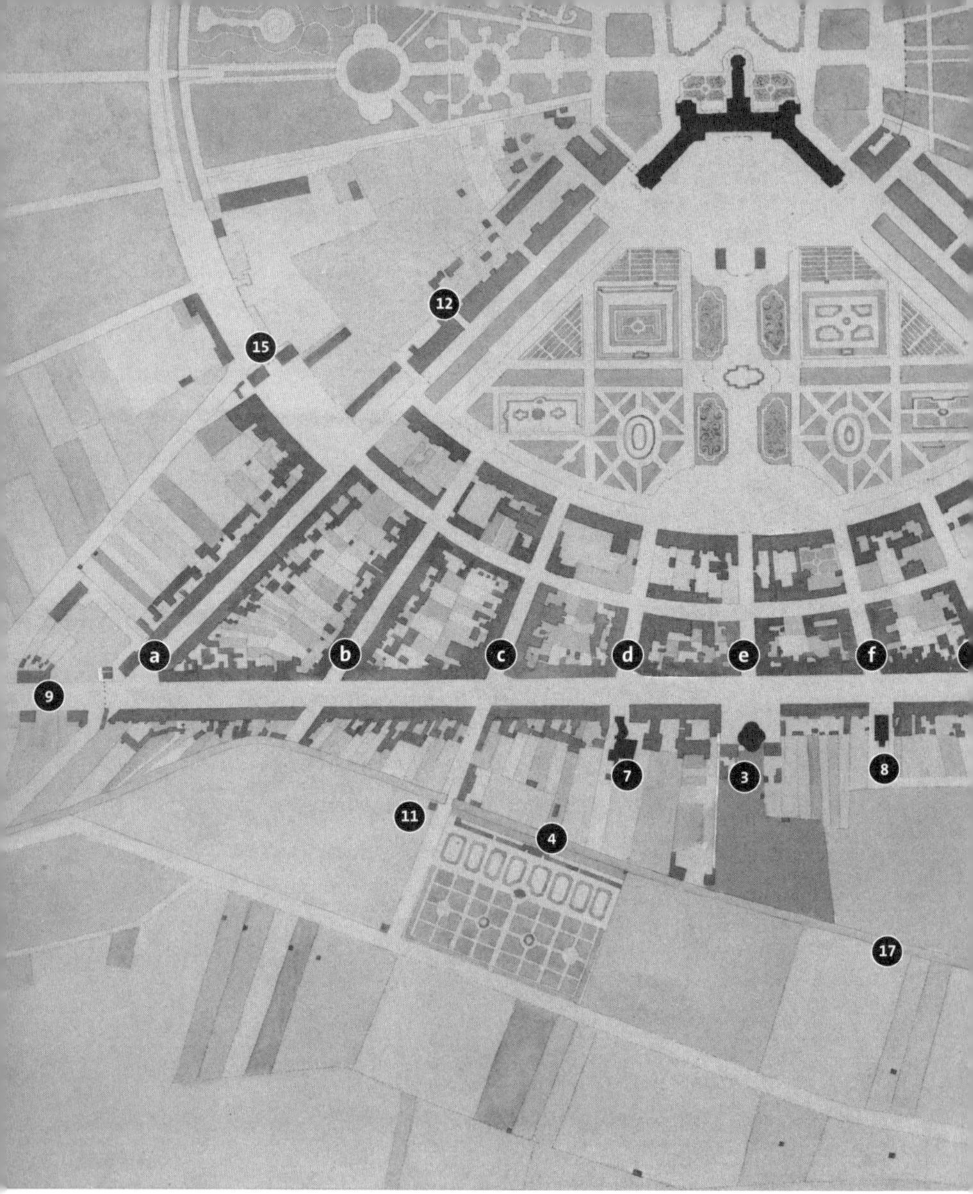

1 ehemaliges Klein-Karlsruhe, das Dörfle

1a ehemalige Durlacher Torstraße im Dörfle

1b ehemalige »Insel« im Dörfle

2 Durlacher Tor Richtung Durlach

3 Marktplatz mit ehemaliger Konkordienkirche und dahinterliegendem Friedhof; Rathaus mit Wachtstube an der westlichen Ecke Markt/Lange Straße

4 Erbprinzengarten

5 Vorderer Cirkel (heute Schlossplatz)

6 Innerer Cirkel (heute Zirkel)

7 Brunnenhaus

8 Kleine Kirche der Reformierten

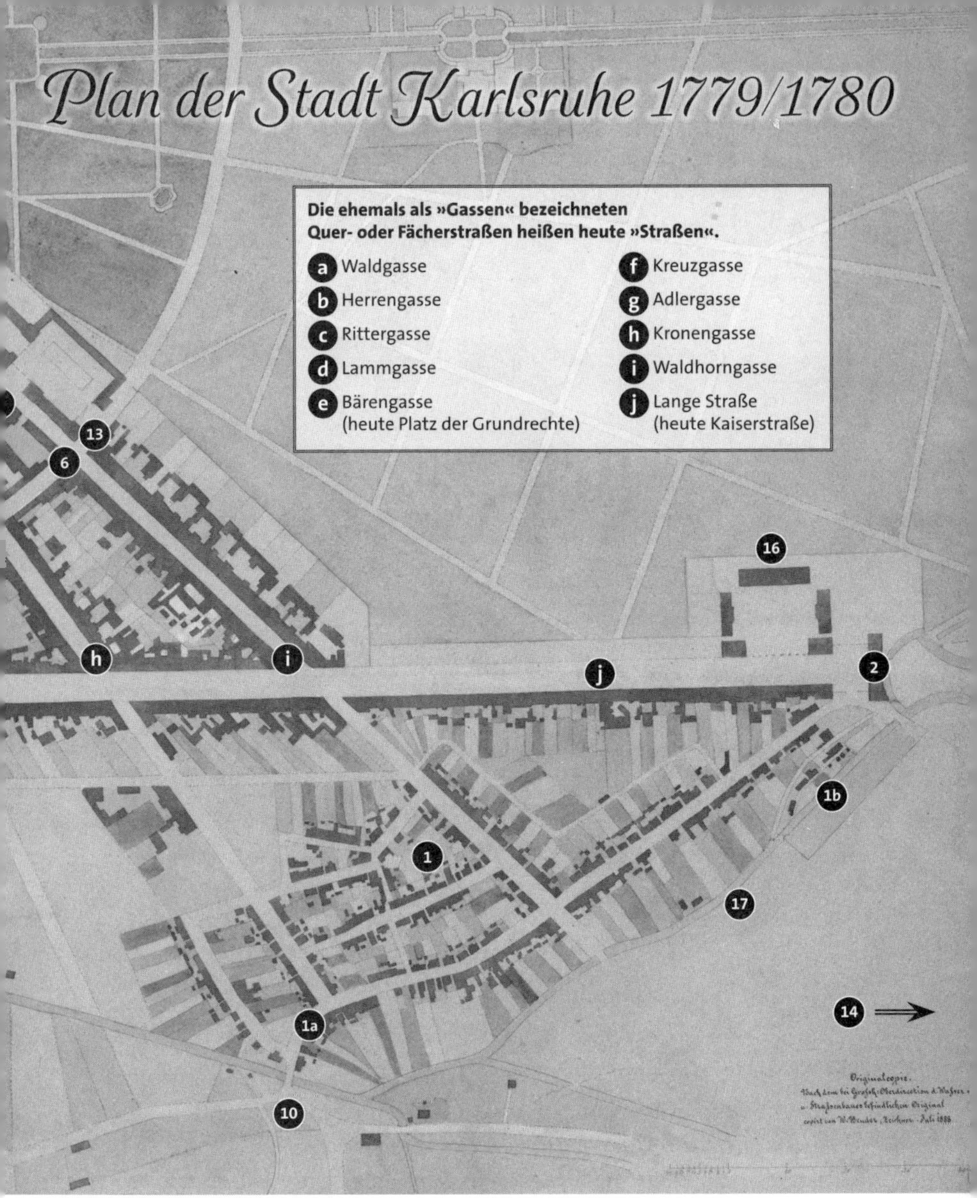

9 Mühlburger Tor Richtung Mühlburg

10 Rüppurrer Tor

11 ehemaliges Prinzentor

12 Orangeriegebäude

13 ehemaliges Zirkeltor (im Roman von Ignatz als »Waldtor« bezeichnet)

14 Richtung Schloss Gottesaue und weiter in südlicher Richtung nach Palmbach

15 ehemaliges Linkenheimer Tor

16 Zeughaus, erbaut 1777–1779

17 Landgraben, östlich des Rüppurrer Tors auch Stein- oder Steinschiffkanal genannt (verläuft heute unterirdisch; die Deckelung des Kanals dauerte von 1815 bis 1885)

Petra Reategui, geboren in Karlsruhe, war nach einem Dolmetscher- und Soziologiestudium Redakteurin bei der Deutschen Welle. Sie arbeitet heute als freie Journalistin und Autorin in Köln.

Dieses Buch ist ein Roman. Die Handlung ist frei erfunden, wenn auch eingebettet in ein zeitgeschichtliches Umfeld und vor dem Hintergrund eines tatsächlich stattgefundenen Ereignisses erzählt. Einige Personen der Geschichte haben tatsächlich gelebt, ihre Charaktere und Handlungsweisen entspringen jedoch der Phantasie der Erzählerin.
Der Anhang enthält eine Übersicht über die realen Personen, ein Glossar, Hinweise zu den im Buch angesprochenen Themen sowie Literatur- und Quellenangaben.

PETRA REATEGUI

DER GRENADIER UND *der stille Tod*

HISTORISCHER KRIMINALROMAN

emons:

Bibliografische Information der Deutschen Nationalbibliothek
Die Deutsche Nationalbibliothek verzeichnet diese Publikation in der Deutschen Nationalbibliografie; detaillierte bibliografische Daten sind im Internet über http://dnb.d-nb.de abrufbar.

MIX
Papier aus verantwortungsvollen Quellen
FSC® C083411
FSC
www.fsc.org

Umschlagmotiv: Montage aus akg-images/Jürgen Raible, Joanna Czogala/Arcangel.com, shutterstock.com/ilolab, shutterstock.com/kuzmaphoto
Umschlaggestaltung: Nina Schäfer
Stadtplan auf Seite 2 und 3: Stadtarchiv Karlsruhe 8/PBS XVI 95 (bearbeiteter Ausschnitt)
Gestaltung Innenteil: César Satz & Grafik GmbH, Köln
Lektorat: Dr. Marion Heister
Druck und Bindung: CPI – Clausen & Bosse, Leck
Printed in Germany 2020
ISBN 978-3-7408-0921-8
Historischer Kriminalroman
Originalausgabe

Denken ist das Selbstgespräch der Seele.
Platon

1

Freitag, den 17ten Januarij 1772

Es ist so weit. Ihm wird übel. Er schwankt, wendet sich ab. Und sieht doch in den Mienen der Umstehenden,

... dass der Scharfrichter zum Schwert greift ...

... dass er zielt ...

... ausholt ...

Die Gaffer recken die Köpfe, stellen sich auf Zehenspitzen, Kinder werden hochgehoben.

Jetzt ...

Der Mann neben ihm zuckt zusammen, zieht jäh die Schultern hoch, die frisch gepuderte Perücke verrutscht. Eine Frau hält dem Jungen auf ihrem Arm die Augen zu, unter ihrer Haube löst sich eine Haarsträhne. Zwei Mädchen klammern sich aneinander, weinen.

Dann ist es vorbei. Die Menschen atmen auf. Münder öffnen und schließen sich aufgeregt, pusten Wölkchen in die kalte Luft. Drei Herren in Beinkleidern und Röcken aus edlem Tuch nicken einander zu, leeren gleichmütig die Becher, die sie zuvor beim Getränkehändler erstanden haben. Einer kratzt sich im Schritt.

Es fängt zu schneien an, Bewegung kommt in die Schaulustigen. Die ersten machen sich auf den Nachhauseweg. Die Magd des Gürtelmachers von der langen Morgenabendstraße bückt sich nach ihrem Korb, ihre Hände sind rau und rissig, die Nägel abgekaut. Sie grüßt ihn, bevor sie von Bekannten untergehakt und fortgezogen wird. Schon haschen Kinder mit weit ausgebreiteten Armen nach den vom Himmel herabwirbelnden Flocken. Buben schwingen Stöcke wie eben der Henker seine scharfe Waffe, stupsen und schubsen sich, bald tobt auf der weiten Flur vor dem Stadttor eine wilde Schlacht. Schneebälle fliegen. Einer der Kleineren fällt, die anderen stürzen sich auf das Kerlchen, halten es fest und reiben ihm das Gesicht mit den nassen Bollen ab, der Junge kann sich nicht wehren.

Es ist ungerecht, alle gegen einen. Als er im selben Alter war, hatten die Kinder in seinem Viertel es auch ständig auf ihn abgesehen. Machten sich einen Spaß daraus, ihm aufzulauern, immer von hinten, sodass er sie nie bemerkte. Traten ihn, stellten ihm ein Bein, verprügelten ihn. Aber er hat sich nichts gefallen lassen. Er hat wild um sich geschlagen. Gebissen. Geboxt. Gekratzt. Und er hat gespürt, wie aus seiner Kehle, aus seinem geöffneten Mund, ein Beben herausbrach, Stöße, so heftig, dass ihm schier gar der Kopf zersprang. Bis einmal das Mädchen vom Nachbarhaus angeschossen kam. Aufhören! Lasst ihn in Ruhe! Ihre Augen spuckten Feuer, ihre Hände verteilten Ohrfeigen. Er rannte in den Hof und verkroch sich hinter Gerümpel. Aber seither hatte er eine Beschützerin, eine Freundin, einen Menschen, vor dem er sich nicht fürchten musste. Nie im Leben würde er vergessen, wie sie dem prahlerischen Fettwanst, der der Gemeinste von allen war, eine solche Maulschelle verpasst hat, dass die Backe des Dicken drei Tage lang geschwollen war.

Er hält sein Gesicht in das Schneegegriesel und schmeckt die kalten Kristalle, die ihm auf den Lippen zerschmelzen. Flockenfangen mit dem Mund. Wie oft haben sie dieses Spiel gespielt, er und seine Beschützerin. Eine und noch eine und noch eine. Und wenn sie dann müde waren, warfen sie sich in den Schnee und kullerten die Böschung zum Steineschiffkanal hinunter, unter Herzklopfen, denn kurz vorm Wasser galt es abzubremsen, um nicht hineinzurollen.

Endlich dreht er sich um und starrt hinüber zu der Stelle, wo die Hinrichtung stattgefunden hat. Der Stuhl, auf dem sie gesessen und mit verbundenen Augen den furchtbaren Streich erwartet hat, ist leer. Zwei Männer mühen sich ab, den leblosen Körper in eine Kiste zu legen. Sie stopfen die überhängenden Zipfel des Totenhemds zwischen Leichnam und Kastenwand und schließen den Deckel. Ein dritter wirft ein Tuch über den Korb, in den der Kopf gefallen ist, und verstaut den Behälter auf einem Leiterwagen. Schon sind andere dabei, das Schafott abzubauen. Das Holz des Gerüsts ist Teil des Henkerlohns, es wird dem Mann mit der langen Hiebwaffe gutes Geld bringen.

Er weiß, dass es so ist. Trotzdem packt ihn die Wut. Trauer und das Gefühl von Verlassenheit übermannen ihn. Wieder wird ihm schwindlig. Die Bäckersfrau aus der Gasse, in der er wohnt, eilt besorgt zu ihm herüber und will ihn halten. Er schüttelt den Kopf: Es ist nichts, gar nichts, mach dir um mich keine Sorgen. Sie zweifelt, zögert, kehrt dann aber doch zu den Leuten zurück, mit denen sie zum Richtplatz gekommen ist.

Der Schnee fällt jetzt in dichten Schwaden. Hastig packen die Essensverkäufer die übrig gebliebenen Brezeln und Weckle zurück in die Brotkästen, die Schankknechte verstöpseln angebrochene Flaschen und verstauen sie samt Gläsern und Bechern wieder bruchsicher auf ihren Karren. Nur ein welscher Bauchladenkrämer, dem das Wetter nichts anzuhaben scheint, zählt ungerührt das Geld in seiner Hand. Er hat gut verkauft, Knöpfe, Borten, Seifen, fast seinen gesamten Vorrat an Citronen. Eben ersteht eine Frau schnell noch einen billigen Halsschmuck. Als ihr der sonnendunkle Händler das Bändchen mit dem glitzernden Anhänger unter ihrem Haarknoten zu einer Schleife bindet und seine gelenken Finger ihren Hals streicheln, kichert sie verlegen, ruckelt ihren Umhang zurecht und blinzelt dem Mann zu, bevor sie lachend der Menschenmenge hinterherrennt, die zum Abendtor strömt. Der Himmel sieht aus, als stürze er gleich auf die Stadt herab.

Er geht, als niemand mehr auf dem Richtplatz ist. Es muss Mittag sein, denn in der kargen Wachtstube am Tor sitzen die Posten beim Essen. Er würde sich gern zu ihnen setzen, um nicht allein zu sein. Aber den einen, mit dem er sich hin und wieder unterhält, leidlich, mit armseligen Gesten, sieht er nicht. Die anderen hier würden ihn nicht verstehen, würden nicht begreifen, was er von ihnen will, ihn fortwinken, im schlimmsten Fall auslachen. Er grüßt im Vorbeigehen. Sie mustern ihn kurz, aber scheren sich nicht weiter um ihn. Der eine der Wächter trägt einen gebieterischen Schnäuzer, der zu beiden Seiten der Mundwinkel in je einer dünnen, gezwirbelten Spitze endet. Ihm selbst sprießt nur weicher Flaum.

Ohne auf Schnee und Kälte zu achten, läuft er die Morgenabendstraße entlang. Der Seifensiedemeister steht unter seiner Ladentür inmitten einer Wolke übel riechenden Laugendampfs und blickt den Passanten hinterher, die in die Wirtshäuser drängen, um das Ereignis des Tages zu begießen. Das Gesicht des Kaufmanns drückt Verständnislosigkeit aus, ja, fast so etwas wie Herzweh, als hätte er die junge Frau, die hingerichtet worden ist, gekannt. Vielleicht ist es ja so, vielleicht hat seine Beschützerin für den Seifenmacher gearbeitet, die Siederei geputzt, die Ware ausgeliefert. Er weiß es nicht.

Er weiß überhaupt so vieles nicht.

Bei einem Wetter wie heute braucht er nicht die Straßen zu kehren, er kann in dem kleinen Krug nahe dem Morgentor einen Schoppen trinken oder zwei. Es ist billig dort und der Wirt umgänglich, vielleicht weil er dem Mann hin und wieder hilft, Hof, Stall und Küche auszumisten, und mit jedem Geldstück, das dieser ihm gibt, zufrieden ist. Er tut stets so, als merke er nie, dass die meisten Gäste nichts mit ihm zu tun haben möchten, ja, dass sie geradewegs durch ihn hindurchschauen, wenn er zur Tür hereinkommt. Es ist so, es war schon immer so, und er bildet sich ein, dass es ihn nicht stört. Gestört hat ihn nur, als eines Tages der Tisch, an dem er für gewöhnlich saß, ein anderer war. Der neue ist kleiner als der vorherige. Es stehen auch nicht mehr vier Stühle daran, sondern nur noch einer. Hätte er sich beklagen sollen? Wie denn? Der Wirt ist gekommen, hat ihm versöhnlich einen Teller Suppe mit einem großen Brocken Fleisch darin hingestellt, für ganz umsonst, und mit hilflosen Gesten und schmalem Lippengekräusel zu erklären versucht, warum er den Tisch ausgewechselt hat. Begriffen hat er es nicht, hat die Kränkung geschluckt. Die Besuche in der Schenke wollte er sich nicht vermiesen lassen. Denn wenigstens die Weibsleute dort schauen ihn an. Zwei gefallen ihm.

Sie schauen oft zu ihm, necken ihn mit kleinen Gesten. Inzwischen weiß er, was sie wollen. Was sie von den Männern wollen. Mit der mit der kleinen Narbe auf der Wange ist er einmal mitgegangen, ins Stockwerk obendrüber. Er musste endlich wissen, was dort passiert. Und das Narbenmädchen hatte ihn neugierig gemacht. Alles an ihr war verlockend, ihre Augen von einer Farbe wie Wind und Regen, das duftende Haar, der runde Körper. Die Haut unter seinen Händen war sanft, aber mehr als tasten durfte er nicht. Und alles behielt sie an, Hemd und Rock, und durch die Stofffülle musste er sich erst hindurcharbeiten. Ein bisschen fühlte er sich betrogen. Er hätte sie gern ohne Kleider gesehen. Er wird es sich gut überlegen, bevor er das wenige Geld, das er hat, ein zweites Mal für so etwas ausgibt.

Heute ist sie nicht da, nur eine ältliche Matrone, die verdrießlich zu ihm herüberschielt. Das Weib erinnert ihn an die Mutter seiner Beschützerin.

Die jetzt nicht mehr ist.

Er hat die Freundin schon verloren gehabt, als sie noch lebte. Er kann sich nicht entsinnen, wann es passiert ist, dass sie sich veränderte. Als es ihm auffiel, war es zu spät. Nur wusste er das zu diesem Zeitpunkt noch nicht.

Sie war auf keinen mehr zugegangen, ließ niemanden mehr an sich heran, auch ihn nicht, sie hatte sich in einen unsichtbaren Kokon verkrochen und aufgehört zu lachen. Und was hatten sie doch miteinander gelacht, sie und er, als sie noch Kinder waren. Gespielt, gestritten und gelacht, und dann hatte sie ihm nachts die leuchtenden Punkte am Himmel gezeigt.

Es war eine warme Nacht gewesen, nur dass die Dunkelheit ihn ängstigte, die Dunkelheit, die alles verschluckt, Dinge, Häuser, Tiere, Gesichter, Gesten, jede Bewegung. Aber sie zerrte ihn mit, obwohl er nicht mitwollte und ihm Blut aus der Nase lief. Immer lief ihm Blut aus der Nase, wenn er Angst hatte. Und Angst hatte er oft. Weil er nicht begriff, was die Leute von ihm wollten oder mit ihm vorhatten.

Hat sie damals das Blut nicht gesehen, oder ist es ihr egal

gewesen? Sie hat ihn einfach an der Hand gepackt und hinter sich hergezerrt, komm, schnell, und ohne dass er sich widersetzen konnte, rannte sie mit ihm durch die Gärten hinunter zum Steineschiffkanal bis zu der Stelle, wo die Stadt aufhört und jenseits des Wasserlaufs die Felder anfangen. Guck, zeigte sie mit dem ausgestreckten Finger nach oben, guck. Und hoch über ihnen glimmerten und gleißten die hellen Punkte, ein riesiges Funkengestöber, und dann schoss eines der Lichter über den Himmel und noch eines, und beide zogen eine dünne Linie, einen Schweif hinter sich her, und seine Beschützerin kniff ihm in den Arm vor Aufregung, und er hüpfte und sprang, bis sie sich lachend, aber auch irgendwie angeekelt, vielleicht von seinem wilden Gehopse, zuerst ihre Ohren zuhielt und ihm gleich darauf seinen Mund, er wusste nicht, warum. Als wenn da etwas Hässliches herauspurzelte. Er war beleidigt.

Doch dann hockten sie nebeneinander und zählten, wie viele Pünktchen durch die Nacht flogen, und mit einem Stock malte sie »5« in den Sand, dann »8«, dann »12«, mehr als er Finger an den Händen hat.

Sie war älter als er, vielleicht vier oder fünf Sommer. Er bewunderte sie, denn sie war stark. Eines Tages würde er so stark sein wie sie.

Und jetzt ist sie nicht mehr.

Er kann es nicht glauben. Er will es nicht glauben, auch wenn er sie heute nicht mehr braucht. Er ist kein Kind mehr, er blutet nicht mehr aus der Nase, er hat gelernt, mit dem Leben zurechtzukommen. Auf seine Art. Und der Fettwanst ist irgendwann gestorben, er weiß nicht, woran. Aber es interessiert ihn auch nicht.

Nur die Nächte sind ihm noch immer unangenehm. Wenn Bewegungen kaum zu sehen sind und die dunklen Schatten die Gesichter der Menschen schlucken.

2

Madeleine kannte die Frau nicht, die am Vormittag hingerichtet worden war, nein, keine Frau, ein junges Mädchen noch. Kaum älter als sie selbst. Das vor allem hatte sie erschreckt.

»'ne Kindsmörderin! Des müsse mer uns angugge gehe«, hatte die Oberhäusserin ihr entgegengerufen, als sie am frühen Morgen mit ihren Nüssen und dem Honig auf dem Carlsruher Markt eintraf, und ihr erster Gedanke war: Bestimmt eine Putano, eine Hure, eine, die ihren Bankert in der Alb ertränkt hat.

Oder eine, die das Neugeborene gehimmelt hatte, weil sie nicht wusste, wie sie es neben zehn anderen Bamsen auch noch ernähren sollte. »Man tut den Kleinen nicht unbedingt was Gutes, wenn man sie am Leben lässt«, hatte Madeleine einmal die Nonno zur Maïre sagen hören. Großmutter und Mutter ahnten nicht, dass sie hinter der Tür stand und lauschte. Und während die Nonno von Frauenkräutern faselte, von den geheimnisvollen petites grâces pour les femmes, Eisenkraut, Liebstöckel, den Früchten des Sadebaums, dachte sie an das Weib vom Grünwettersbacher Schweinehirten. Deren zwei Zuletztgeborene, hieß es, seien gestorben, kaum dass sie auf der Welt waren, alle beide, was für ein Zufall. Mädchen sollen es gewesen sein, Winzlinge. »Ja, die Engele sin bei Gott«, hatte die Frau geseufzt, als Madeleine ihr beim Wasserschöpfen am Fallbrunnen begegnet war und ihr Beileid aussprach. »Die Engele sin bei Gott, und dort obbe geht's ene besser wie ihren armen Schwestern und Brüdern hier unten.«

Aber vielleicht tat sie dem Weib auch unrecht.

Eigentlich hatte Madeleine nicht mit der Oberhäusserin und den anderen Händlerinnen zur Hinrichtung gehen wollen. Nach dem Markt wollte sie nur noch schnell zum Tulpenwirt und von dort sofort zurück nach Palmbach. Die Strecke bis ins Dorf zog sich, sie kam ihr jetzt im Winter sogar noch länger vor als sonst, und der Weg durch den Wald nach oben auf die Höhe machte ihr Angst. Die Wärter am württembergischen Zoll würden dumme Fragen stellen, und die Maïre hätte schon gar kein Verständnis, wenn sie erst nach Einbruch der Dunkelheit heimkäme.

Eine Hinrichtung in Carlsruhe? Davon wissen wir nichts, das geht uns nichts an, das ist keine Entschuldigung.

Sie lebten in Palmbach hinter Gottes Angesicht. Bis dort Nachrichten ankamen, wurde man alt und grau.

»Geh komm, Madlän, des Schpektakel wirsch'de dir doch net entgehe lasse.«

Sie hatte ja recht, die Oberhäusserin. Es reizte Madeleine schon. Sie war noch nie bei einer Hinrichtung gewesen, eine solche Gelegenheit bot sich nicht alle Tage. Sie hatte nachgegeben.

Die ganze Stadt schien auf den Beinen zu sein, strömte vors Mühlburger Thor, wo eigens für diesen Tag das Schafott aufgebaut worden war.

»Der Henker«, sagte die Oberhäusserin, als sie zum Richtplatz kamen. Sie zeigte auf einen Mann, der mit betont gelangweiltem Gesicht an der Treppe des Gerüsts lehnte und auf das Eintreffen der Malefikantin wartete. Neben ihm ein Militär, das Gewehr in der Linken. Den blauen Waffenrock schmückte eine rot abgesetzte Knopfleiste mit silbrigen Litzen. Über strahlend weißen Beinkleidern trug er ebenso strahlend weiße Gamaschen und um den Bauch eine breite Schärpe, an der Seite baumelte ein Säbel. Auf dem Kopf saß ein hoher, nach oben spitz zulaufender Hut. Major, Oberst, General? Madeleine kannte sich nicht aus mit der Rangordnung im Heer des badischen Markgrafen. Aber der Raubvogelblick des Mannes und die dünnen, fest zusammengepressten Lippen verrieten, dass er es gewohnt war, Befehle zu erteilen, denen man sich besser nicht widersetzte. Hinter dem Kommandanten hatte ein halbes Regiment Soldaten Aufstellung genommen, um notfalls sofort für Ruhe und Ordnung zu sorgen.

Von der Ferne wurde Gesang laut. Mit frommen Liedern begleiteten Frauen die Kindsmörderin auf ihrem schweren Weg. Als der Zug näher kam, fielen Zuschauer in die Melodie mit ein, eine Alte bekreuzigte sich. An der Seite der Delinquentin, die von zwei Knechten in einer grob gezimmerten Chaise getragen wurde, schritt der Pfarrer. Hofräte und Vertreter des städtischen Oberamts folgten.

»Da guck dir des an, wird die feine Dirn doch tatsächlich getrage wie e Fürschtin. Das Madämle könnt sich ja die Füß dreckig mache«, erregte sich die Oberhäusserin, als die Gruppe an ihnen vorbeikam. »Mich trägt keiner über die Straß.«

»Wenn du fünf Woche lang bei trocke Brot un Wassa im Loch hocke tusch und weisch, dass du de Abend nimmer erlebsch, könnscht au nimma laufe«, schimpfte die Meierin vom Butterstand, »hasch du denn gar kei bissle Mitg'fühl?«

»Pff«, war die ganze Antwort der Oberhäusserin.

Die zum Tod Verurteilte schaute nicht nach rechts und nicht nach links. Zusammengesunken kauerte sie in dem Tragstuhl, der bei jedem Schritt der Männer hin und her schwankte. Ihr Kopf war von einer großen weißen Haube bedeckt, das weiße Totenkleid mit den schwarzen Bändern umhüllte den Körper, in einer Hand hielt sie ein gefaltetes weißes Tuch, in der anderen eine Citrone.

»Warum die Citrone?«, wollte Madeleine von der Buttermeierin wissen.

»Um Kraft zu habbe fürs ewige Lebe«, flüsterte diese.

Am Fuß des Schafotts angekommen, half der Geistliche der jungen Frau hoch, führte sie, weil ihr die Hände vor dem Körper gefesselt waren, die Treppe hinauf und sprach ein letztes Gebet mit ihr. Dann übernahm der Scharfrichter. Er brachte sie zu dem in der Mitte des Podests stehenden Stuhl, hieß sie sich setzen, band sie daran fest, nahm ihr die Kapuze ab, und als ob ihr plötzlich bewusst wurde, dass jetzt nichts mehr zu ändern, ihr Schicksal endgültig besiegelt war, hob die Frau unvermittelt den kahl geschorenen Kopf und schaute in den Himmel, an dem sich dicke Wolken zusammenballten. Die

Gesichter der Menschen unter ihr, die gekommen waren, sie sterben zu sehen, mied sie.

Das ist keine Putano, zamé, niemals!, schoss es Madeleine durch den Kopf. Nie im Leben sieht so eine Hure aus.

Zwanzig, höchstens zweiundzwanzig mochte das junge Mädchen dort oben sein. Und schön war sie, wenn man so etwas von jemandem behaupten konnte, der leichenblass war und dem die Angst im Gesicht geschrieben stand.

»Wer ist sie?«

»Catharina Würbsin. Aus der Durlacher Thorgass im Dörfle«, antwortete die Buttermeierin leise. »Wenn du Carlsruh in Richtung Süden durchs Rüppurrer Thor verläscht, kommsch du an dem Haus vorbei, wo se g'lebt hat. Ich wohn net weit von dort, in der gleiche Straß, nur am annere End, zum Durlacher Thor hin.«

Die Buttermeierin unterbrach sich kurz, beobachtete, wie oben auf dem Schafott der Pfarrer beiseitetrat, und während ein Gehülfe des Scharfrichters der Verurteilten die Augen verband und den Hals freilegte, behutsam fast, erzählte sie weiter:

»Die Catharina war Tagelöhnerin auf dem Gottesauer Gut wie ihr Vater. Die Mutter hat mit Einquartierung von Soldate e bissle Geld verdient, und einer der Kerle hat dem Mädle dann des erschte Kind g'macht. Siebzehnsiebzig war des, des Kleine isch aber bald g'storbe. Und dann hat sie vom gleiche Soldat noch mal eins bekomme. Ja. Und des hat se erschlage. Gleich nach der Geburt. Morgens um acht. Im Rübkeller. Vor zwei Monate isch des g'wese, am 16. November, ich weiß es so genau, weil an dem Tag drei Jahr vorher mein seliger Herr Meier g'storbe isch. Hasch du denn nix davon mitgekriegt? Die ganze Stadt hat doch davon g'redet.«

»Im Rübkeller?«

»Im Rübkeller. Die Catharina hat dem Würmle mit einerer Rüb 's Köpfle eing'schlage.«

Der Scharfrichter hob das Schwert.

»War sie denn mit dem Soldaten verheiratet?«, fragte Madeleine, während sie gebannt das Geschehen auf dem Gerüst verfolgte. Dennoch bemerkte sie den verwunderten Blick, den die Buttermeierin ihr von der Seite zuwarf.

»In deinem Alter, Madeleine, solltest du das wissen: Junge Soldatenkerle dürfen nicht heiraten.«

Es war so weit. Der Scharfrichter holte aus und trennte mit einem einzigen Hieb den Kopf vom Rumpf.

Die Oberhäusserin grunzte zufrieden. »Na, des isch's dann wohl g'wese, ich geh, mir isch kalt vom Rumschtehe.«

Stark hatte Madeleine sein wollen. Aber als der Schädel fiel, hatte sie unwillkürlich die Augen zusammengekniffen. So schnell ging das also. Sie zitterte am ganzen Leib. Wie Espenlaub, sagten die Deutschen. Aber Madeleine konnte nicht darüber lachen wie sonst, wenn sie eine schöne Redewendung oder einen Dialektausdruck aufschnappte und das Gehörte dann stundenlang wiederholte, bis sie sicher war, dass sie es nicht mehr vergessen würde. Zittern wie Espenlaub. Nachts sind alle Katzen grau. Numme net huddle.

Die Oberhäusserin war gegangen, und die Buttermeierin hatte Bekannte getroffen und sich ebenfalls verabschiedet. Die anderen Marktweiber kannte Madeleine kaum, und sie war froh, allein zu sein. Was sie eben gesehen hatte, machte ihr zu schaffen. Und auch, was die Buttermeierin gesagt hatte: dass Soldaten nicht heiraten dürfen.

Galt dieses Gesetz auch für nicht badische Untertanen?

Sie wussten wirklich nichts in Palmbach.

Seit Jahrzehnten lebten sie jetzt dort oben auf der Höh, bereits in der zweiten und dritten Generation. Selbst die Maïre war schon in Palmbach geboren, aber ihre Leute taten, als ginge sie alles, was in den Dörfern und Städten ringsherum geschah, nichts an. Es gab Tage, an denen Madeleine das Gejammer der Alten nicht mehr hören konnte. Die Nonno trauerte den Tälern des Piemont nach, als wäre sie erst gestern und nicht schon vor siebzig Jahren ausgewandert. Man sollte meinen, dass sich die Waldenser doch langsam daran gewöhnt haben dürften, dass sie jetzt eine neue Heimat und neue Nachbarn hatten. Doch sie weigerten sich noch immer, Deutsch zu sprechen, hielten stur an der eigenen Sprache, an ihrem Patouà fest.

»Das musst du verstehen, méou baboch«, verteidigte sich die Nonno.

»Ja«, sagte sie gehorsam, »ich verstehe.« Auch wenn sie nicht verstand.

Aber sie wusste, dass für die Alten die Heimat der Vorfahren, die Patrìo, das Paradies auf Erden gewesen war. Doch wenn die Nonno von den Schluchten und schroffen Alpengipfeln erzählte, die im Winter abweisend und unpassierbar seien, schauderte es Madeleine. Nein, ihre Patrìo war das nicht. Ihre Heimat war hier, war Palmbach, von wo der Blick über sanfte Höhen ging bis hinüber zu den blaugrünen Hängen des Schwarzwalds und man selbst bei Schnee noch durchkam. Meistens wenigstens.

Manchmal würde sie der Nonno gern Widerworte geben. Lux lucet in tenebris, das Licht leuchtet in der Dunkelheit, würde sie gern zu der alten Frau sagen. Hatte denn der jahrhundertealte Wahlspruch der Waldenser ihnen nicht den Weg aus La Balme nach Palmbach gezeigt? Warum also klagen? Das Licht leuchtet überall, an allen Orten dieser Welt.

Etwas Nasses streifte ihr Gesicht. Schnee. Schnee des Schwarzwalds, Schnee des Piemont, Schnee wie der, von dem die Nonno faselte. Hysterisch lachte Madeleine auf. Das Lachen schüttelte ihren Körper, bis sie jede Rippe einzeln spürte. Warum nur hatte sie sich überreden lassen und war mit den Frauen hierhergekommen? Wegen einer Hinrichtung! Das junge Mädchen mit dem kahlen Schädel. Das Schwert des Scharfrichters. Der Kopf, der fiel. Es war grausam. Und Soldaten durften nicht heiraten.

Das hatte sie nicht gewusst. Wer in Palmbach wohnte, war Außenseiter, für immer und ewig. Sie brauchte nur den Mund aufzumachen, und jeder konnte hören, dass sie nicht von hier war, ihr Deutsch, wie sie fand, miserabel. Ungerührt fiel in dichten Flocken der Schnee.

Madeleine schaute um sich, keiner achtete auf sie. Der

schmerzhafte Druck, der ihre Brust wie mit Eisenbändern umklammerte, löste sich nur langsam.

Als sei ihr Körper eine Maschine, schulterte sie endlich die Kiepe und machte sich auf den Weg zurück in die Stadt. Nichts hatte sie verkauft, keine einzige Nuss, keinen Tropfen Honig, hoffentlich nahm ihr der Tulpenwirt noch etwas ab. Bestimmt wartete er längst auf sie, war womöglich verärgert, dass sie so spät kam. Wenigstens drückten die Wachtposten am Mühlburger Thor sämtliche Augen zu und winkten sie ohne Kontrolle durch. Langsam beruhigte sich ihr Herz.

3

Lautes Gerede und der verführerische Duft von Kohl, Zwiebeln und würziger Brühe schlugen Madeleine entgegen, als sie die Tür zur »Tulpe« öffnete. Sie hätte jetzt auch etwas vertragen können. Um vier in der Früh war sie von zu Hause aufgebrochen, hatte vorher nur schnell noch einen in Wassermilch getunkten Kanten Brot hinuntergeschlungen. Jetzt war es Mittag, ihr knurrte der Magen.

Die Oberhäusserin hatte behauptet, in der »Tulpe« gebe es den besten Braten in der Stadt. Spezialität des Hauses sei der mit Thymian abgeriebene und in Rotwein eingelegte Hasenrücken, je nach Jahreszeit immer mit einem anderen Gemüse, gelbe Rüben, Sellerie, Pilze, Topinambur, dazu Nüsse, Mandeln, Kapern, Trüffel, Krebse. Die Gäste kämen nur deshalb. Sogar der allergnädigste Markgraf habe schon danach gefragt und seinen Hofkoch angewiesen, die Delikatesse zu besorgen. Er sei, habe Seine Durchlaucht später ausrichten lassen, von der Zubereitung der Speise derart entzückt gewesen, dass er demnächst gar einen persönlichen Besuch des Wirtshauses erwäge, schon allein wegen dessen Namen. Habe doch Markgraf Carl Wilhelm, sein verehrter Herr Großvater und Gründer der Stadt, die kostbaren Tulpen über alles geliebt, für teuer Geld aus den Niederlanden einführen und sie tausendfach malen lassen. Da könne es ja gar nicht anders sein, als dass das Essen dort vorzüglich wäre. Der Tulpenwirt, hatte die Oberhäusserin unter dem Grinsen der umstehenden Marktweiber weitererzählt, habe sich daraufhin sofort einen brandneuen Rock und neue Schuhe anfertigen lassen und vor dem Spiegel so lange Bücklinge geübt, bis ihm die Hex in den Rücken geschossen und er ein paar Tage lang wie eine windschiefe Birke herumgekraucht sei.

An dem Tisch neben dem Durchlass zu Küche und Hinterhof hatte sich eine Gruppe Offiziere breitgemacht. Als Madeleine beim Vorbeigehen mit der Kiepe versehentlich den Arm eines Uniformierten streifte, schnauzte der sie sofort an, was ihr einfalle. Sie erkannte in ihm den schmallippigen Befehlshaber vom Richtplatz und entschuldigte sich. Aber der Kommandant hörte es nicht oder wollte es nicht hören. Er musterte sie kalt von oben herab. Was für ein anmaßendes Scheusal. Madeleine beschloss, diesen Menschen nicht zu mögen.

»Komm, setz dich, Madeleine, ich hab mich schon g'wundert, wo du bleibsch.«

Der Tulpenwirt räumte das Tischle an der Tür frei und stellte eine Schüssel mit dampfendem Eintopf hin, dazu Brot und ein Glas verdünnten Weins. »Jetzt ess erscht mal was, ich seh dir doch an der Nasenspitze an, dass du Hunger hasch.« Der Wirt musste sie kein zweites Mal bitten.

Mit der Suppe wurde ihr warm, auch im Raum war es warm, und die Küchenmagd, die dicke Theres, wischte sich unablässig den Schweiß von der Stirn, während sie Zwiebeln würfelte, Salz unter den Rotkohl knetete, das Gemüse abschmeckte und schließlich ein mit Speck umwickeltes Bratenstück aus dem Sud hob und in Scheiben schnitt. Der berühmte Hase? Aus der Speisestube schallte metallen hart die Stimme eines der Militärler an Madeleines Ohr.

»Ich versichere Ihnen, meine Herren, dass ich das jedem Rekruten vom ersten Tag an einbläue: Huren oder Enthaltsamkeit! Etwas anderes gibt es nicht. An Heiraten ist nicht zu denken. Das geht erst, wenn der Soldat vielleicht Premier-Lieutenant oder Major ist. Lässt er dann im Kampf sein Leben, nun gut, dann ist für Witwe und Kinder wahrscheinlich ausreichend gesorgt, damit die Familie nicht der Staatskasse zur Last fällt.«

Der Sprecher schnaubte grimmig, und Madeleine, die nicht sicher war, ob sie richtig verstanden hatte, weil der Mann für sie zu schnell sprach und es überdies laut im Raum war, beugte sich vor, um zu sehen, wer geredet hatte. Natürlich, der schmallippige Offizier. Der, den sie sich entschlossen hatte, nicht zu mögen.

»Und trotzdem greifen Unzucht und Disziplinlosigkeit immer weiter um sich«, ereiferte sich ein zweiter Mann, den Madeleine von ihrem Platz aus nicht sehen konnte. »Die Weibsleut sind die Schlimmsten, heucheln Moral und Anstand, aber schmeißen sich jedem Kerl an die Brust. Ich komme gerade aus Frankfurt. Da ist doch auch erst vor drei Tagen so ein gottloses Frauenzimmer hingerichtet worden. Eine gewisse Susanna Margaretha Brandt. Auch wegen Kindsmord. Die Gerichte sind viel zu milde in solchen Dingen. Die Hinrichtung mit dem Schwert schreckt nicht ab. Man sollte die Dirnen wieder der Folter unterziehen, ertränken, wie früher. Das würde sie zur Raison bringen.«

E li omni?, entrüstete sich Madeleine, was ist denn mit den Männern, was ist mit denen? Monsieur tat ja geradeso, als hätten diese mit der ganzen Chose nichts zu tun. Es war doch Matthieu gewesen, der hinter Jeanne herrannte wie der Teufel hinter der armen Seele, und dann war der Freundin der Leib dick geworden, niemand hatte etwas gemerkt. Winters ließ sich unter der Kleidung viel verbergen. Aber sie hatte sich bald gedacht, dass da irgendetwas nicht stimmte, und Jeanne gefragt, ob sie krank sei. Nein, nein, wiegelte die Freundin ab, das sei vom gestockten Blut. »Das geht weg, wenn die Sach wiederkommt.«

Aber der Jeanne ihre Sach war nicht wiedergekommen. Stattdessen bekam sie Krämpfe, im Frühjahr, mitten auf dem Feld, und unvermutet schoss das Kind aus ihr heraus und plumpste auf den Acker. Ein Mädchen. Nur gut, dass sie dabei gewesen war und ein paar Frauen rufen konnte, die sich mit so etwas auskannten. Aber sie mussten mit Engelszungen auf die Freundin einreden, damit diese das Kindchen in den Arm nahm, der Pĕchitto die Brust gab und was man halt so tut nach einer Geburt. Und die ganze Zeit hatte Jeanne geheult, sie habe das doch nicht gewusst.

»Das würde sie mit Sicherheit zur Raison bringen«, bestätigte der schmallippige Kommandant die Worte des Vorredners, als eine sonore Stimme ihn unterbrach. Madeleine musste sich anstrengen, um die Person zu verstehen.

»Sie erlauben, aber wenn man Sie so reden hört, könnte man meinen, dass wir Männer Unschuldslämmer oder lauter Heilige wären«, sagte der Unbekannte. »Aber Hand aufs Herz, meine Herren, wer von Ihnen hat denn in jungen Jahren Enthaltsamkeit geübt? Sie, Herr Major? Oder Sie? Oder Sie?« Der Mahnende schwieg, vermutlich wanderte sein Blick in der Tischrunde von einem zum anderen. Dann vernahm Madeleine sein belustigtes Kichern.

»Sie hatten doch bestimmt alle Ihre kleinen Liebeleien? Nachbars Töchterchen, die Magd des Bäckers ...«

»Geh, hören Sie auf«, fiel einer dem Unbekannten ins Wort, der Stimme nach zu urteilen derselbe, der die überhandnehmende Unzucht beklagte. »Die Weiber wissen doch genau, wie sie uns rumkriegen, hinterlistig und raffiniert, wie sie sind. Dagegen kommt doch kein Mann an. Meiner Meinung nach müssen Kirche und Staat rigoros durchgreifen, soll unsere Gesellschaft nicht zugrunde gehen. Ich plädiere dafür, dass ab einem gewissen Alter die Geschlechter strikt voneinander getrennt werden. Kein Beisammensein von unverheirateten Frauen und Männern im selben Raum, keine gemeinsamen Spaziergänge ohne Aufsicht. Tanzveranstaltungen und sonstige vorgebliche Vergnügungen gehören verboten. Nur auf diese Weise lassen sich uneheliche Kinder und in der Folge davon die massenhaften Kindstötungen vermeiden.«

»Massenhaft?«, höhnte der Vorredner, »ich höre immer ›massenhaft‹. Sie tun ja geradeso, als würde jeden Tag irgendwo im Land ein Neugeborenes umgebracht. Das ist ja nun nicht der Fall. Im Übrigen, verraten Sie mir, wie Sie es bewerkstelligen wollen, dass sich junge Männer und Frauen im Alltag nicht begegnen?«

Der andere wollte etwas erwidern, aber der unbequeme Mahner kam jetzt richtig in Fahrt und ließ sich nicht unterbrechen.

»Nein, meine Herren, das Problem ist ein anderes. Das Problem sind unsere Gesetze.«

Er pausierte kurz, räusperte sich und sprach dann schnell weiter, bevor ihm jemand ins Wort fallen konnte.

»Sie werden mir doch zustimmen, dass es die Aufgabe des Staates ist, für das Wohlergehen seiner Bewohner zu sorgen, nicht wahr? Aber was tut der Staat? Er hat sich der Moralauffassung der Kirche untergeordnet, predigt ein seltsames Gebot der Keuschheit und hat Heirats- oder besser gesagt Nicht-Heiratsregeln und Unzuchtsgesetze erlassen, die der Natur des Menschen spotten. Kein Mann, keine Frau ist imstande, solch widernatürliche Bestimmungen einzuhalten. Und so stehen wir vor der beklagenswerten Tatsache, dass die Natur ihren Lauf nimmt und Frauen, die dem Fürsten wertvolle Untertanen schenken, schenken könnten, meine Herren, im Namen dieser Vorschriften rücksichtslos einem fragwürdigen Anstandsbegriff geopfert werden. Eine hingerichtete Frau kann aber nun mal keine Kinder mehr gebären, und dem Fürsten entgehen auf diese Weise Tausende von zukünftigen Bürgern, Dienern, Knechten und Mägden. Damit muss Schluss sein. Die Gesellschaft muss umdenken. Wir brauchen Accouchierhäuser, wo Frauen gebären dürfen, ohne den Namen des Schwängerers oder ihren eigenen nennen zu müssen. Wir müssen unsere Fürsten an die ursprüngliche Bedeutung des Begriffs ›Landesvater‹ erinnern, damit sie sich, wie bei Waisenkindern, als wirkliche und fürsorgliche Väter zeigen und sich der unehelichen Kinder in Liebe annehmen. Und wir brauchen Säuglingsklappen. Andernorts gibt es das bereits, ich habe diese Einrichtungen in Italien gesehen, in Hospitälern und Klöstern, und mich von ihrem Segen für Mutter und Kind überzeugen können –«

Aufgebracht fuhr der Befürworter der strikten Geschlechtertrennung dem Sprechenden in die Parade:

»Damit sich die Weiber ihrer Verantwortung entledigen können! Das würde denen so passen. Mein Großvater, und ich versichere Ihnen, meine Herren, mein Großvater war ein Menschenfreund – er hat von so einer Lade erzählt, die seinerzeit, anno 1710, glaube ich, zur Vermeidung von Kindsmord in Hamburg aufgestellt wurde. Und wissen Sie, was passiert ist?«, posaunte er triumphierend über den Tisch. »Die Huren warfen ihre Bälger weg wie verschimmeltes Brot und freuten sich danach ihres Lebens. Das Ding musste abgebaut werden, denn jeden Abend lag so ein armes Kindchen in der Stellage.«

»Überall Sodom und Gomorrha, …«, knurrte der schmallippige Militärkommandant.

»Sag ich ja«, schimpfte der andere. »Es regieren Wollust und Liederlichkeit. Und überall schießen aufwieglerische Elemente mit neumodischen Ansichten wie Pilze aus dem Boden, befürworten gar, stellen Sie sich das vor, den vorehelichen Beischlaf. Wohin soll das führen? Solche Leute wollen den Untergang des Staates …«

»Aber, Verehrtester, jetzt übertreiben Sie schon wieder«, warf die sonore Stimme ein, »vor ein paar Jahren hat selbst der Preußenkönig ein Edikt erlassen, wonach Schwängerungen außerhalb der Ehe nicht mehr geächtet werden dürfen und daher auch nicht zu bestrafen sind. Sie werden doch einem solch brillanten Staatsmann nicht Verantwortungslosigkeit und Unvernunft vorwerfen wollen –«

»Jetzt reicht's«, unterbrach ein Vierter die Streitenden, »genug disputiert. Sie sind dabei, mir den Appetit zu verderben. Haben Sie keinen Respekt vor diesem himmlischen Hasen, den der Wirt uns serviert hat? Schämen Sie sich!«

»Ich weiß nicht«, hörte Madeleine eine Stimme, die sie nicht einordnen konnte, »ich finde, das Fleisch schmeckt heute anders als sonst, finden Sie nicht auch? Also nicht schlecht, meine ich, aber anders.«

4

Der Besuch in der »Tulpe« hatte sich gelohnt. Nicht nur wegen der warmen Mahlzeit. Guthschneider, der Wirt, nahm ihr auch die Hälfte des Honigs ab und einen kleinen Sack Nüsse.

»Welsche Nüsse, sagen wir hier, weil sie von euch da unten kommen«, belehrte er Madeleine, und ob sie ihm nicht auch irgendwann Grumbiire bringen könne. »Erdäpfel, Kartoffeln«, setzte er ein wenig fahrig hinzu, weil Madeleine das Wort Grumbiire nicht verstand und im Speiseraum ein Gast nach ihm rief, dem er mit einem Wink zu verstehen gab, dass er sofort bei ihm sei. Wie denn ihre Leute in Palmbach zu Grumbiire sagten, wollte er dann aber doch noch wissen.

»Trifulles«, erwiderte Madeleine, nachdem sie begriffen hatte, was er meinte, »manche sagen auch Pataques.«

»Sie passen doch zum Braten?«

»Aber ja, sie passen zu allem. Wir essen sie jeden Tag, mit ausgelassenem Speck, mit Fleisch und Kraut, in Suppen, zusammen mit Makkaroni.« Sie versprach, ihm welche zu bringen, und wollte sich verabschieden. Doch der Wirt hatte noch eine Bitte: Ob sie kurz bei der Medicinalratswitwe Wilde im Inneren Cirkel vorbeigehen könne? Eine feine Dame. Er habe ihr vom Palmbacher Honig vorgeschwärmt, und die Rätin wolle die Köstlichkeit probieren.

Madeleine konnte. Natürlich.

»Grumbiire«, wiederholte sie auf dem Weg zum Cirkel. Das Wort gefiel Madeleine, es war genauso schön wie »numme net huddle«. Grumbiire halt.

Als die Waldenser vor mehr als siebzig Jahren ins Württembergische kamen, hätten nur wenige Deutsche gewusst, was Trifulles sind, hatte die Nonno erzählt. »Es wollte nicht in ihre Gehirne hinein, dass bettelarme Flüchtlinge wie wir auch etwas Gutes besaßen.«

»Sì, sì«, hatte sie beteuert, als sie Madeleines skeptisches Gesicht sah. »Genauso misstrauisch, wie du jetzt schaust, sind auch die Grünwettersbacher um unsere Felder herumgeschlichen. Und dann haben diese Ignoranten doch tatsächlich die Blüten und Blätter gegessen und sich gewundert, dass ihnen speiübel wurde. Die dachten, wir wollten sie vergiften.«

In Erinnerung daran hatte die Nonno ein bisschen gehässig ihre Lippen geschürzt.

»Manchmal, méou baboch, manchmal hätte ich diese Leute mit ihren strohgelben Haaren wirklich gern umgebracht. Sie spuckten vor uns aus, wenn wir vorbeigingen, tuschelten hinter unserem Rücken, und die Kinder schmissen mit faulen Äpfeln.«

Aber sie sei zu stolz gewesen, sich etwas anmerken zu lassen. Sie habe sich zusammengerissen und immer ein freundliches Gesicht gezeigt.

»Doch hat meine Freundlichkeit etwas genutzt, frage ich dich. Obwohl wir jetzt schon so lange hier leben, habe ich das Gefühl, sie mögen uns immer noch nicht, die Deutschen. Als ob es unsere Schuld ist, dass wir die Patrìo verlassen mussten. Ich bin nicht freiwillig hierhergekommen, ich wäre lieber daheim in La Balme geblieben, dort ist es schöner als hier, das kann ich dir sagen.«

»Vielleicht hättet Ihr Deutsch sprechen lernen sollen, Nonno, anstatt immer nur Patouà zu reden«, hatte Madeleine schüchtern einzuwenden gewagt, aber da hatte die Großmutter sie stolz aus ihren schwarzen Augen angefunkelt.

»Man muss wissen, wohin man gehört, méou baboch.«

Wenigstens haben sich die Deutschen mit den Trifulles, mit den Grumbiire, angefreundet, das ist doch schon etwas, dachte Madeleine.

Sie hatte nur mit einer kurzen Visite bei der Rätin gerechnet, doch die Witwe bat sie in die gute Stube und hieß die Köchin heiße Milch bringen.

»Du bist Waldenserin, habe ich gehört. Mein Mann, der

selige Medicinalrat, hat in jungen Jahre eure Gegend bereist und viel erzählt. Es muss schön dort sein.«

»Ich weiß es nicht«, stotterte Madeleine verlegen, »ich bin in Palmbach geboren.«

Einen Moment blickte Witwe Wilde irritiert.

»Aber ja, du hast recht, du kannst das Land deiner Väter ja gar nicht kennen.« Sie wechselte das Thema und kam auf das Geschehen am Vormittag zu sprechen. »Ich kann so etwas nicht mit ansehen, das junge Mädchen dauert mich. Die Todesstrafe ist doch keine Lösung. Die Frauen brauchen Hilfe, bevor das Kind in den Brunnen gefallen ist.«

»Das hat vorhin in der ›Tulpe‹ auch ein Mann gesagt«, bejahte Madeleine eifrig, schluckte aber schnell die Worte hinunter, die ihr noch auf der Zunge lagen. Nicht, dass die Medicinalrätin sie für vorlaut hielt.

»Die letzte Magd, die ich hatte«, fuhr Frau Wilde fort, ohne auf Madeleines Einwurf zu achten, »ist bei der Geburt ihres Kindes gestorben. Armes Ding, kein Vater für das Kleine und von den Eltern auf die Straße gesetzt. Sie hätte bei mir bleiben können.«

Die Medicinalrätin unterbrach sich, musterte Madeleine prüfend, schien zu überlegen.

»Du bist ungefähr so groß wie sie. Das Kleid, das ich ihr am Anfang habe machen lassen, hängt noch in ihrer alten Kammer. Ich würde es dir gern geben.«

Im Nebenzimmer schlug silberhell eine Uhr halb fünf, Madeleine sprang auf. Sie hatte völlig die Zeit vergessen, während die Witwe redete, sie nach ihrer Familie fragte, nach Palmbach, nach ihrer Religion.

»Komm wieder, sobald du das nächste Mal in der Stadt bist«, bat Frau Wilde, als sie schon an der Tür war. »Ich bräuchte jemanden zum Ordnen der Bücher und Papiere meines verstorbenen Mannes, die er seinerzeit aus Paris mitgebracht hat. Als Waldenserin ist dein Französisch sicher besser als meins. Du kannst doch lesen, n'est-ce pas?«

Als Madeleine das Haus der Medicinalratswitwe verließ,

schneite es noch immer, sogar heftiger als am Morgen auf dem Richtplatz. Mindestens drei Stunden bräuchte sie bei diesem Wetter bis nach Palmbach, darüber würde es Nacht werden. Aber die Kiepe trug sich jetzt so leicht wie ein Sack Daunen. Der bauchige Honigtopf war fast bis auf den Boden leer, Frau Wilde hatte ihr die restlichen Nüsse abgekauft, die Kreuzer im Geldbeutel klimperten, und obendrein hatte sie ein Kleid geschenkt bekommen. Die Maïre würde ihr verzeihen.

Der Schnee dämpfte die Geräusche der Stadt, verschluckte die Schritte der Passanten, erst im letzten Augenblick hörte Madeleine ein Fuhrwerk an sich vorbeirumpeln. Der Wagenlenker zeterte lauthals, weil er hatte ausweichen müssen.

Der sicherste Weg nach Hause führte durch die Lange Straße zum Durlacher Thor am östlichen Ende der Stadt und danach über Gottesau und Wolfartsweier zur Zollstation vor Grünwettersbach. Von dort bis nach Palmbach war es zwar auch nicht gerade ein Katzensprung, aber wäre sie erst einmal dort, würde es sich dann doch schon wie zu Hause anfühlen.

Hinterher fragte sich Madeleine, warum sie ausgerechnet heute, wo es ohnehin schon spät war, diesen Umweg gemacht hatte. Ohne nachzudenken war sie vorhin in die Kronengasse eingebogen und befand sich mit einem Mal in Klein-Carlsruhe, in diesem verschrienen Dörfle, das Carlsruher fürchteten wie der Teufel das Weihwasser.

Die ersten Häuser in der Gasse hatten sich noch in nichts von den anderen in der Residenz unterschieden. Doch nach ein paar Schritten wurde es einsam. Links und rechts des Wegs lagen Gemüsegärten und kahle Felder, und dann tauchten unvermittelt die ersten Baracken des Dörfle auf. Jetzt wurde Madeleine doch mulmig zumute. In einem der Hauseingänge stand eine Frau, die sie giftig anglotzte. Vorsichtshalber wechselte Madeleine die Straßenseite.

Nicht für geschenkt hätte sie in den Bruchbuden wohnen wollen, die sich nun dicht an dicht reihten. Dachziegel klapperten lose im Wind, geborstene Fenster waren mit Stroh und Lumpen zugestopft, eine Tür hing schief in den Angeln. Von überallher kamen Kinder angerannt, johlend, mit laufenden Nasen, die Haut über den Wangenknochen rot und rissig vor Kälte. Wie ein Lauffeuer musste es sich herumgesprochen haben, dass eine Außerstädtische durchs Dörfle ging, noch dazu allein und in einem seltsam kurzen Rock, unter dem Knöchel und Waden hervorschauten. Kinder waren überall gleich, auch in Palmbach rotteten sie sich zusammen, wenn, was selten genug vorkam, Fremde auf der Durchreise das Dorf besuchten, sprachen sie an, wollten wissen, wer sie waren, woher sie kamen und wohin sie wollten. Einmal hatte Madeleine sogar gesehen, wie Antoine, der größere ihrer zwei Brüder, einen Unbekannten angeschnorrt hatte, als sei er am Verhungern. Die Lektion, die sie dem Fraîre danach erteilt hatte, würde dieser sein Lebtag nicht mehr vergessen. Auch wenn sie alles andere als reich waren, Bettelei hatten Waldenser nicht nötig.

Je weiter sie vordrang, desto elender wurden die Behausungen, desto matschiger der Boden unter ihren Füßen. Alles, was Madeleine jemals über diese Ansiedlung am Rande der markgräflichen Residenz Schlimmes gehört hatte, schien sich zu bewahrheiten. Wie leichtsinnig von ihr, hier durchzugehen! Wie war sie nur auf diese blödsinnige Idee gekommen? Sie könnte überfallen werden, beraubt, erschlagen. Doch dann fiel ihr die Buttermeierin ein, die ihr erzählt hatte, dass sie auch hier wohnte. Sie mochte die Buttermeierin. Es war eine besonnene Frau, die nachdachte, bevor sie sprach. Anders als die Oberhäusserin, die ständig prahlte, in einer ordentlichen Straße mit ordentlichen Leuten zu wohnen, sich aber über alles und jeden das Maul zerriss.

Wenn die Buttermeierin im Dörfle wohnte, war die Gegend vielleicht doch nicht so gefährlich, wie die Leute behaupteten.

Die Kronengasse mündete in eine etwas breitere Querstraße. Die Durlacher Thorstraße, vermutete Madeleine. Sie blickte sich um. Links dürfte es hoch zum Durlacher Thor gehen, sie wendete sich nach rechts zum Rüppurrer Thor. Irgendwo hier musste Catharina Würbsin gelebt haben. In dem Haus mit dem morschen Hoftor? Oder dort, wo eben ein Soldat herauskam? Der Kindsvater?

Warum nur hatte die junge Frau ihr Neugeborenes erschlagen?

Aus Scham, aus Verzweiflung und Hilflosigkeit? Hatte sie Angst vor den Eltern gehabt, vor dem Gerede der Nachbarn? Und der Schwängerer, hatte er davon gewusst? Was hätte Jeanne gemacht, wenn sie allein auf dem Feld gewesen wäre, als das Kind kam? Es in der Furche liegen gelassen und Erde darüber geschaufelt oder in den Tann geworfen?

Zweimal hatte Madeleine Dirnen am Schandpfahl gesehen, angekettet wie Vieh. Männer, Frauen, Kinder, alle machten sie sich einen Spaß daraus, die armen Weiber, die sich nicht wehren konnten, zu verspotten, anzuspucken, mit Dreck, Kot und faulem Obst zu bewerfen. »Strafe muss sein«, hatte die Oberhäusserin gehechelt.

Auch Jeanne war bestraft worden. Sie hatte Geld an das für Palmbach zuständige Oberamt in Neuenbürg zahlen müssen, und an einem Sonntag hieß Pfarrer Henri Doll sie in der Kirche aufs Armesünderbänkchen hocken, um dann geschlagene zwei Stunden gegen Laster und Triebhaftigkeit zu predigen. Er hatte leise und mitfühlend begonnen, doch als ein paar Gemeindemitglieder murrten, hob er besänftigend die Hände und verschärfte seinen Ton, beschwor in immer wortgewaltigeren Bildern den Zorn Gottes herauf und verstieg sich schließlich zu einem solchen Donnerwetter, dass am Ende alle Gläubigen, selbst die, die anfänglich gemeckert hatten, weil der Pfarrer ihnen zu nachgiebig gewesen war, die Köpfe einzogen und krampfhaft auf ihre Schuhe stierten. Schließlich war es Sindic Brun gewesen, der den sonntäglichen Frieden rettete, indem er in einer winzigen Pause, in der Doll Atem holen musste, ein mutiges »Aleluià« anstimmte, worauf Jeannes Matthieu nach vorn trat, verschämt seine Finger vor dem Bauch knetete und nach Beendigung des Lieds der versammelten Palmbacher Gemeinde mit hochrotem Kopf verkündete, er bereue sein Vergehen, seine Pécca, er bitte um Verzeihung und heirate die

Kindsmutter. Sì, ouì, hier und jetzt, sofort und auf der Stelle. Ob sie es auch wolle, danach wurde Jeanne nicht gefragt.

Das sei ja auch nur recht und billig, hatte die Maïre hinterher spitz bemerkt. Nicht alle Kerle seien so manierlich. »Und dir, méou fillho, sage ich: Hüte dich vor den Männern, vor allem jetzt, wo du so oft runter in die Residenz zum Markt musst. Ich wollte, du müsstest es nicht. Aber ich schaffe es nicht mehr mit meinen Knien, und wer außer dir soll's sonst machen? Deine Schwestern sind noch zu klein.«

Mit einem Mal hielt es Madeleine nicht mehr aus zwischen diesen elenden Klein-Carlsruher Baracken, hinter deren Fenstern sie Blicke zu verfolgen schienen, Flüche, Verwünschungen. Sie wollte nur noch fort, weg von hier. Als sie am Rüppurrer Thor ankam, atmete sie erleichtert auf. Ob sie es denn weit habe, fragte der Wachthabende mitfühlend, während er den Korb inspizierte und den Zoll kassierte.

»Bis nach Palmbach.«

»Ach herrje«, sagte er, »na dann, bonne route!«

Kamen ihr außerhalb der Stadt anfänglich noch einige Fuhrwerke entgegen, auch späte Fußgänger, die es eilig hatten, zurück in die Residenz zu kommen, wurde es bald still und einsam um sie.

Ich bin der einzige Mensch auf der ganzen weiten Welt!

Madeleine lachte gequält. Leise begann sie zu singen, es war mehr ein Piepsen. Der Wind verwehte die Worte, Flocken wirbelten ihr ins Gesicht, sie schloss die Augen zu schmalen Schlitzen. Über Durlach dunkelte der Himmel, in einer halben oder dreiviertel Stunde würde es tiefste Nacht sein, nur der Schnee sein fahles Licht verbreiten. Schlagartig fühlte sie sich müde. Das war zu viel gewesen heute, die Hinrichtung, das Hickhack der Offiziere, der Besuch bei der Medicinalratswitwe, die so freundlich zu ihr gewesen war und zugleich so vornehm, dass Madeleine vor lauter Vornehmheit nicht wusste, wo sie hinschauen sollte. Und dann zum Schluss noch das Dörfle.

Soldaten dürfen nicht heiraten.

Jetzt, wo alles still um sie herum war, stieß ihr die Bemerkung der Buttermeierin auf wie Sauerbier.

Aber er hatte ihr doch gefallen, von Anfang an hatte er ihr gefallen.

Es war über sie gekommen wie ein Sommergewitter, sie war machtlos dagegen gewesen.

So etwas war ihr noch nie passiert, nicht in Palmbach und in keinem der anderen Waldenserdörfer in deutschen Landen, wohin sie von Zeit zu Zeit zu einem Fest oder einem Familientreffen wanderten. Die jungen Männer dort waren alle langweilig wie Schafsböcke und spielten sich dabei auf wie die Gockel. Jeannes Matthieu genauso wie Jacques aus dem benachbarten Untermutschelbach. Hatte der doch wirklich beim letzten Erntedankfest geglaubt, er könne sie küssen. Na, dem hatte sie's aber gezeigt.

Der Soldat dagegen, der hatte etwas Besonderes an sich.

Selbstsicher war er, schien genau zu wissen, was er wollte, und welcher Waldenser hatte schon so herrlich blonde Haare?

»Du bist nicht von hier, ich hab dich vorher noch nie gesehen«, hatte der Soldat gesagt, als er im Spätherbst zum ersten Mal bei ihr Nüsse kaufte. »Sobringer mein Name«, hatte er sich vorgestellt, »Sobringer. Grenadier im badischen Leibregiment«, und ihr dabei Äuglein gemacht, wie ihr noch nie jemand Augen gemacht hatte. Und wie elegant er aussah in seiner Uniform! Die feinen Beinkleider, die seitlich geknöpften Gamaschen, die polierten schwarzen Schuhe, dazu ein feiner blauer Rock.

Nachdem er gegangen war, hatte sie ihm noch lange hinterhergeschaut. Ob sie ihn wiedersehen würde?

Sie sah ihn wieder, schon am nächsten Markttag.

»Da ist sie ja, meine Schöne.«

Meine Schöne!

Und dann ließ er es sich nicht nehmen, sie nach Schließung des Markts ein Stück weit zu begleiten, noch bis hinters Durlacher Thor, wo die Wächter ihm vertraulich auf die Schultern klopften und ihn passieren ließen, als seien sie alte Freunde.

»Und hier muss ich dich jetzt verlassen, meine Schöne, so leid es mir tut«, entschuldigte er sich am Abzweig nach Gottesau. Er nahm ihr Gesicht in seine Hände, küsste sie sanft hinterm Ohr, streifte ihre Lippen, ein Hauch, ein Kribbeln, ein Duft himmlischer Ewigkeit.

»Und versprich mir, dass du keinen anderen angucken tust.«

Sie versprach es, sie wusste ja jetzt schon, dass sie nie mehr im Leben einen anderen angucken würde.

Wenn sie an den Tagen danach an ihn dachte, klopfte ihr das Herz wie verrückt. Und sie dachte unablässig an ihn. Auf dem Weg zum Markt und wieder zurück und nachts, wenn sie in ihrer Bettstatt lag und dem kleinen Fraïre neben sich, dem zuletzt geborenen Brüderchen, eine Ninna nanna sang, denn der Pĕchit hatte einen unruhigen Schlaf und boxte ihr ständig seine Füßchen in die Rippen.

Zum Jahreswechsel war es ungewöhnlich warm gewesen. Die Oberhäusserin hatte aufgekratzt vor sich hin geträllert, die Buttermeierin Zuckerbrot in der Pfanne gebacken und generös verteilt, Hausfrauen und Mägde, die einkaufen gekommen waren, ließen sich Zeit und schwätzten. Nur der Soldat kam nicht.

»Komm, lach a bissle, Madeleine, die Sonn scheint, 's Lebe isch schön«, munterte die Meierin sie auf und schenkte ihr das letzte Stück vom süßen Brot. »Für dich, für dein lange Heimweg.«

Und dann stand er plötzlich vor ihr. Gerade als sie in der kleinen baufälligen reformierten Kreuzgassenkirche, in der Madeleine drinnen ständig Angst hatte, das Gebälk stürze über ihr zusammen, noch ein schnelles Vaterunser, ein Notre páire dâ sèel, beten wollte, bevor sie sich auf den Nachhauseweg machte.

»Ich hab auf dich gewartet«, sagte er und griff nach ihren Händen.

Da hätte sie Nein sagen sollen. Heute wusste sie es.

Aber an diesem Nachmittag vor zwei Wochen hatte alles in ihr Ja geschrien. Ja, ja, ja, sì, sì, sì. Die Knie drohten ihr nachzugeben. Die Buttermeierin hatte recht: Die Sonne schien, das Leben war schön, der Grenadier war gekommen.

Er spazierte mit ihr zum Schlossplatz, zeigte ihr ein schmiedeeisernes Tor, das sie noch nie zuvor gesehen hatte, ein Tor wie aus einem Märchen. Als sie in den Hardtwald hineinwanderten, nahm er ihre Hand. Irgendwann hatte sie die Orientierung verloren. Aber er war ja bei ihr.

Am Rand einer Lichtung lag ein umgestürzter Baum.

»Extra für uns.« Sobringer legte beide Arme um sie. Die Sonne wärmte, und außer dem Rascheln von altem Laub, wenn vielleicht eine Maus oder ein Vögelchen hindurchhuschte, war nichts zu vernehmen.

Irgendwann schreckte sie hoch. Die Luft hatte abgekühlt, der Abend kroch hinter den Wipfeln hervor.

»Ich muss gehen«, flüsterte sie.

»Aber ja«, sagte er, half ihr, Kleidung und Haar zu richten, und brachte sie zum Durlacher Thor. Es war gar nicht so weit, wie sie gedacht hatte. Und dann, allein mit sich, hatte Panik sie ergriffen. Was sollte sie der Maïre sagen, wo sie die ganze Zeit über gewesen sei? Überhaupt die Maïre, sie würde ihr sofort ansehen, was geschehen war. Die Maïre konnte Gedanken lesen.

Und jetzt war es heute wieder so spät.

Vor ihr raschelte es im Unterholz. Etwas knackte. Unwillkürlich blieb Madeleine stehen, starrte in die Nacht, die sich übers Land gelegt hatte. Ein Tier? Gab es Wölfe in der Region? Oder Räuber? Waren letzte Woche nicht zwei Frauen auf dem Weg nach Durlach überfallen worden? Wie lange war sie überhaupt schon unterwegs? Zwei Stunden? Zweieinhalb? Befand sie sich überhaupt auf dem richtigen Weg? Hatte sie einen Abzweig übersehen?

Die holprige Straße, die lange Zeit an Feldern vorbeigeführt hatte, stieg jetzt merklich an, die Bäume rückten näher, wie eine undurchdringliche schwarze Mauer baute der Wald sich vor ihr auf. Madeleine hielt Ausschau nach einer vertrauten Wegmarke, nach dem großen Stein, hinter dem es in den Wettersbacher Wald hineinging. Nach der vom Blitz getroffenen Eiche, in deren Höhlen und Geäst Hexen und Gnome hausten. Sagten die Leute. Tagsüber glaubte Madeleine nicht an solches Gerede. Aber jetzt, in der Dunkelheit …

Wieder lauschte sie. Überall wisperte es.

»Tiere haben genauso viel Angst vor dir wie du vor ihnen«, sagte sie laut und zwang sich weiterzugehen.

Vielleicht wäre es ja besser, sie würde sich einfach hinsetzen, hinein in den Schnee. Angeblich ginge es schnell. Der Schnee wärme, man schlafe ein und wache nicht mehr auf. Vor zwei Jahren hatten sie in der Kälberklamm einen Holzfäller aus Busenbach gefunden, erfroren. Wahrscheinlich ungewollt, denn warum sollte ein Mann freiwillig den Tod suchen? Ein Mann wurde schließlich nicht schwanger.

Bekam man vom Küssen im Hardtwald ein Kind?

Es war nicht beim Küssen geblieben.

Madeleine wurde trotz der Kälte heiß. Sie stolperte vorwärts, kein Licht, nirgends, und der Grenadier Sobringer hatte sich seit jenem Nachmittag nicht mehr blicken lassen. Tränen liefen Madeleine übers Gesicht.

5

Die alte Matrone an der Theke, die ihn an die Mutter seiner Beschützerin erinnert, beäugt ihn schielend, zwinkert ihm zu, aber er bedeutet ihr mit der Hand, dass er nicht will. Vielleicht, wenn es das Narbenmädchen wäre … um unter der weichen Wärme ihres Kleids Vergessen zu finden … Andererseits ist er froh, dass sie nicht da ist. Sein Geld reicht nur für Brot und einen Teller Brühe, und er hat Hunger, gewaltigen Hunger.

Die Suppe, die er bekommt, füllt ihm den Bauch, aber nicht die Leere in ihm, die er seit dem Morgen auf dem Richtplatz verspürt. Eine Leere wie damals, als der Vater von ihm gegangen ist und ihn allein zurückgelassen hat. Er ist doch noch ein Kind gewesen.

An dem Tag, an dem der Vater sich hinlegte und nicht mehr aufstand, hat flirrende Hitze geherrscht. Überall im Haus, im Hof, im Abtritt, überm Wassertrog tanzten Flügeltierchen, ein besonders fettes krabbelte dem Vater über die Nase. Der machte keine Anstalten, es zu verjagen. Er musste es tun, wedelte mit den Händen vor dem Gesicht des Schlafenden herum, ohne dass dieser auch nur mit den Wimpern zuckte. Dann kamen Männer, legten den Vater in eine Kiste und verschlossen sie. Er verstand nicht. Wollte wissen, was mit dem Vater war. Aber sie schoben ihn beiseite wie einen Sack, der im Weg stand. Am Abend war die Mutter mit ihm an der Hand auf das Feld hinter dem großen Feierlichen Haus am Markt gegangen. Als andere Männer den Kasten an langen Seilen in ein Erdloch senkten, schaute er die Mutter fragend an, aber sie hatte ihn losgelassen und blickte ausdruckslos über seinen Kopf hinweg.

Der Vater fehlt ihm. Der Vater hat ihm immer alles erklärt. Dass er nicht ins Feuer langen darf, dass Messer scharf sind und er auf der Straße in alle Richtungen schauen und seine Augen offen halten muss, damit ihn die Wagen und großen Tiere nicht umreißen. Der Vater legt sich die Hände auf die Ohren, öffnet sie wieder, bewegt die Lippen. Tut das Gleiche bei ihm, verschließt seine Ohren, nimmt die Hände wieder fort, bedeutet ihm mit den Fingern, den Mund zu bewegen. Er tut es, sperrt den Mund auf, klatscht in die Hände, es ist ein lustiges Spiel, nur der Vater bleibt ernst. Da begreift er: Er hat andere Ohren und einen anderen Mund als der Vater. Was daran anders ist, weiß er nicht, versteht nur, dass der Vater, die Mutter, seine Schwestern, die Menschen auf der Straße über Ohren und Mund Dinge mitbekommen, die er nicht mitbekommt. Er versucht, ihre Lippenbewegungen nachzuahmen und zu erkennen, was sie damit meinen. Manchmal klappt es. Wenn der Vater seine Lippen zu einem Kreis formt und ihm winkt, weiß er, dass dieser ihn ruft. Oder dass der Vater »Wasser« meint, »geh Wasser holen!«, wenn er in einer bestimmten Art und Weise den Mund aufsperrt und ihm den Eimer in die Hand drückt. Jeden Tag übt der Vater mit ihm. Wasser, Löffel, Tisch, Stuhl, Brot, gestikuliert er. Und: ein Schuh, zwei Schuhe, und zeigt dazu Schuhe und einen oder, je nachdem, zwei Finger. Ein Teller, zwei Teller, drei Teller. Ein Licht, zwei Lichter, drei … und der Vater zündet die entsprechende Anzahl Kerzen an, doch die Mutter pustet sie wieder aus, erbost. Und er lernt: Kerzenlicht ist teuer. Damit darf man nicht spielen.

Eines Tages hat ihn der Vater mitgenommen zu dem hoch aufragenden Gebäude am anderen Ende des schnurgeraden Gässchens, in dem sie wohnen. Auf dem Dach war ein langer Stab angebracht, der in den Himmel zeigte, blinkte und ihn lockte. Dort hinauf wollte er und wie die kleinen und großen Flügeltierchen die Erde von oben schauen. Er hat den Vater so lange am Ärmel gezupft, bis dieser sich erbarmt hat und mit ihm dorthin gewandert ist.

Das Hohe Haus stand am Ende eines weiten Platzes. Davor und zu beiden Seiten lagen mehrere niedrigere Häuser. Schön waren sie, schöner als alle anderen Häuser, die er kannte. Das mittlere schien ihm das prächtigste zu sein. Männer und Frauen in eleganter Kleidung spazierten über die mit feinen Steinchen belegten Wege. Eine Kutsche fuhr vor und hielt vor der breitesten der Türen. Aus einer der Seitenpforten trat ein Mädchen mit einem mächtigen Henkelkorb, ein Tuch verdeckte, was darin lag. Doch als sie an ihm und dem Vater vorbeieilte, roch er den Duft von frischem, süßem Brot, wie es der Bäcker in ihrer Straße buk und von dem er nur träumen konnte.

Ein Herr lebt hier, bedeutete der Vater und malte mit einer Hand einen Hut auf dem Kopf, ein Großer Herr, der über alles herrscht. Und der Vater ließ seinen Arm in einer ausladenden Bewegung über die Stadt kreisen, über Gebäude, Straßen, Bäume, über Männer, Frauen und Kinder.

Noch am selben Tag bekam er den Großen Herrn zu sehen. Eine erwartungsvolle Menschenmenge hatte die lange Morgenabendstraße gesäumt. Der Vater hob ihn hoch und setzte ihn auf seine Schultern. Über die Köpfe hinweg sah er Männer in fast gleich aussehender Kleidung vorbeiziehen. An den bunten, sauberen Röcken schaukelten farbige Schnüre. Über den Schuhen trugen die Männer seltsame Unterbeinkleider und auf den Köpfen breitkrempige oder nach oben spitz zulaufende, manchmal metallisch glänzende Hüte. Der Vater drehte ihm, so gut es ging, den Kopf zu: die Männer des Großen Herrn, seine Bewacher, Wächter, Diener, verstand er.

Er beugte sich vor, um dem Auf und Zu von Vaters Mund zu folgen und dessen Bewegungen nachzuahmen. Da rollte die erste Kutsche vorüber. Und noch eine und noch eine. Die letzte war die prachtvollste. Fähnchen flatterten daran. Der Lenker auf dem Bock und die Männer, die den Wagen zu Fuß begleiteten, trugen die gleiche feine Kleidung wie die Vorab-Marschierer. In der Karosse aber saß, majestätisch aufrecht und freundlich winkend, der Große Herr. Der Große Herr war gekommen, ihn zu grüßen. Begeistert winkte er zurück.

So leicht wie mit dem Vater verstand er sich mit niemandem, selbst mit seiner Beschützerin nicht, obwohl diese ihm doch die Nachtlichter gezeigt und mit ihm Bilder in den Sand gemalt hat. Die Laterne am Himmel, die mal rund und dick wie eine Kugel war, dann wieder verschwindend dünn und schmal. Oder ein Gesicht mit Augen, Nase und Mund, sein Gesicht, oder ihren Kopf mit den langen Haaren. Manchmal auch einen Baum, ein Haus und die flitzenden Wassertierchen im Steineschiffkanal.

Am schwierigsten war es, die Mutter zu verstehen. Das heißt, er verstand sie, aber sie ihn nicht, und den Schwestern war er nur lästig. Die kicherten albern, äfften ihn nach und ließen ihn nicht mitspielen. Er streckte ihnen dafür die Zunge raus, zeigte ihnen eine lange Nase, und wenn sie dann immer noch nicht aufhörten, ihn zu ärgern, verprügelte er sie, bis die Mutter dazwischenfuhr und ihn schlug. Die Mutter schlug oft. Einmal sogar im Feierlichen Haus am Markt.

Das war nach dem Tod des Vaters, die Mutter hatte ihn und die Schwestern dorthin mitgenommen. Für ihn war es das erste Mal, dass er das Haus von innen sah, und staunend stand er vor den mächtigen gekreuzten Holzbalken, die vorn im Raum in die Höhe ragten. Doch die Mutter zog ihn weg von dort und zu sich nach hinten.

Mit einem Mal begann die Luft zu schwingen, zuerst sanft und zart, und schwoll schließlich an zu einem Beben und Zittern. Die Menschen öffneten die Münder und klappten sie wieder zu, auch die Mutter und die Schwestern taten es. Das Zittern erfasste seinen Körper, fuhr ihm in den Bauch, erfüllte ihn mit einem überwarmen Gefühl, und inbrünstig öffnete auch er den Mund. Ihm war, als spränge etwas Großartiges aus ihm heraus.

Doch die Menschen stierten ihn an, entsetzt, empört, angewidert, einige feixten böse oder verlachten ihn. Die Schwestern schauten betreten zu Boden. Und die Mutter schlug zu. Schlug ihn auf den Mund, auf den Kopf, hätte vielleicht gar nicht mehr aufgehört mit Schlagen, wenn nicht eine Frau ihr in den Arm gefallen wäre. Heulend rannte er hinaus auf die Straße. Das Feierliche Haus hat er nie wieder betreten.

Viele Tage später hatte ihn sein Vaterbruder nahe der Kiesgrube jenseits des Steineschiffkanals gefunden.

Es war auch der Vaterbruder, der ihn gelehrt hat, den Kehrbesen zu führen und die Straßenfegerkarre zu lenken. Der ihm zeigte, wo er abends vor den Toren der Stadt den Unrat abliefern musste und seinen Lohn bekam. Auch Zeichen malte der Vaterbruder auf Papier, Zeichen, wie er sie immer in und an den Geschäften der langen Morgenabendstraße sah. Er erkannte Zusammenhänge zwischen den Strichen und Kreisen und den Dingen. »Bett« war leicht, auch »Tisch« oder »Mond«, das »o« war so rund wie der helle Lichtkörper oben am Himmel, und der Mund des Vaterbruders formte sich genauso rund wie zuvor der Mund des Vaters für »komm«. Und er lernte die Zeichen, die für ihn standen: I-g-n-a-t-z. I-g-n-a-t-z kritzelte er und deutete auf sich, nur die Bewegung der Lippen dazu gelang ihm nicht.

Er wollte mehr erfahren. Er schleppte Blätter an, die über und über beschriftet waren. Doch der Vaterbruder bedauerte, und er, I-g-n-a-t-z mit dem Andermund, verstand: So viele Zeichen begriff auch der Vaterbruder nicht. Doch die Blätter behielt er für sich, verwahrte sie an einem geheimen Ort, und sah er in einem Laden neue, wartete er, bis keiner schaute, griff sich ein paar und schlenderte weiter, als sei nichts geschehen. Das weiche Papier fühlte sich gut an in seiner Hand.

Der Schankwirt hat ihm zu trinken gebracht, und was die Suppe nicht schaffte, gelingt dem süffigen Getränk. Es benebelt ihn. Nicht sehr, nur so viel, dass er die verfluchte Leere nicht mehr spürt, seine Beschützerin nicht mehr vermisst, für eine Weile nicht mehr an den Vater denken muss. Der Mann am Nebentisch grüßt und hebt sein Glas. Er prostet zurück. Durchs Fenster sieht er, dass es zu schneien aufgehört hat. Er könnte jetzt zum Markt gehen und schauen, ob die Händlerinnen wegen des Geschehens am Vormittag den Verkauf auf den Nachmittag verlegt haben. Vielleicht ist das Mädchen da.

Das Mädchen hat Augen so tief wie der tiefste Brunnen. Die glänzenden, nachtdunklen Haare trägt sie zu einem Knoten hochgebunden, der von einem zierlichen Häubchen bedeckt ist. In den Ohrläppchen stecken blinkende Steine in der Form winziger Blüten. Himmelfarbene Sonnenblümchen. Das Mädchen muss stark sein wie seine Beschützerin früher, sonst könnte sie nicht den großen Korb mit dem schweren Deckelkrug und den Früchten tragen, deren Schalen so hart sind, dass man sie mit einem Werkzeug oder, geschickt dazwischengeklemmt, mit den Fingern aufbrechen muss.

Das Mädchen Blümchen ist von weit her. Er hat die Erdklumpen unter ihren Schuhsohlen gesehen und die Dreckspritzer auf den Strümpfen. In der Nacht, bevor sie ihm das erste Mal aufgefallen ist, hat es geregnet gehabt. Wahrscheinlich war der Weg, auf dem sie gekommen ist, schlammig, führte vielleicht durch sumpfige Wiesen.

Was ihm an jenem Tag den Mut dazu gab, weiß er bis heute nicht. Seine Beine bewegten sich von allein. Die anderen Händlerinnen bauten bereits ihre Stände ab, Blümchen verabschiedete noch eine Kundin. Dann ging er hin und half ihr, das Gefäß mit dem sonnenduftenden Sirup zu verschließen und in ihrer Kiepe gut festzuzurren, damit es beim Gehen nicht kippte und die klebrige Flüssigkeit auslief. Er hob den Tragekorb hoch und hielt ihn ihr hin, damit sie ihn leichter schultern konnte, doch er wartete nicht ab, dass sie sich danach wieder umdrehte, fürchtete die Bewegung ihres Mundes, lief davon, als fliehe er, und beim Weglaufen biss sich diese Wut in seinen Bauch, diese maßlose Wut, von der er meinte, er hätte sie längst besiegt.

Der Marktplatz liegt verwaist. Einzig ein kleines Mädchen schlittert vergnügt in der Spurrille eines Fuhrwerks, ein Vierbeiner pinkelt gegen eine Hauswand und hinterlässt ein strohfarbenes Bächle, ein Kaufmann streut Asche vor seinem Laden. Die Locken, die dem Mann unter seiner Kopfbedeckung bis fast auf die Schultern fallen, wippen im Takt. Wenn die Temperaturen weiter anziehen und es über Nacht gefriert, wird auch er morgen früh, statt zu kehren, die Hauptstraße mit Asche bestreuen, damit sich niemand den Hals bricht. Er schaut zum Himmel, noch ist es hell. Er könnte jetzt zum Gürtelmacher gehen und dort die Werkstatt sauber machen. Der Mann hat ihn vor ein paar Tagen darum gebeten.

Da sieht er auf der Morgenabendstraße im streng geschnittenen farbigen Rock, mit glitzernden Litzen und einem langen Waffenmesser an der Seite, einen der Wächtermänner des Großen Herrn daherkommen. Von Weitem erkennt er ihn nicht, aber beim Näherkommen und dann, als der Buntrock an ihm vorbeigeht, weiß er, wer es ist.

Der Mann beachtet ihn nicht, er scheint es eilig zu haben. Im Übrigen hat der Buntrock ihn noch nie beachtet. Warum sollte er auch? Wer ist er denn schon mit seinen Anderohren und seinem Andermund? Er trägt auch keinen schmucken Hut und keine blank geputzte Waffe, keine Schärpe um den Bauch und keine geknöpften Beinkleider über seinen ausgelatschten Tretern.

Er schaut dem Buntrock nach, der in Richtung Abendtor geht.

Wenn er ihn so beobachtet, den Gang, die aufrechte Haltung, kann er seine Beschützerin aus Kindertagen verstehen. Er ist ein schöner Mann. Frauen sehen gern schöne Männer, schauen ihnen heimlich hinterher. Schöne Männer scheinen etwas Anziehendes an sich zu haben. Er hat noch nie bemerkt, dass Frauen sich nach ihm umdrehen.

Seit der schöne Buntrock bei den Nachbarn einquartiert war, strahlte das Gesicht seiner Beschützerin wie die Sonne an warmen Tagen. Er hat sich gefreut für sie. Doch dann ging der Schöne weg, und sie veränderte sich, hörte auf zu lachen, floh aus sich heraus. Ein verletztes Tier.

Er erfasste das Geschehen erst an jenem Morgen vor zwei Monden, als eine Menschentraube vor ihrem Haus die Gasse unpassierbar machte. Als die Hausweiber, aufgescheucht wie Federvieh, herausgeschossen und wieder hineingerannt sind. Als die Frau gelaufen kam, die gerufen wird, wenn in der Umgebung ein Kind zur Welt kommt. Als die Mutter seiner Beschützerin sich die Haare raufte und nicht aufhören konnte, mit den Händen zu fuchteln. Bald danach erschienen Männer in gewichtiger Robe, verschwanden im Haus, und als sie nach langer Zeit wieder herauskamen, führten sie seine Beschützerin mit sich. Einer trug das in ein Tuch gewickelte Kind. Ein Ärmchen hing an der Seite herab, als ob es nicht zum Körper gehörte. In dem Moment, in dem die junge Frau von einem Grobian von Mensch wie ein Stück Vieh an ihm vorbeigetrieben wurde, blickte sie auf. Sah ihn an. Warum hast du mir nicht geholfen?, verstand er, tu doch was, tu doch endlich was!

Der Buntrock ist nur wenige Schritte vor ihm.

Er könnte ihm jetzt von hinten ein Messer zwischen die Rippen stoßen.

Er hat kein Messer.

Aber packen könnte er ihn. Würgen. Erschlagen mit einem Knüppel. Sie hat ihr Kind erschlagen, er würde ihn erschlagen. Tu's doch!

Am Brunnenhaus biegt der schöne Buntrock in die gegenüberliegende Gasse ein, die wie alle von der Hauptstraße abgehenden Querstraßen auf den weiten Platz der prächtigen Häuser mündet, wo das Hohe Haus aufragt und sich zu beiden Seiten die Wohnräume des Großen Herrn und dessen Diener anschließen. Er muss rennen, um den Mann nicht aus den Augen zu verlieren. Kommt an die Ecke, linst vorsichtig in die schmale Gasse. Es beginnt schon zu dämmern. Außer dem Buntrock ist niemand mehr unterwegs.

Ein Holzprügel ragt aus dem Schnee heraus. Als er sich danach bückt, schwingt vor ihm ein Hoftor auf. Zwei Männer in grober Arbeitskleidung schieben einen mit Fässern beladenen Wagen heraus. Er muss sie vorbeifahren lassen. Als er wieder freie Sicht hat, ist weit und breit niemand mehr zu sehen. Das Grundstück neben dem Fässerwagenhaus ist eine Brache, eine öde, vermüllte Baulücke.

Missmutig wirft er das Holz fort. Geht trotzdem weiter. Langsam. Prüft unauffällig aus den Augenwinkeln heraus die Hauseingänge. Wohnt der Mann jetzt irgendwo hier? In einem Fenster brennt Licht. Sein Zimmer? Er will die Torklinke herunterdrücken, um zu sehen, ob sie nachgibt. Da kommt ihm vom Platz der prächtigen Häuser eine in einen langen Umhang gehüllte Gestalt entgegen, und er zieht seine Hand zurück.

Die Person, von der Statur her ein Mann, hinkt, nicht sehr, nur ein bisschen, vielleicht aus Angst, im Schnee auszurutschen. Als sie beide auf gleicher Höhe sind, mustert der Unbekannte ihn kurz, wendet aber sofort den Kopf ab.

Er passiert ein Haus und noch eines, bevor er sich nach dem Hinkenden umdreht.

Der hat die Einfahrt erreicht, aus der der Fasswagen herausgefahren ist, bleibt jetzt stehen und dreht sich ebenfalls um. Einen Atemzug lang fixieren sie sich gegenseitig. Aber die Entfernung ist groß, das Licht schummrig. Er kann nicht erkennen, wer die Person ist.

Kurz vor dem weiten Platz schaut er sich ein zweites Mal um.

Er hat es geahnt: Die hinkende Gestalt ist den Weg wieder zurückgelaufen, nur ein kurzes Stück, und hält jetzt vor dem unbebauten Grundstück neben dem Fasswagenhaus, zögert und verschwindet auf dem Gelände.

6

Sie waren schnell fertig. Zu Simons Erleichterung schien der Neue ein schweigsamer Zeitgenosse zu sein, nicht so ein neugieriger Bursche wie der letzte, der Wunder weiß was alles wissen wollte und ihm Löcher in den Bauch fragte. Von woher er sei, wie es sich lebe im markgräflichen Regiment, was er dabei verdiene, ob er schon mal im Schloss gewesen sei und es stimme, dass die Frau Markgräfin Bücher sammle und so schön male, wie es die Leute erzählten, ob der Bauplatz hier ihm gehöre und er bauen wolle, ob er ihn nicht mal auf einen seiner Streifzüge mitnehmen könne? Ein Plagegeist, dieser Bengel, er hatte sich krampfhaft überlegt, wie er ihn loswerden könnte. Vor ein paar Tagen erfuhr er dann, dass der Bursche seinen Brotherrn beklaut habe und mit dessen Geld stiften gegangen sei. Sehr gut. Damit hatte sich das Problem erledigt. Der Nachfolger würde hoffentlich nicht seine Nase in alles hineinstecken.

Er reichte dem Neuen den Sack, den er wie immer schon vorbereitet hatte, und ohne sich für den Inhalt zu interessieren, verstaute dieser ihn unter seinem weiten Umhang.

»Ich wollt, ich wär schon wieder zurück«, brummte der Mann, »bei so einer Kälte schickt man doch keinen Hund vor die Tür. Ob sie die Hinrichtung heute Morgen verschoben hätten, wenn sie gewusst hätten, dass es schneien wird?«

Simon gab keine Antwort. Der Bote hatte wohl auch keine erwartet, er trat aus dem Schatten der Hausmauer und schaute in den schwarzen Himmel. Dann schweifte sein Blick über das Gelände, das rechts und links von niedrigen zweistöckigen Wohnhäuschen eingeschlossen war. Nach hinten begrenzte ein Lattenzaun das Areal.

»Warum baut hier keiner?«, wunderte sich der Mann. »Das ist doch beste Lage. Feine Umgebung, noble Herrschaften, das Schloss in nächster Nähe. Oder ist hier 'ne Leiche verbuddelt, die um Mitternacht aufwacht und herumspukt?« Er keckerte provozierend. Als im Haus gegenüber ein Hund zu kläffen begann, senkte er die Stimme. »Man sollte zugreifen, bevor es zu spät ist. Noch ist der Boden in Carlsruhe billig. Aber die Preise werden anziehen, das ist so sicher wie das Amen in der Kirche.«

Halt doch deinen Rand, lag es Simon auf der Zunge. Aber er hielt sich zurück, ballte die Fäuste, um nicht ausfällig zu werden. Er hatte sich wohl getäuscht, der Neue war genauso ein Schwätzer wie der alte. Schade. Er würde auf der Hut sein müssen. Aber recht hatte der Kerl schon. Die Lage des Grundstücks war hervorragend, besser ging es gar nicht. Und der Markgraf gewährte Bauhilfen. Natürlich nur denen, die es ohnehin dicke hatten. Der Teufel scheißt immer auf den größten Haufen. Er als kleiner Soldat konnte da nicht mithalten, egal wie günstig die Preise waren.

Doch das würde sich ändern. Dreiundzwanzig war er jetzt. In fünf Jahren, hatte er sich vorgenommen, wollte er den Majorsrock tragen, mindestens – und darunter eine prall gefüllte Geldkatze.

»Gehen wir!«, befahl er harsch und bahnte sich seinen Weg an Gestrüpp, Steinen und altem Gerümpel vorbei vor zur Lammgasse. Er horchte nach hinten, ob der andere ihm folgte, und nahm beruhigt die im Schnee knirschenden Schritte des Mannes wahr. Dass ihre Spuren sie verraten könnten, war ärgerlich, aber nicht zu ändern. Er hoffte, dass es in der Nacht wieder schneite, damit die Fußstapfen verwischten.

Dann standen sie auf der Gasse. Links glaubte er, eine Bewegung wahrzunehmen. Der Schatten eines Menschen? Vielleicht narrte ihn aber auch der flackernde Schein einer Kerze, der von einer Mansardenluke auf die Straße fiel. Irgendwo wurde ein Fenster geschlossen, leise, als solle es niemand hören. Er blickte die Häuserfronten entlang. Nichts. Nur ein Krächzen. Ein später Vogel, oder hatte sich jemand geräuspert? Unwirsch zuckte er mit den Schultern, überall sah und hörte er schon Gespenster.

Als sie sich an der Langen Straße trennten, schnauzte er den Boten schärfer an als nötig: »Gebt mir in Zukunft früher Bescheid, die Zeit war dieses Mal knapp bemessen.«

Dem Patron musste doch klar sein, dass er Soldat war und Pflichten hatte und nicht über beliebig freie Zeit verfügte. Andererseits, der Mann zahlte ordentlich, mehr als ordentlich, das musste man ihm lassen.

»Na, nix für ungut«, brummte er.

Die Straße war glatt. Simon musste aufpassen, wo er hintrat. Er hatte keine Lust, zu stürzen und sich die Knochen zu brechen. Warum hatte hier noch keiner gestreut? Höchste Zeit auch, dass die Stadt die Straßen endlich pflastern ließ. An der Waldhorngasse hatten sie angefangen und wieder aufgehört, dann wieder weitergemacht und wieder aufgehört. Arbeiter! Das waren nicht die schnellsten Zeitgenossen, die der Herrgott erschaffen hatte. Aber die oberen Finanzverwalter waren auch nicht viel besser. Was nichts kostete, wurde sofort erledigt, alles andere, wenn der Mond blau war.

Er querte den Marktplatz, der unter einer geschlossenen Schneedecke lag. Die dunkle Masse der Concordienkirche zeichnete sich gegen den Himmel ab. Hinter der kleinen Kreuzgassenkirche der Reformierten näherte sich der Nachtwächter, leuchtete ihm ins Gesicht und grüßte schweigend. Simon fiel das verdächtige Fenster wieder ein. Hatte eine Hausfrau oder eine Magd vor dem Schlafengehen noch frische Luft ins Zimmer gelassen und beim Schließen einfach nur Rücksicht auf die Nachbarschaft genommen? Oder waren er und der Bote beobachtet worden? Sollte er das Versteck wechseln? Schon wieder?

Am Anfang hatte er vor der Stadt nahe dem Rintheimer Feld eine verfallene Scheune ausfindig gemacht, die für seine Zwecke bestens geeignet schien. Aber nach einiger Zeit wurden die Wächter am Durlacher Thor misstrauisch, frugen ihn aus, wenn er wieder mal die Stadt ohne Kompagnie verließ, und dann war unvermittelt eine Patrouille aufgetaucht. Er musste das Weite suchen. Das nächste Versteck lag bei Gottesau. Von dort führte ein verborgener Trampelpfad in die Residenz. Dafür aber schlichen ständig Tagelöhnerinnen, Feldarbeiter und Schmuggler in der Gegend herum, und wieder befürchtete er, entdeckt zu werden. Bis er eines Tages mitten in der Stadt im wahrsten Sinn des Wortes über diesen leeren Bauplatz stolperte, genauer gesagt über eine im Weg liegende Stange. Während er sich hochraffte, bemerkte er im Zaun eine Lücke zum Nachbargrundstück. Neugierig ging er nachschauen und erspähte dahinter, versteckt unter Bäumen und Büschen, so etwas wie eine Hütte, einen von hohem Gras und Kletterpflanzen überwucherten verlassenen Schuppen.

Eine Zeit lang beobachtete er den Ort, dann richtete er ihn her und besorgte sich für die Tür ein Vorhängeschloss. In den beschädigten Zaun passte er Latten ein, die er leicht abnehmen und wieder davorklemmen konnte. Der Durchschlupf würde nur jemandem auffallen, der direkt danach suchte. Allerdings müsste er aufpassen, falls das Grundstück eines Tages verkauft werden würde und jemand zu bauen anfing. Aber darüber wollte er sich jetzt noch nicht den Kopf zerbrechen. Vielleicht könnte er ja tatsächlich selbst … wenn das Geschäft weiterhin so gut liefe …

Die feinste Adresse war Heberles Schankstube in der verlängerten Adlergasse nicht. Es stank nach verpesteter Luft, Schimmel und Nierle in saurer Soß. Der Schnaps war Fusel, der Wein lausig, aber bezahlbar.

Die Kameraden waren noch nicht da. Simon setzte sich an ihren Stammtisch, Johanna brachte ihm zu trinken.

»Auch was essen?«

Er schüttelte den Kopf.

Vom Nachbartisch wehte Tabaksdunst herüber. Dreckiger Verschnitt wie zu Hause in Landeck. Er hasste die Erinnerung daran. Wenn es wenigstens reines Kraut wäre, wie es der Herr Major zu rauchen pflegte.

Natürlich hatten sie damals unbedingt auch rauchen wollen.

Er. Fischers Arthur, der mit seinen zehn Jahren der Jüngste gewesen war. Dem Englerbauer sii Jacöbli. Kiefers Christian. Und schließlich der Huber Auguscht, der zwei Jahre später in die Mistgabel fiel und vier Tag lang starb. Sie hatten ihren Alten das Kraut stibitzt und in einem Keller der Landecker Burg gepafft, bis ihnen der Rauch aus den Ohren quoll. Nur dass ihm kotzübel davon wurde. Er hatte raus müssen, hinter einen Busch. Das passiert mir nicht noch mal, schwor er sich. Wenn die anderen rauchen konnten, konnte er das ja wohl dreimal. Aber sein Körper wollte nicht wie er, rebellierte, sooft er es versuchte. Die Freunde verhöhnten ihn, und bald wusste es jeder im Dorf, der Simon kann nicht rauchen! Der ist noch grün hinter den Ohren, grüner geht's nicht. Sein Bruder, dieser Blödian, tönte am lautesten und pustete ihm seinen Pfeifenrauch ins Gesicht. Dabei war der kaum älter als er. Nur zwei Jahre.

Später tröstete er sich mit der Kuhmagd des Georgenbauern. Sie war ihm an einem heißen Julitag bereitwillig in den Wald gefolgt, entledigte sich auf einer hellen Lichtung ihrer Schnürbrust, löste gegen ein paar Kreuzer das hellrote Bändele am Hemdausschnitt, sodass das Kleidungsstück über die Schulter glitt und der Busen herausrutschte. Erregt packte er zu. Aber sie haute ihm auf die Finger, giggelte und kicherte und ließ ihn zappeln, er hielt es kaum noch aus. Da endlich erbarmte sie sich, hob den Rock und zeigte ihm, was er tun müsse. Er sei der Erste, versicherte sie ihm hinterher, während sie sich gemächlich Tannennadeln und Grashalme aus Haaren und Kleidung pflückte und das Geld zählte, das sie ihm abverlangt hatte. »Schwör's«, hatte er gesagt, und sie schwor: »He jo bisch dü de Erschd, was glaubsch denn?« Jetzt war er also ein Mann, ein richtiger Mann, und den anderen eine Nasenlänge voraus, auch wenn er das Rauchen nicht vertrug. Bis er erfuhr, dass dieses heimtückische Weib schon im Jahr zuvor mit Kiefers Christian das gleiche Spiel getrieben hatte und auch mit dem Englerbauer sii Jacöbli und sogar mit seinem blöden Bruder.

Als die Werber des Markgrafen kamen, entschied er sich sofort. Er ließ sich mustern und wurde genommen. Nach Carlsruhe würde es gehen, Carlsruhe war gut, die Stadt war weit weg von Landeck, viel weiter weg als Freiburg. Und er stellte sich vor, wie anmutig die Frauen in der Residenz sein würden, und keiner käme ihm ins Gehege, vor allem nicht sein blöder Bruder.

Simon hatte den Wein, den Johanna ihm zuvor gebracht hatte, längst ausgetrunken, als die Kameraden eintrafen, sogar der ernste Heinrich Abele war mit dabei.

»Sieh da, der Abele. Der Herr Professor steigt vom hohen Ross und beehrt das Fußvolk. Ist dir die Lektüre ausgegangen?«, lästerte Simon, aber der Kamerad ging nicht auf die Sticheleien ein, ließ ihn einfach abblitzen.

»Brot, Schmalz und den größten Krug Wein, den ihr habt«, krakeelte Hänsle Pfeiffer, noch bevor er sich gesetzt hatte. »S' geht auf mich.«

»Prost, Landecker!«, sagte Friedrich mit den roten Haaren, als jeder versorgt war, und hob sein Glas. »Auf dich, und pass in Zukunft besser auf, wenn du zu 'ner Dirn gehst.«

Simon keifte. »Als ob ich nicht aufgepasst hätte!«

»Nimm das nächste Mal einen Schafsdarm mit!«, riet Pfeiffer und machte eindeutige Zeichen mit den Fingern.

»Wieso einen Schafsdarm?«, fragte Ludwig Lauer. »Ich dachte, die Weiber wissen, wie sie einen Bauch wieder wegkriegen …«

»Du bist zwar der Längste im Regiment, Lauer, aber dafür der Dümmste, so dumm wie Bohnenstroh.« Der rote Friedrich, der neben ihm saß, versetzte dem Gefährten einen Schlag auf den Hinterkopf.

»Ich dachte …«

»Denk nicht, das nützt bei dir nix.«

Lauer schwieg eingeschnappt.

»Ihr hättet heute Morgen die Gesichter der Weiber auf dem Richtplatz sehen sollen«, unterbrach Hänsle Pfeiffer das Geplänkel der beiden. »Mann, sind die verschrocken, herrlich.«

»Nur verschrocken?«, meldete sich Georg Frühauf. »Eine Lehre fürs Leben sollte es ihnen sein.« Er hob seine Stimme, als stünde er auf der Kanzel. »Was diese Würbsin gemacht hat, ist doch wider Gott und die Natur. Diese Teufelinnen bringen ihre eigenen Kinder um und behaupten hinterher noch, dass der Satan es ihnen befohlen hat.« Geringschätzig zog er die Luft durch die Nase.

Der rote Friedrich nickte. »Die Würbsin hat auch vom Satan geredet«, posaunte er in die Runde. »Nur dass bei ihr der Böse ein kleines schwarzes Männle im grünen Rock gewesen ist. Es hat ihr angeblich eingeflüstert, sie soll das Kind noch vor dem ersten Hahnschrei mit der Rübe erschlagen.«

Lauer glotzte ihn ungläubig an. »Woher weißt du das?«

»Von einem der Hofräte, der beim Verhör im Oberamt mit dabei war. Ich kenne ihn gut, verkehre manchmal bei ihm zu Hause«, prahlte Friedrich, rief Johanna und hielt ihr den schon wieder leeren Krug entgegen.

»Du willst uns wohl verdursten lassen?«

Er zwickte sie in die Wange. »Zur Strafe bekomm ich einen Kuss und dann: allez hopp, mein liebes Kind, Wein und Karten, aber schnell, wenn ich bitten darf.«

»Karten und Wein sofort. Zum Küssen komm ich, wenn ich Zeit hab, sonsch lohnt sich's ja net.« Sie wedelte ihm mit der Schürze vor dem Gesicht herum, und alle außer Simon johlten vergnügt, der rote Friedrich schlug sich wiehernd auf die Schenkel.

»War das erschlagene Kind eigentlich ein Junge oder ein Mädchen?«, fragte Heinrich Abele in das Gegröle hinein.

»Ein Mädchen.« Der rote Friedrich schien alles zu wissen. Aber Simon reichte es jetzt. Dieser Lackel von Friedrich, der immer den Possenreißer spielen musste, und dann der Klugscheißer Abele. Den hatte er besonders gefressen. Aufgebracht leerte Simon sein Glas Wein und goss sich sofort nach. Satan, Rübe, Mädchen, Junge. Was sollte dieses ganze Gewäsch? Die Sache war zu Ende, warum schon wieder davon anfangen? Ja, gut, er hatte die kleine Würbsin gekannt. Das blieb bei einer

Einquartierung nicht aus, dass man den Töchtern des Hauses begegnete und, wenn man nicht gerade ein Stoffel war, hin und wieder ein paar freundliche Worte mit den jungen Dingern wechselte. Hätte jeder andere genauso getan. Ihre Eltern hatten es ihm ja auch leicht gemacht. Jeden Sonntag Arme Ritter und andere süße Küchle von der Mutter, und der Vater hatte ihn zu Branntwein oder Obschtler eingeladen, manchmal auch zu beidem. Daheim in Landeck gab es so was Gutes nicht, da gab's nur Topinambur, der einem die Löcher im Hemd zusammenzog und den Magen umdrehte. Ein Gesöff wie Medizin. Aber selbst damit hatte der Vater gegeizt. Und dann war das Maidli ja auch nicht das hässlichste gewesen. Nur die Zahnlücke, oben in der Mitte, wenn Catharina den Mund aufmachte, da klaffte immer ein schwarzes Loch. Aber nachts in der dunklen Kammer sah man das ja nicht.

Und es war ja auch lustig gewesen mit ihr. Eine Zeit lang wenigstens, bis sie ihm diesen Bams unterjubelte. Zuerst den einen, der Gott sei Dank sofort starb, und dann gleich darauf den zweiten. Da hörte für ihn der Spaß aber auf. Die wollte ihn nur krallen. Von wem auch immer dieses Balg war, von ihm nicht. Das konnte gar nicht sein. Denn wenn sein Bruder auch ein Blödian war, eines hatte der ihm beigebracht: Wie man aufpassen musste bei den Weibern. Kurz vor dem entscheidenden Schuss sozusagen geordnet den Rückzug antreten. Und dieses Manöver beherrschte er perfekt.

Natürlich hatte er Mitleid mit ihr gehabt, er war ja kein Unmensch, und in einer schwachen Stunde hatte er Catharina tatsächlich das Blaue vom Himmel herunter versprochen. Es wurde ihm jetzt noch blümerant, wenn er nur daran dachte. Das hatte wohl am alten Würbs seinem Branntwein gelegen. Wie hatte er sich nur so breitschlagen lassen können! Heiraten! Aber Gott sei's getrommelt und gepfiffen, sein Vorgesetzter hatte ihn vor dem Schlimmsten bewahrt, nachdem er von dem Malheur erfuhr. »Was glaubt Er denn, wer Er ist?«, hatte der Major ihn zusammengestaucht, dass ihm Hören und Sehen verging. »Glaubt Er denn, unser durchlauchtigster Fürst macht bei Ihm eine Ausnahme? Nein und noch mal nein! Der markgräflich-badische Soldat setzt seine Manneskraft in der Schlacht ein. Ausschließlich in der Schlacht. Dass Er sich das gefälligst hinter die Ohren schreibt, und wenn es Ihn noch so sehr sonst wo juckt, hat Er verstanden?«

Es juckte ihn ständig, jeden Tag, aber er schwieg, stand stramm, ließ die Tirade über sich ergehen, Major von Sandberg war sein Retter. So hatte er sich also überwunden und schweren Herzens zehn Batzen von seinem mageren Sold abgezwackt, damit die doofe Kuh ihren dicken Bauch aus der Welt schaffte. Und was hatte die gemacht? Nichts, rein gar nichts. Weitergejammert und sich wahrscheinlich bei einem dieser welschen Händler, diesen raffinierten Bauchladenkrämern, ein Seidentüchlein gekauft. Selbst schuld, dass sie nimmer lebt.

»Hört endlich auf, ihr tratscht wie die Marktweiber«, schimpfte er mit schwerer Zunge, »ich hab gedacht, wir wollten spielen«, und er feuerte das Kartenblatt, das Johanna gebracht hatte, über den Tisch. Schwungvoll fächerte sich der Stapel auf.

»Apropos Markt.« Heinrich Abele musterte ihn abschätzend. »Die Katze kann das Mausen nicht lassen, gell? Da hab ich dich doch neulich auf dem Markt schon wieder mit so 'nem Madämchen schöntun sehen.«

Simon fuhr hoch, krachend fiel sein Stuhl um. Was spionierte dieser neunmalkluge Professor hinter ihm her? Nur weil der arrogante Pinsel Bücher las, hielt er sich für was Besseres. Einen Augenblick schwankte Simon, musste sich an der Tischplatte festhalten. Dann stürzte er sich auf den Herausforderer.

»Du Sauhund …«

Seine Faust traf Abeles Nase. Er zog den Degen, fühlte sich aber sofort bei den Armen gepackt. Doch er riss sich los und drosch umso erbitterter auf den Lackaff ein, Stühle kippten, Johanna kam gelaufen, kreischte, zeterte, bis der Wirt endlich einen Kübel Abwaschwasser über die Streithähne schüttete.

Mit dem Uniformärmel wischte sich Heinrich Abele das Blut aus dem Gesicht, kroch auf allen vieren zum Tisch, um sich daran hochzuziehen, und ließ sich dann auf die Bank fallen. Johanna legte ihm einen nassen Lappen in den Nacken.

»Das wirst du mir büßen, Freundchen«, murmelte Abele und spuckte einen Zahn aus. »Ich schwör's dir, das wirst du mir büßen.«

7

Freitag, den 24ten Januarij 1772

Kein Auge hatte Madeleine in den Nächten seit jenem unseligen Freitag vor einer Woche, als das bedauernswerte Mädchen aus dem Dörfle hingerichtet worden war, zugemacht. Auch jetzt drehte sie sich wieder in ihrer Bettlade ruhelos von einer Seite zur anderen, und natürlich wachte prompt der pĕchit Fraïre neben ihr auf und fing zu greinen an. Plärrkind! Seufzend erhob sie sich, drehte ein Stück Leinen zum Nuckel, tunkte ihn in Honigwasser und schob ihn dem Brüderchen in den Mund. Gierig begann der Junge zu schmatzen, ein paarmal noch schluchzte er tief auf, dann verlor er das Schnullertuch und schlief wieder ein, ohne dass die Maïre und die Geschwister aufgewacht wären. Aufatmend kroch Madeleine zurück unter die Decke. Sie rieb ihre Eisklotzfüße aneinander, starrte zum Plafond und horchte in sich hinein. Ab wann merkte man, dass man ein Kind im Leib trug? Wen sollte sie fragen? Jeanne? Aber die Freundin würde es womöglich weitererzählen, und dann könnte es der Maïre und der Nonno zu Ohren kommen.

Die Medicinalratswitwe!, fiel Madeleine plötzlich ein. Warum nicht? Frau Wilde hatte ihrer vorherigen Magd helfen wollen, vielleicht konnte auch sie sich ihr anvertrauen.

Sie zog sich die Wolldecke bis zur Nasenspitze und linste durchs Fenster nach draußen in die Düsternis. Zwei volle Markttage hatte sie wegen des Wetters ausfallen lassen müssen, der Weg wäre zu gefährlich gewesen. Aber seit gestern war die Straße wieder frei, heute würde sie gehen.

Es war noch stockfinster, als sie kurz nach vier vor die Haustür trat. Bis zum Abzweig, wo links der Weg hinunter nach Ettlingen führte, schloss sich ihr, unentwegt schwatzend, die Bariol vom Nebenhaus an. Madeleine achtete nicht auf sie, gab nur hin und wieder ein Sì oder No von sich, einmal ganz in Gedanken ein französisches Oui, dachte an die arme Magd der Medicinalrätin, an die tote Catharina Würbsin und an Jeanne, die nun ein Kind hatte und einen Vater dazu, doch sie bezweifelte, dass die Freundin glücklich war. Sie sah nicht so aus. Endlich verabschiedete sich die Bariol, dann war Madeleine mit sich, ihrem schweren Honigkorb und den quälenden Gedanken allein.

Sie mied die viel begangene Strecke Richtung Durlach. Unterwegs träfe sie jede Menge Tagelöhnerinnen und Händlerinnen aus den benachbarten Dörfern, wahrscheinlich auch die Batzenhöferin mit ihrem großen Buckel und den vielen Lachfältchen. Eigentlich mochte Madeleine die Bäuerin, ihr hatte sie es zu verdanken, dass sie leidlich Deutsch sprach, besser jedenfalls als die meisten Palmbacher Waldenser. Die Batzenhöferin konnte erzählen wie sonst kaum jemand, Geschichten von Liebesleid und Liebesglück, von Drachen, Riesen und Nixen im Mummelsee, Märchen und Legenden, die sie von ihrer Großmutter hatte. »Die mit genauso 'nem Buckel gesegnet war wie ich. Bei Regen konnt ich mich drunterstelle und wurd net nass«, behauptete die Bäuerin tiefernst und freute sich über die ungläubigen Gesichter der Kinder und die belustigten der Erwachsenen. Madeleine wurde nie müde, ihr zuzuhören, doch heute war ihr nicht danach zumute. Sie entschied sich für den unbequemeren, dafür weniger belebten Weg durch den Grünwettersbacher Wald.

»Notre páire dâ sèel …«, fing sie im Rhythmus ihrer Schritte zu beten an. »Notre páire dâ sèel, que toun noum sie santifia … s' la voû plai, Buondìou, mach, dass ich meine Sach wieder krieg, und dann, ich versprech's, guter Gott, will ich mich nie mehr mit dem Soldat treffen, nie mehr.«

Hinter der Kurve lag Wolfartsweier, vereinzelt flackerten Lichter in den Häusern. Weiter wand sich der Weg, anfangs noch über freies Land, dann bergab durch dichten Wald. Das winternackte Geäst knarzte, krächzend erwachte ein erster Rabe.

Auch Carlsruhe lag noch im Dunkeln, als Madeleine am

Rüppurrer Thor ankam. Die Wachthabenden palaverten mit einem Händler, umrundeten seine Holzfuhre, zählten, prüften, schrieben beim Schein der Talgkerze etwas in ein dickes Buch, palaverten wieder. Sie musste sich gedulden.

»Honig«, erklärte sie dem Zollwächter, als sie schließlich an der Reihe war, öffnete auf seine Order hin die Kiepe und nahm den dicken Korkstöpsel vom Behälter.

»Und was ist das hier?«

»Grumbiire.«

Sie war stolz, dass sie das Wort behalten hatte. »Aber die sind nicht für den Verkauf. Ich will sie jemandem schenken.«

Der Mann griff in den Korb und holte eine der Knollen heraus, drehte sie in der Hand, roch daran. »Ich hab so was noch nie gegessen.« Er blinzelte ihr frech zu. »Willst du mich nicht mal bekochen?«

Madeleine erschrak. Die Maïre hatte recht, in der Stadt musste man höllisch aufpassen. Sie wand sich verlegen. »Bei uns dürfen nur Männer Trifulles kochen, ein alter Brauch bei den Waldensern«, behauptete sie und staunte, wie leicht ihr eine solch idiotische Lüge über die Lippen gekommen war, ihre Stimme hatte nicht einmal gezittert.

Tut mir leid, Buondìou, verzeih, eine Notlüge, es ging nicht anders, und sie schickte einen entschuldigenden Blick in den Himmel. Der Wachthabende grinste und steckte die Knolle ein.

»Na gut, dann werd ich sie mir halt selber kochen.«

»In Salzwasser«, rief Madeleine noch und machte sich schleunigst aus dem Staub.

Sie bemerkte den Straßenfeger erst im letzten Moment. Seit jenem Tag, als er ihr geholfen hatte, den Korb zu packen, war er ihr nicht mehr über den Weg gelaufen.

Sie hatte sich noch bedanken wollen, damals, wollte ihm ein paar Nüsse schenken, auch Maronen. Aber da war er, als sie sich umdrehte, schon fort gewesen. Vergeblich hatte sie hinter ihm hergerufen. Die Oberhäusserin gackerte anzüglich. »Na, da haschte dir abba en schöne Verehrer ang'lacht«, höhnte sie. Madeleine lief rot an. Dumme Ziege! Sie kannte diesen Menschen doch gar nicht, hatte ihn noch nie zuvor gesehen, was sollte diese Bemerkung?

Sie wollte eine patzige Antwort geben, aber auf Deutsch fehlten ihr die Worte, was sie nur umso wütender machte. Nie würde sie hierhergehören, nie. Immer blieb sie ausgeschlossen. Verstand nichts und wusste sich nicht auszudrücken. Und wer war schuld daran? Die Maïre und die Nonno, alle diese Alten in Palmbach, die sich weigerten, die neue Sprache zu lernen. Und Pfarrer Doll, der mitmachte und auf Französisch predigte, nur um es sich mit seinen Schäfchen nicht zu verscherzen. Madeleine ballte die Hand zur Faust und wollte gehen, als die Buttermeierin sie am Arm fasste.

»Hör nicht auf die alte Scharteke, Madeleine, die ist nur neidisch, dass sie nimmer so jung und hübsch ist wie du. Und wunder dich net wegen dem Ignatz, der isch halt so, der hilft, wo er kann. Unter uns g'sagt, auch wenn er net redet, ischer doch tausend Mal besser wie der Soldat, der dir da in letzter Zeit schöne Augen macht.«

Sie hatte nicht gewusst, wo sie hingucken sollte, ihr Gesicht begann zu glühen, sie verabschiedete sich schleunigst.

Wenn die Buttermeierin wüsste, was im Hardtwald passiert war.

Vielleicht war ja gar nichts passiert. Aber wenn doch?

Madeleine verlangsamte ihren Schritt. Nein, sie wollte diesen Ignatz nicht überholen, sie müsste ihn dann grüßen, und womöglich würde er sich dann noch einbilden, sie wolle etwas von ihm.

Im gleichmäßigen Rhythmus kehrte er sorgfältig den Dreck vor sich her, säuberte die Gosse, fegte an den Hauswänden entlang, sogar in den Eingängen, was doch eigentlich die Bewohner selbst tun sollten. »Der hilft, wo er kann.« Mit dem Schäufele las der Straßenfeger die Pferdeäpfel auf und warf sie in den dafür vorgesehenen Kasten. Ein Kind, vielleicht acht oder zehn Jahre alt, half ihm. Bestimmt sein kleiner Bruder oder ein Nachbarsbub.

»Da ist sie ja, meine Schöne. Seit Tagen steh ich schon hier und warte, aber jetzt hab ich dich. Jetzt entkommst du mir nimmer.«

Hände umfassten von hinten ihre Taille, krochen unter ihr Schultertuch, suchten den Weg zu ihrer Brust. Kalte Lippen küssten ihren Nacken.

In der ersten Überraschung war sie versucht, sich den Caresses, den Liebkosungen und schmeichelnden Worten des Grenadiers hinzugeben. Dann aber schämte sie sich. Was fiel diesem Sobringer ein? Mitten auf der Straße, gerade jetzt, wo alles zur Arbeit ging! Die Leute schauten schon. Selbst der Junge vom Straßenkehrer. Er hatte nur ein gesundes Auge, das linke war verwachsen. Aber er guckte.

Empört wehrte sie die Umarmung des Soldaten ab. Doch der ließ sie nicht los, drängte sie in ein Seitensträßchen und dort in eine offen stehende Toreinfahrt.

»Ich hab so Sehnsucht nach meiner Schönen gehabt«, hauchte er ihr ins Ohr und presste sie mitsamt ihrem Korb gegen die Hauswand. Sie fühlte sich hin- und hergerissen. Sì, sì, klopfte ihr Herz. Sein Uniformrock roch frisch nach Seifenlauge. Als er sie auf den Mund küssen wollte, kratzten Bartstoppeln über ihre Wange. Sie drehte den Kopf zur Seite.

»Bitte nicht, nicht hier, das geht doch nicht.«

»Was hast du denn? Neulich warst du nicht so zimperlich.«

Er hielt sie fest, presste sich gegen sie, wieder suchten seine Lippen ihren Hals, den Mund. Im Haus klapperte etwas, drinnen in der Parterrewohnung rief eine Frau nach einem Fränzle. Madeleine geriet in Panik.

»Hör auf, lass mich los!«

»Wieso denn, meine Schöne? Das letzte Mal hast du's doch auch gewollt. Warum zierst du dich jetzt?«

Vergiss nicht, wer wir sind und von woher wir kommen, hörte sie im Kopf die energische Stimme der Nonno, sah die Maïre nicken.

»Versteh doch, meine Leute, ich bin doch keine von euch, ich bin Waldenserin.«

»Mir doch wurscht, was du bist, Waldenserin, Hugenottin, lutherisch, jüdisch, katholisch. Du brichst mir das Herz, wenn du mich zurückweist. Willst du, dass ich an gebrochenem Herzen sterbe? Willst du das?«

Wieder versuchte der Grenadier, sie zu küssen, wieder wich sie ihm aus. Irgendwo schlug eine Tür.

»Ich darf keinen heiraten, der nicht Waldenser ist«, stieß sie hervor.

»Heiraten?«

Er ließ sie los. »Wer redet denn von Heiraten? Da haben wir uns mal ein bissel vergnügt, und du redest von Heiraten. Seid ihr denn alle gleich, ihr Weiber?« Sobringer war laut geworden, seine Augen funkelten böse.

»Aber was, wenn was passiert ist?«, stotterte Madeleine.

»Was soll das heißen: ›wenn was passiert ist‹?« Jetzt brüllte er. »Erst den kleinen Finger nehmen und dann die ganze Hand wollen. Genau wie dieses Aas von Catharina, du bist genauso eine Hure wie sie ...«

»Catharina? Catharina Würbsin?« Madeleine schrie auf, schlug aber sofort die Hand vor den Mund. »Aber was ist, wenn ich schwanger bin?«, flüsterte sie.

Sobringers Hand klatschte hart auf ihre Wange.

Laut kläffend kam ein Hund aus dem Hof gesaust, gleich dahinter ein Mann mit einer Forke.

»Haut bloß ab, in meim Haus wird net g'schtritte. Raus mit euch, raus!«

Madeleine stolperte, die Finger in die Trageriemen der Kiepe verhakt, aus dem Durchgang. Die Häuser der Gasse verschwammen, die Gärten gegenüber, Bäume, Sträucher, Zäune, Ställe, Misthaufen, ein paar pickende Hühner. Alles wurde unwirklich, das dämmrige Morgenlicht, der schwarze Köter, der zähnefletschend das Hoftor bewachte, der Grenadier Sobringer in seinem schönen blauen Rock. Er stapfte davon und schaute sich nicht mehr um. Tränen liefen Madeleine übers Gesicht, in den Ohren ein Brausen. Das Einzige, an was sie denken konnte, war: der Honig. Hoffentlich ist dem Honig nichts passiert, ich muss zum Markt damit. Hoffentlich ist der Krug nicht kaputt, der Deckel nicht verrutscht, hoffentlich ...

Und die Trifulles! Sie wollte doch zum Tulpenwirt und ihm die Grumbiire geben. Und zur Medicinalratswitwe, für die sie, als die Maïre und die Nonno außer Haus waren, Zuckernüsse gebrannt hatte. Zum Dank für das Kleid. Aber Madeleine rührte sich nicht von der Stelle.

»Warum heulsch du denn?« Der Bub des Straßenfegers zupfte sie am Ärmel, verschreckt zuckte sie zusammen. Ignatz mit seiner Karre stand hinter ihm, mitten auf dem Weg, und schaute dem Grenadier nach. Seltsame Laute kamen aus seinem Mund. Als knurrte und grunzte ein Tier. Dazwischen Keuchen, leise Schreie. Unwillkürlich trat Madeleine einen Schritt zurück. Doch schon verstummte der Straßenfeger und blickte zu ihr.

Sie musste entsetzlich aussehen, völlig aufgelöst.

Er holte aus der Tasche seiner Joppe ein Sacktuch, schüttelte es, um ihr zu zeigen, dass es sauber war, gab es ihr und verschwand wortlos hinter seiner Karre, so wie er damals auf dem Markt ohne Gruß davongelaufen war. Hatte er ihr »Danke« gehört? Sie trocknete sich die Tränen, putzte die Nase. Das Kind beobachtete sie neugierig. Man konnte meinen, es habe noch nie einen erwachsenen Menschen weinen gesehen.

Ob der Kleine schon mal Honig gegessen hat?

»Komm her«, sagte sie und zwang sich zur Ruhe.

Sie setzte den Korb auf einem Mäuerchen ab, öffnete ihn, vergewisserte sich, dass der Honigbehälter noch fest verzurrt war, und nahm vorsichtig den Deckel ab. Er klebte verdächtig fest an der Öffnung des Gefäßes, aber sie hatte Glück gehabt, es war nichts ausgelaufen.

»Magst du was davon?«

Der Junge linste mit seinem einen Auge hinein, nickte begeistert. Sie füllte ihm einen der kleinen Krüge voll, die sie normalerweise gegen einen Obolus abgab, wenn Kundinnen ohne eigene Töpfchen am Stand erschienen. Zu Hause würde sie sagen, einer sei ihr zerbrochen.

»Und du, möchtest du auch?«, fragte sie Ignatz, der noch immer an seinem Wagen stand und dem Soldaten hinterherschaute. Aber der Straßenkehrer reagierte nicht.

»Er hört dich net«, erklärte der Junge, steckte seinen Zeigefinger in den Honig und leckte ihn genüsslich ab. »Er hört gar nix. Spreche kann er au net.«

»Er hört mich nicht?« Madeleine riss ungläubig die Augen auf. Der Straßenkehrer hatte sie gar nicht gehört? Deshalb also. Jetzt verstand sie, was die Buttermeierin meinte, als sie sagte: »auch wenn er net redet …«

»Und wie heißt er?«, fragte sie unnötigerweise.

»Ignatz. Sein Name kann er schreibe. Wenn du ihm ein Zettel mit seim Name drauf zeigsch …« Der Junge unterbrach sich. »Kannst du denn überhaupt schreiben?«, erkundigte er sich und versuchte, fein und ordentlich zu reden.

»Nicht gut.«

Würde das Kind begreifen, wenn sie erzählte, dass in der Palmbacher Schule Französisch unterrichtet wurde und sie Deutsch nur vom Hörensagen gelernt hatte?

»Und du? Kannst du schreiben?«, fragte sie ausweichend.

»Au nur mein Name. Chrischtoph. Die Großmutter hat's mir gezeigt.«

Wieder tunkte der Junge seinen Finger in das Töpfle, redete aber weiter: »Sie kann den Lehrer nicht bezahlen. Auch der Ignatz war nie in einer Schule. Wer nicht hört und nicht spricht, kann net in die Schul, sagen die Leut. Sie sagen, dass so jemand net ganz richtig im Kopf isch. Aber das stimmt nicht, der Ignatz weiß alles. Er hat mir die Sterne am Himmel gezeigt und wie ich Fische in der Alb fangen kann, wie man sie ausnimmt und Feuer macht, um sie zu braten …«

Madeleine hörte nur noch mit halbem Ohr auf Christoph. Sie füllte einen zweiten kleinen Krug mit Honig, putzte die klebrigen Finger an Ignatz' Sacktuch ab und strich sich eine widerspenstige Haarsträhne aus dem Gesicht. Dann ging sie hinüber zu dem Straßenfeger und berührte ihn am Arm.

»Für dich«, sagte sie und reichte ihm Tuch und Honig. »Und du hörst wirklich gar nichts? Keinen Ton?«

Dieses Mal flüchtete er nicht. Seine Augen folgten der Bewegung ihres Mundes, ihrer Augen. Als Christoph kam und ihm zunickte, lächelte er vorsichtig, tippte mit einer Hand an sein rechtes Ohr, dann an seine Lippen, drehte die Finger kurz, als drehe er einen Schlüssel im Schloss, und zuckte die Schultern. Eine Erklärung? Noch während Madeleine überlegte, fasste Ignatz sie am Arm, zeigte die Straße hinunter, wohin der Grenadier verschwunden war, wandte sich wieder ihr zu und deutete, für sie völlig überraschend, mit der Hand eine leichte Wölbung über der Stelle ihres Kleides an, unter der sich ihr Bauch verbarg. Er berührte den Stoff nicht, seine Finger hielten Abstand, nur die Augenbrauen hatte er fragend hochgezogen.

Sie spürte, wie ihr das Blut ins Gesicht schoss und sie erneut zu schluchzen anfing.

Was fällt diesem Kerl ein? Ein Mädchen zu fragen, ob sie ein Kind im Leib trug! Sie fauchte ihn an, doch mitten im Satz brach sie ab. Er hörte sie ja nicht.

Als wolle er Abbitte leisten, reichte er ihr sein Tuch ein zweites Mal, unwillig riss sie es wieder an sich. Dann nestelte sie am Deckelverschluss, packte sich den Korb auf den Rücken und rannte davon. Die Kiepe schlenkerte hin und her.

Dort, wo das Gässchen endete, öffneten sich ein winziger Platz und dahinter der Totenacker der reformierten Kirche. Hastig, als würde sie verfolgt, suchte Madeleine die Eingangstür zum kleinen Gotteshaus und schlüpfte in den schummrigen Gebetsraum. Gegen eine Wand gelehnt, schloss sie die Augen. Sie wollte niemanden sehen, weder den vermaledeiten Sobringer noch diesen unverschämten Kehrichtbauer und auch nicht den einäugigen Bub. Obwohl – der hatte ihr ja nichts getan.

Trotzdem!

Und dann war sie auch noch so dumm gewesen und hatte den beiden Honig geschenkt! Und zwei Töpfchen dazu! Als ob sie mit Geld um sich schmeißen könnte. Sie ärgerte sich über sich selbst, spürte ihr Herz bis in die Kehle klopfen. Mei-ne Schö-ne, mei-ne Schö-ne, hämmerte es gehässig.

Sie zitterte, suchte nach einem der Stühle, die Alten und Kranken vorbehalten waren, setzte sich. Doch die Stimme in ihr hörte nicht auf: Mei-ne Schö-ne, ich hab so Sehnsucht nach dir gehabt.

Bis Madeleine plötzlich ein Gedanke durch den Kopf fuhr: Und so was kann der Straßenkehrer nicht sagen? »Meine Schöne«? Auch nicht »bitte« und »danke«, »ja« und »nein«? Wie ist das, wenn man keine Sprache hat?

Sie hatte drei, Patouà, Französisch und Deutsch, und sie redete den ganzen Tag. Mit Gott, mit der Maïre und mit Jeanne. Oder mit den Frauen auf dem Markt. Und wenn sie dachte, dachte sie in Wörtern und Sätzen.

Kann man ohne Wörter denken?

Madeleine schaute sich um, sah eine schwarz gekleidete junge Frau, die vor sich hin murmelte. »... sei seiner Seele gnädig«, verstand sie. Ein kaputtes Fenster schlug auf und zu, durch die dünnen, lehmverputzten Wände der Kirche drang der Lärm von der Langen Straße herein. Karren und Kutschen ratterten vorüber, eine Peitsche knallte. Kinder kreischten. Ein Mann pries seine Waren an. »Citronen, Canneel, Muskat«, schallte es an ihr Ohr. Die Welt war voller Geräusche, es piepste und brummte und summte, Vögel zwitscherten, Hunde bellten, Betrunkene grölten, und dann war da das Rauschen des Regens, das Säuseln das Winds, das Plätschern des Wetterbachs ...

Und das alles hörte dieser Ignatz nicht?

Weiß er, dass Citronen Citronen heißen und Bäume Bäume sind? Buchen, Eichen, Birken? Kennt er die Namen der Früchte auf dem Markt? Weiß er, wie die Stadt heißt, in der er lebt? Wie kann er reagieren, wenn man ihn ruft? Christoph sagt, die Leute nennen ihn einen Idioten, einen Schwachkopf.

Aber dieser Mensch ohne Worte hat mich gefragt: Bekommst du ein Kind? Seine Augen, seine Hand, seine Miene haben gefragt. Er hört nicht und spricht nicht und hat doch sofort begriffen. Als habe er in ihr Inneres geschaut.

Gab es so etwas? Oder sah man ihr den dicken Leib schon an? Sie atmete schwer, ein unbändiger Groll packte sie.

Dieser Schuft von Sobringer, ce salaud! Zwei Kinder hat er der armen Würbsin gemacht. Zwei! Und auf so einen bin ich reingefallen. Lieber Gott, Buondìou, du musst mir verzeihen …

… sie brauchte den Lieben Gott ziemlich oft in letzter Zeit. Hoffentlich überforderte sie Ihn nicht, …

… aber diesem Hund wünsche ich die Pest an den Hals, Reißen in den Gliedern, Cholera, die Blattern und abgehackte Beine. »Ich glaub, ich bring ihn um«, wisperte sie hinter vorgehaltener Hand, damit Gott wenigstens das nicht hörte.

8

»Täusche ich mich, oder könnte es sein, dass Sie etwas mitgenommen aussehen?«

Major von Sandberg warf seinem Begleiter einen amüsierten Blick zu, sein Ton verriet Spott.

Hofrat Groos spie ein bissiges Lachen aus. »Wundert Sie das? Erst hat es mittags in der ›Tulpe‹ keinen Hasen gegeben …«

»… was Ihre gute Laune beeinträchtigt hat …«

»Beeinträchtigt? Den ganzen Tag hat's mir verdorben. Und dazu noch am Vormittag die Befragung der Mutter der Kindsmörderin. Was für ein Frauenzimmer«, ereiferte sich der Hofrat, »was für eine durchtriebene Person! Und bei so etwas hat einer wie ich die ganze Zeit präsent zu sein und muss sich deren freche Antworten anhören, das ist wahrlich kein Vergnügen, sag ich Ihnen. Wenn ich ihr wenigstens die Meinung hätte geigen können, aber die anwesenden Amtmänner dürfen ja nichts sagen. Nein, was habe ich mich echauffiert! Das Herz hat geflattert, und am Ende hat mir der Schädel gebrummt. Ich bin froh, wenn diese ganze Geschichte endlich vorbei ist.«

Aufgebracht packte Hofrat Groos den Major am Rockärmel und blieb stehen. Von Sandberg sah sich gezwungen, ebenfalls innezuhalten. Ein Passant hinter ihnen konnte nicht mehr ausweichen und trat ihm in die Fersen. Weil der Schmerz sich in Grenzen hielt und er den armen Mann für Hofrat Groosens Benehmen nicht verantwortlich machen konnte, nahm von Sandberg dessen eifrige Worte der Entschuldigung an. Der Hofrat schien das alles nicht mitzubekommen. Ohne Punkt und Komma redete er weiter, während er sich nun wieder in Bewegung setzte und von Sandberg mit sich zog.

»Stellen Sie sich vor, alle haben von der Schwangerschaft gewusst oder es zumindest geahnt, die Mutter, die Hebamme, das ganze Weibervolk im Haus. Und alle haben weggeschaut. Oder sich von der Dirn an der Nase herumführen lassen. ›Nein, ich bin nicht schwanger‹, soll das Luder gesagt haben, ›ihr könnt mir kein Kind in den Leib schwätzen, lasst mich in Ruh, ihr wollt nix als Streithändel‹, das soll sie gesagt haben.«

Die Stimme des Hofrats war in fistelsoprane Höhen geklettert, dann rutschte sie wieder in die Tiefe. »Sie sei halt kräftig von Statur, die Catharina, haben die Zeuginnen ausgesagt und die Unschuldslämmer gespielt. Aber hinterher Zeter und Mordio schreien! Die alte Würbsin konnt's am besten. Dabei hat sie dem Treiben ihrer Tochter …«

Im rasch schwindenden Tageslicht übersah Hofrat Groos ein Schlagloch und wäre gefallen, hätte Major von Sandberg ihn nicht gerade noch festhalten können. Zwei Hunde, die sich um einen danebenliegenden Knochen gerauft hatten, stoben auseinander, machten sich aber, als sie merkten, dass ihnen keine Gefahr drohte, gleich wieder mit gefletschten Zähnen über ihre Beute her. Fasziniert beobachtete Major von Sandberg die verbissene Kampfeslust der beiden Köter. Wenn doch nur seine Männer auch eine solche Beharrlichkeit in der Schlacht zeigen würden.

»Verzeihen Sie, ich habe mich ablenken lassen. Was, sagten Sie, hat die Mutter getan?«, fragte er, während sie weiter durch die Bärengasse aufs Schloss zugingen.

»Sie hat dem Treiben ihrer Tochter keinen Riegel vorgeschoben, hat es sogar befördert«, nahm der Hofrat seine vorangegangenen Worte wieder auf. »Ohne rot zu werden, hat die Alte im Verhör zugegeben, dass die Tochter den Soldaten mehrere Male in ihre Kammer gelassen hat. Sie habe ihn hineingehen und erst am nächsten Morgen wieder herauskommen sehen.«

»Unfassbar, in der Tat.« Major von Sandberg kräuselte verärgert die Nase, er hätte diesen ungehobelten Bauernlümmel besser an die Kandare nehmen sollen. Hatte er nicht von Anfang an das Gefühl gehabt, dass dieser Rekrut – kam er nicht von irgendeinem Weindorf im Breisgau? – ein windiger Bursche war? Andererseits, konnte man es ihm verübeln, wenn die

Mutter des Mädchens so offensichtlich wegschaute? Welcher junge Mann würde da Nein sagen?

»Eine Kupplerin also, die alte Würbsin«, bemerkte er verächtlich.

»Sie leugnet's natürlich. Sagt, der Soldat habe das feine Töchterchen heiraten wollen …«

»Das soll wohl ein Scherz sein, der Kerl wusste doch, dass er keine Heiratserlaubnis kriegen würde.«

Wozu, fragte sich von Sandberg, redete er sich Fransen an den Mund, wenn die Herren Soldaten doch machten, was sie wollten?

Die Mutter, fuhr Hofrat Groos fort, habe dem jungen Mann vertraut. Er sei ehrlich und tugendsam und würde dem Mädchen nichts antun, habe er beteuert.

»Ach«, flachste der Major, »was hat die Alte sich denn vorgestellt, was die beiden dort nachts in der Kammer machen? Sich fromme Verse vorlesen und beten?«

»Wir haben sie heute Morgen wegen Beihilfe zur Unzucht zu achtzig Tagen Arrest verurteilt, bei Wasser und Brot. Da hat sie jetzt genügend Zeit, über ihre Schandtaten nachzudenken.«

»Und der Mann, der alte Würbs?«

»Ist unschuldig. Hat von nichts gewusst!«

Major von Sandberg nickte. Das ist ja bekannt: Die Weibsbilder können sich nicht beherrschen und geben sich hemmungslos der Unkeuschheit hin, sie beschwören ihr Elend selbst herauf.

Er blinzelte in die eben von einem Nachtwächter entfachte einsame Straßenlaterne am letzten Haus in der Bärengasse. Das Licht erhellte kaum den Vorderen Cirkel, der im Halbkreis um den Schlossplatz herumführte. An jedem vierten oder fünften Haus sollte es eine solche Beleuchtung geben, wünschte er sich.

»Bald werden die Tage wieder länger«, ließ sich Groos neben ihm vernehmen. »Finden Sie nicht auch, dass es schon nach Schneeglöckchen riecht?«

»Es bräuchte Kasernen«, sinnierte Major von Sandberg

laut, ohne auf die Frühlingsgefühle des Hofrats einzugehen. »Würde unser gnädiger Markgraf sich zum Bau von Kasernen entschließen, müssten die jungen Soldaten nicht in Privatquartieren untergebracht werden, wo hinter jeder Tür die Verführung lauert. Es käme zu keinem unehelichen Beischlaf und in der Folge auch zu keinem Kindsmord. So einfach ist das.«

Jetzt war er es, der stehen blieb, beim Laufen ließ es sich schlecht denken, fand er. Der Hofrat pflichtete ihm bei, wandte allerdings ein, dass Kasernen eine teure Angelegenheit seien. »Nicht nur das Gebäude kostet Geld, werter Herr Major, die Männer müssen auch essen, sie brauchen Stroh zum Schlafen und saubere Wäsche. Das alles ist einfacher, wenn sie wie jetzt bei Familien in der Stadt in Kost sind.«

»Aber Sie sehen doch, wohin das führt. Die Sittenlosigkeit nimmt überhand, gerade in Klein-Carlsruhe, wo die Leute auf engstem Raum zusammenleben. Stellen Sie sich vor: Einer meiner besten Männer ist im letzten Jahr beim Forstfrevel aufgegriffen worden. Er habe nur der Hausfrau beim Reisigsammeln helfen wollen, weil sie krank und schwach gewesen sei, redete er sich heraus. Papperlapapp! Verliebt war er in die hinterhältige Hex, hat sich von ihr becircen und zu dieser verbrecherischen Tat hinreißen lassen. Mehrmals, wie sich nachher herausstellte.«

Vor ihnen flammte in den Parterrefenstern des Schlosses eine Kerze nach der anderen auf, dann die Lüster in der Empfangshalle und kurz darauf die Fackeln am Eingang. In den Räumen sah man Schatten hin und her huschen, Bedienstete, die das musikalische Souper vorbereiteten, zu dem der Markgraf geladen hatte.

»Wir haben noch Zeit«, bemerkte der Hofrat, »Pünktlichkeit in Ehren, aber die Ersten sollten wir auch nicht sein, das sieht so verfressen aus.« Er schmunzelte, nun wieder friedlicher gestimmt als noch vor einer Viertelstunde. »Lassen Sie uns drüben an der Orangerie vorbeigehen und gucken, wie weit sie mit der Renovierung des neuen Wirtschaftsgebäudes sind«, schlug er vor. »Wissen Sie, dass der Markgraf dabei ist, alle Holzbauten aus den Anfängen der Stadt sukzessive durch steinerne Gebäude zu ersetzen?«

Groos wartete eine Antwort nicht ab. Zielstrebig marschierte er den Vorderen Cirkel entlang in Richtung Waldgasse.

»Bewegung soll ja guttun«, frotzelte von Sandberg und folgte dem Hofrat, »außer Sie stolpern mir wieder in ein Loch und brechen sich das Genick.«

Hofbuchhändler Macklot schloss eben seinen Laden und grüßte, als sie vorüberkamen. Irgendwo zankte eine Frau, wie zur Antwort erschallte hitziges Männergebrüll. Gerade als sie am Ende des Cirkel rechts in den Weg einbogen, der am westlichen Rand des Platzes wieder aufs Schloss zuführte, kam ihnen fluchend und spuckend der alte Husarenfritz entgegen, dem eine Gewehrsalve vor langer Zeit den halben Schädel samt Verstand weggepustet hatte.

»Man sollte ihn fortsperren«, bemerkte von Sandberg.

»Er tut doch keinem was zuleide«, erwiderte der Hofrat begütigend.

Dann wurde es still unter den Bäumen, nur ihre Schuhe knirschten laut im Kies. Auf der gegenüberliegenden Seite des weiten Runds marschierten Soldaten auf. Wachablösung. Doch in der Dunkelheit, die sich über die Residenz gesenkt hatte, konnte der Major nicht erkennen, wer die Einheit anführte.

»Und was geschah mit dem Holzdieb, von dem Sie vorhin erzählt haben?«, fragte Hofrat Groos unvermittelt.

Noch in Gedanken bei den Vorzügen von Kasernen und dem elenden Leben des Husarenfritz antwortete von Sandberg nicht sofort. »Handabhacken für Forstfrevel ist ja nicht mehr zeitgemäß«, sagte er schließlich. »Manchmal weiß ich nicht, ob ich das bedauern oder begrüßen soll. Wir haben den Mann ehrlos aus dem Regiment entlassen. Jetzt sitzt er irgendwo auf der Straße und bettelt. Dabei war es ein ausgezeichneter Mann, kräftig, geschickt im Umgang mit den Waffen. Schade um ihn, aber Ordnung muss sein, da geht kein Weg dran vorbei …«

»Halt!«, unterbrach ihn Hofrat Groos. »Was ist das?«

Merkwürdige, geradezu abartige Töne kamen aus einer Hecke, die an dieser Stelle die dahinterliegenden Orangerie- und Verwaltungsgebäude verdeckte. Buche oder Rotbuche, rätselte von Sandberg und wunderte sich, was für blödsinniges Zeugs dem Menschen in den unmöglichsten Situationen durch den Kopf ging. Zwischen den Stämmen bewegte sich etwas. Ein grauer Schatten.

»Wahrscheinlich ein Wildschwein«, flüsterte von Sandberg und hätte nie zugegeben, dass ihm unheimlich wurde. »Wölfe haben wir in unserer Gegend ja wohl kaum.«

Auf Zehenspitzen schlich er auf das Gehölz zu, Groos folgte ihm in gebührendem Abstand. Feigling!, dachte von Sandberg noch, da stieß er an etwas, an einen Stein, eine Wurzel, was auch immer, stolperte und schlug der Länge nach hin. Der Schatten sprang hoch, und bevor von Sandberg sich aufrichten konnte, war die Gestalt auf und davon. Kein Wildschwein und auch kein Wolf, stellte der Major nüchtern fest. Ein Zweibeiner. An den Händen spürte er etwas unangenehm Feuchtes. Es klebte ihm zwischen den Fingern und am Kinn. Er versuchte zu erkennen, was es war.

Blut.

Fast genauso schnell wie der Mensch, den er aufgescheucht hatte, kam auch er jetzt wieder auf die Beine. Vor ihm im Dreck lag ein Soldat in der Uniform des badischen Leibgrenadierregiments. Seines, von Sandbergs Regiments.

Der Mann lag auf dem Rücken, ein Bein angewinkelt, das andere, über das er gestolpert sein musste, ausgestreckt. Den rechten Arm hatte der Soldat über Augen und Stirn geworfen, wie es Leute manchmal im Schlaf taten.

»Na warte, du besoffener Held«, knurrte von Sandberg, »komm du mir morgen nur zurück auf den Exerzierplatz, da kannst du was erleben«, und er versetzte seinem Untergebenen einen mitleidslosen Tritt in die Seite. Doch dieser rührte sich nicht, der Arm über dem Gesicht rutschte zur Seite, über Wange und Schläfe klaffte eine hässliche Wunde.

Von Sandberg fuhr herum, suchte mit den Augen nach dem Entflohenen, brüllte Befehle in die Nacht hinaus. Als er loslaufen wollte, rammte er Hofrat Groos, der ängstlich herangekommen war und mit offenem Mund zu dem Mann auf der Erde gaffte.

»Tot? Ermordet? In unserem kleinen, friedlichen Carlsruhe? Und noch dazu vor dem Schloss?«

Von Sandberg beachtete den fassungslosen Hofrat nicht. Er schrie sich die Lunge aus dem Leib, bis endlich nach einer halben Ewigkeit die Leibwache herbeistürmte. Von allen Seiten jagte jetzt auch Militär dem Flüchtenden hinterher, der, um seinen Häschern auszuweichen, gleich einem Hasen Haken schlagend über den Schlossplatz zur Waldhorngasse spurtete. Im allerletzten Augenblick, bevor er zwischen Gärten und Häusern entwischen konnte, gelang es einer Patrouille, ihm den Weg abzuschneiden.

»Haltet ihn«, rief der Major, während er den Männern entgegenrannte, »der Lump ist gefährlich, wahrscheinlich bewaffnet!«

»Nein«, meldete der Hauptmann, als sie kurz darauf zusammentrafen, »wir fanden keine Waffe bei ihm, er hat sich auch nicht gewehrt.« Der Patrouillenführer schubste den Gefangenen nach vorn, damit von Sandberg ihn in Augenschein nehmen konnte.

»Wer bist du? Wo wohnst du?«

Doch der Festgenommene schwieg.

»Ach, so ist das, du machst auf stur, bitte schön, ganz wie du willst, aber wir werden schon sehen, wer am längeren Hebel sitzt.«

Im Schein der Fackel, die einer der Wachtleute herbeigebracht hatte, musterte von Sandberg den Burschen. Klein und schmächtig war der Kerl, die Kleidung ärmlich. Ein Strauchdieb. Natürlich. Hatte es auf Geld und Wertgegenstände abgesehen.

»Durchsucht ihn!«

Der Hauptmann gab die Order weiter. Ein Fähnrich beeilte

sich, dieser nachzukommen, stülpte sämtliche Hosen- und Jackentaschen des Missetäters nach außen. Nichts. Die Taschen leerer als leer.

»Und er hatte keine Waffe bei sich, keinen Degen, kein Messer?«

»Nein, Herr Major.«

»Er muss sie weggeworfen haben. Bringt mehr Fackeln und sucht den Platz danach ab. Und einer geht den Stadtchirurgus holen, aber schnell, wenn ich bitten darf.« Das hätte er sofort veranlassen sollen, ein unverzeihlicher Fehler, der Soldat im Gebüsch lebte vielleicht noch.

Das Souper beim Markgrafen! Seine Durchlaucht würde ungehalten sein, wenn er und der Hofrat nicht erschienen. Aber er hatte keine Wahl, das hier war wichtig, er musste tun, was er zu tun hatte. Pflicht ist Pflicht. Sobald Carl Friedrich von der Sache erführe, würde er verstehen.

Groos stand noch immer neben dem reglosen Soldaten, als von Sandberg zum Ort des Geschehens zurückkam.

»Er rührt sich nicht. Ich dachte aber, es ist besser, ihn nicht anzufassen, bevor nicht der Wundarzt gekommen ist.«

»Sicher, sicher«, bestätigte der Major, doch innerlich mokierte er sich über den Hofrat. Was für ein Hasenfuß! Kann keinen Verletzten sehen, will sich Hände und Rock nicht schmutzig machen. Der Gute war halt nie bei den Soldaten. Aber in diesem Fall hatte er wohl trotzdem richtig gehandelt, der Chirurgus sollte der Erste sein, der das Opfer untersuchte.

Trotzdem ging von Sandberg in die Hocke. Der Kopf des Mannes war zur Seite gedreht, der Haarzopf zerzaust, der Uniformkragen abgerissen. Blut entstellte das Gesicht des Soldaten. Von Sandberg tupfte den Finger hinein, es war noch warm.

Als die Wache mit dem Licht kam und er die Person am Boden richtig sehen konnte, bestätigte sich sein Verdacht. Er erhob sich und trat zu Groos.

»Einer meiner Leute«, sagte er, »der Simon Sobringer aus dem Breisgau«, und obwohl er schon viele Tote gesehen hatte,

Tote mit zerschmetterten Gliedmaßen, mit granatenzerstückelten Leibern und aus dem Unterleib quellendem Gedärm, klang seine Stimme pelzig.

»Der?«, stammelte Hofrat Groos. »Aber das ist doch der Schwängerer der hingerichteten Catharina Würbsin.«

Von Sandberg erwiderte nichts. Er konnte es selbst kaum fassen. Wie oft hatte er diesen Landecker Burschen mit seinem aufgeblasenen Gehabe zum Teufel gewünscht. Und trotzdem – so einen Tod wünschte man niemandem. Ein Soldat verdiente es, im Krieg zu sterben, nicht durch die Hand eines Meuchelmörders. Allenfalls noch im Duell. Aber das war nicht mehr en vogue. Markgraf Carl Friedrich war ein erklärter Gegner solcher Ehrenhändel. Für einen Augenblick schloss von Sandberg die Augen, dann hatte er sich wieder im Griff und winkte die Patrouille mit dem Gefangenen herbei.

»Kennt jemand den Unhold?«

»Jeder in der Stadt kennt ihn«, meldete sich der Hauptmann, »es ist der Straßenfeger aus dem Dörfle.«

»Tatsächlich, der Ignatz.« Hofrat Groos war näher getreten und schaute in das von der Fackel angestrahlte, bleiche Gesicht des Burschen.

»Wenn ihn anscheinend alle Welt kennt außer mir«, bemerkte von Sandberg grimmig, »könnte es sein, dass Täter und Opfer sich auch gekannt haben?«

»Mit großer Wahrscheinlichkeit sogar«, bestätigte Groos. »Der Sobringer war doch, wie Sie wissen, zuvor bei den Würbens in Klein-Carlsruhe einquartiert, und der Ignatz wohnt, soviel ich weiß, mit der verwitweten Mutter und den Schwestern bloß um die Ecke herum. Selbstverständlich kennt man sich da. Nur warum hätte der Ignatz den Sobringer umbringen sollen? Der Junge kann keiner Fliege etwas zuleide tun.«

»Das glaubt man immer«, fuhr der Major dem Hofrat über den Mund, »aber die Seele des Menschen ist unergründlich. Wer weiß, was zwischen den beiden vorgefallen ist. Außerdem erweist sich das Bürschchen als sturer Bock und will den Mund nicht aufmachen. Das sind die Schlimmsten. Verdorben bis ins

Mark. Aber den bring ich zum Reden, Sie werden es schon sehen.«

»Erlauben Sie, dass ich Sie berichtige, verehrter Herr Major. Selbst wenn Sie ihn prügeln, es wird nichts nützen.«

9

Es stinkt. Nach abgestandener Luft, Schweiß und totem Getier. Wer fegt hier? Fegt hier überhaupt jemand? Der Raum ist dunkel, so dunkel, als hätte er die Augen zu. Aber seine Augen sind weit offen, sehen kann er trotzdem nichts. Er spürt auch keinen Windhauch, der von einer Luke, von einer Ritze in der Mauer käme. Falls es irgendwo eine Öffnung gibt, ist sie mit Brettern vernagelt, vielleicht sogar mit Lumpen abgedichtet.

Er hat sich nie Gedanken darüber gemacht, wie es sich anfühlt, in diesem Raum zu sein. Er hat ihn bisher nur von außen gesehen, wenn er sich sein Kehrgeld abholte. Die Tür ist immer geschlossen, manchmal sitzt ein Wachtmann davor.

Das Lohnzimmer liegt schräg gegenüber auf der anderen Seite des Hofs. Es ist vollgestopft mit Schränken und Schäften, in denen sich Papiere türmen und Stifte und Federn neben Anspitzmesserchen und Fläschchen mit flüssigen Farben liegen. Und es hat zwei Fenster, eines geht zur Morgenabendstraße, das andere zum Markt.

Anfänglich ist er nach jedem Arbeitstag hierhergekommen, doch immer hat der Mann hinter dem schweren Schreibtisch den Kopf geschüttelt, von Mal zu Mal gereizter. Bis er ihm endlich eines Abends »ja« bedeutete, ja, jetzt, heute, ein Papier nahm, eine Reihe von Strichen darauf malte, über den ersten Strich eine »1« und ihm dabei sein Geld gab, genauso viel wie bei der ersten Auszahlung, als der Vaterbruder noch mitgekommen war. Jede Münze zeigte auf der Rückseite den üppigen Lockenkopf des Großen Herrn.

Aber der Mann war noch nicht fertig. Er umkringelte die »1«, legte seine Hände zusammen und den Kopf darauf, wie er selbst es macht, wenn er jemandem mitteilt, dass er schlafen geht oder schlafen gehen möchte. Dann tat der Mann, als wache er wieder auf, und malte eine »2« über den nächsten

Strich. Und wieder schlafen und wieder aufwachen und eine »3« über den dritten Strich.

Damit er es auch ja verstand, streckte der Lohnmann zugleich einen Finger in die Höhe, dann zwei, drei, vier, fünf, dazu schließlich zwei der anderen Hand. Nach sieben Fingern und einer »7« über dem siebten Strich malte er erneut eine dick umkringelte fette »1« und deutete zugleich auf die Münzen: Zahltag.

Er begriff. Begriff, dass Tage und Nächte nicht immer so ablaufen mussten, wie zu Hause die Mutter es ihm eingebläut hatte, sondern dass es noch mehr Regeln gab, vielleicht sogar viele verschiedene, die er lernen musste. Sichtlich erleichtert atmete der Mann auf und schenkte ihm den Zeichenstift. Oben das Holz war angeknabbert.

Von da an hakte er die Strichtage auf dem Papier ab, um sich jedes Mal pünktlich an der »1« seinen Lohn auszahlen zu lassen. Mit der Zeit verinnerlichte er den Rhythmus, so wie er auch verinnerlicht hatte, wann er aufstehen muss, wann morgens der Markt beginnt und abends die Läden schließen. Bald brauchte er die Striche nicht mehr. Notfalls hatte er die Finger seiner Hand.

Morgen ist wieder Zahltag. Aber er ist hier eingesperrt in diesem lichtlosen, stinkenden Loch, und wahrscheinlich gibt man einem, der einem anderen den Kopf zertrümmert, keinen Lohn – trotz der Arbeit, die er zuvor geleistet hat.

Langsam gewöhnen sich seine Augen an die Finsternis. Vage macht er dunkle und dunkelste Schattengespinste aus, ohne erkennen zu können, was es ist. Gibt es viele solcher Räume hier im Haus? Vorsichtig tastet er sich an den Wänden entlang, stößt mit dem Fuß an etwas Hartes, das vorspringt. Ein schwerer metallener Ring. Zum Anbinden der Gefangenen?

Da plötzlich ist etwas neben ihm. Er greift, greift ins Leere und spürt es doch. Er riecht es.

Als Kind hat er den Duft seiner Beschützerin nicht gerochen, nie darauf geachtet. Zu selbstverständlich sind ihm die Küchendünste gewesen, die in den Falten ihrer Schürze hingen, der warme Geruch ihrer Hände, die ihm süße Früchte zusteckten, die Seifenwolke in ihrem Haar von der Farbe sonnenverbrannten Grases. Doch hier und jetzt riecht er das alles. Irgendwo hier hat sie gesessen, auf dem Boden, mit dem Rücken an der Wand, auf einem Hocker, und auf den Tod gewartet. Vielleicht hat man ihr ein Licht genehmigt.

Er tappt weiter, findet ein Bündel Stroh. Die Halme schwitzen Angst aus, Fieber, Erbrochenes. Er lässt sich darauf fallen, streckt die Beine, kreuzt die Arme unterm Kopf. Sie würden ihn enthaupten, wie sie seine Beschützerin enthauptet haben.

Der schöne Buntrock ist kein schöner Anblick mehr gewesen. Wer einen Menschen so zurichtet, ist außer sich. Er kennt dieses Gefühl. In einem Tobsuchtsanfall hat er auch einmal den dicken Fettwanst in den Kanal gestoßen. Noch heute fragt er sich, wie er, der kleine magere Anderohr, das damals geschafft hat. Irgendjemand hat den Dicken schließlich wieder herausgefischt, und der Vater ist zornig geworden. Er hat sogar die Hand gegen ihn erhoben, aber dann doch nicht zugeschlagen.

Seit dem Tag der Hinrichtung träumt er, dass er den Buntrock in Stücke zerreißt, dass er dessen Gesicht zerkratzt, damit es nicht mehr schön ist. Dass er ihm die Augen aussticht, die den Mädchen Böses tun. Doch jedes Mal, wenn er dem Buntrock Mutters Fleischmesser in den Bauch rammt, hält der Vater ihn fest, umarmt, wiegt und besänftigt das Kind, und er wacht auf. Da ist der Vater fort, nur seine Beschützerin schaut ihn noch an: Warum hast du nichts getan?

Er krümmt sich im Stroh, als schlage ihn jemand. Macht sich klein, zieht den Kopf zwischen die Schultern, presst die Augen zusammen. Trotzdem sieht er das Gesicht der Beschützerin, der sie den Kopf abgeschlagen haben.

Was hätte er für sie tun können?

Dass der Buntrock dem Mädchen mit Augen so tief wie der tiefste Brunnen, seinem Blümchen vom Markt, jetzt nicht mehr wehtun kann, beruhigt ihn. Aber er ist auch traurig, weil ein anderer tat, was seine Beschützerin von ihm erwartet hat.

Den ganzen Tag über war er auf dem weiten Platz der prächtigen Häuser beschäftigt, hat gefegt, Unrat eingesammelt, die Beete und Wege geharkt und gerechelt.

»Beeil dich! Und mach es gefälligst ordentlich!«, hat der Bediente des Großen Herrn ihm am Morgen mit eindeutigen Gesten befohlen.

Er arbeitet immer ordentlich, gestikulierte er empört zurück, und es würde noch ordentlicher aussehen, wenn nicht ständig Leute die sauberen Pfade wieder zertrampelten. Der Große Herr sollte allen an dem Tag, an dem er harkt und rechelt, das Durchlaufen verbieten. Am nächsten Tag kann dann von ihm aus jeder wieder machen, was er will.

Aber der Diener verstand nicht, versuchte gar nicht erst, ihn zu verstehen. Halt mich nicht auf mit deiner Fuchtelei, besagte sein Gesicht, ich hab zu tun.

Manchmal könnte er um sich hauen. Oder seine Karre mit allem Drum und Dran in den Steineschiffkanal werfen und hinterherspringen. Er hat den Mut nicht dazu.

Es ist schon fast dunkel gewesen, als er das letzte Stück Weg auf der Sonnenuntergangseite des Platzes in Angriff genommen hat. Vor sich in einiger Entfernung bemerkte er zwei Männer, die stritten, und noch bevor er erkannte, was dort vorging, fielen sie übereinander her. Eine Waffe blitzte, einer stürzte. Wie gelähmt verharrte er hinter seinem Kehrichtwagen, sah, dass der eine den anderen ins Gebüsch zerrte und davonlief.

Noch zögerte er, blickte sich um. War da jemand, der helfen konnte?

Aber da war nur die Wache vorn am Eingang zum mittleren, zum prächtigsten der prächtigen Häuser, und bis er dort wäre und ihnen mühsam mit Händen erläuterte, was geschehen war, wäre es vielleicht zu spät.

Er ließ seinen Rechen fallen und hastete zu der Stelle im Unterholz, wo der Verletzte lag. Kurz vorher verlangsamte er seine Schritte, vielleicht hatte der Mann eine zweite Waffe.

Aber der Mann, der den bunten Rock des Großen Herrn trug, bewegte sich nicht.

Vorsichtig kniete er nieder, hielt ihm seine Finger unter die Nase. Nichts. Legte die flache Hand, dann den Kopf auf die Brust. Nicht die geringste Regung. Er hatte dem alten Nachbarn, der allein lebte, die Augen geschlossen und die Hände über der Brust gefaltet, wie die Mutter es getan hatte, als der Vater von ihnen gegangen war. Er hatte das kleine Mädchen, das auf der Straße von den Hufen eines kutschenziehenden Tieres getroffen worden war, aufgehoben, ihm ein Tuch auf die blutende Wunde gepresst, während andere zu dem Mann liefen, der Kranke heilt. Noch bevor dieser eintraf, hatte das Kind zu atmen aufgehört. Er wusste, wann ein Mensch nicht mehr lebte.

Er drehte das starre, blutverschmierte Gesicht des Toten zu sich, erkannte ihn. Da spürte er einen Lufthauch, eine Erschütterung des Bodens, jemand stieß gegen ihn, und ein zweiter Buntberockter landete der Länge nach über dem Ermordeten. Er aber rannte wie zuvor der Mörder und dachte, während er lief und lief: Er ist tot, der Buntrock ist tot. Aber das triumphierende Gefühl verflog so schnell, wie es gekommen war.

Unter dem Eingang zu seinem Gefängnis leuchtet ein dünner Lichtstreifen auf, dann öffnet sich die Tür. Holen sie ihn jetzt schon zur Hinrichtung? Ihm wird heiß. Er versucht aufzustehen, aber die Beine versagen ihm. Der Aufseher, der hereingekommen ist, nimmt keine Rücksicht darauf. Er schleppt ihn in einen größeren, von Kerzen erhellten Raum und zeigt auf einen Hocker: Da, setz dich! Er schwankt, schafft es gerade bis dorthin. Vor ihm thronen an einem langen Tisch drei gewichtige Männer. Der Buntberockte in der Mitte, der so überraschend bäuchlings auf dem Toten gelandet ist, muss der Gewichtigste sein, ein Oberbuntrock. Er hat sich umgezogen, seine Kleidung ist sauber, als sei nichts gewesen. An Brust und Schultern hängen gebieterisch Litzen und Schnüre, mehr als bei den meisten anderen Buntröcken, die in der Stadt herumlaufen. Der Mann sitzt sehr aufrecht, mustert ihn finster mit zusammengebissenen Lippen.

Der weniger Gewichtige neben ihm wirkt blass und müde. Er trägt keine Schnüre am Rock, aber das Tuch seiner Kleidung ist edel. Er hat diesen Mann schon öfters in der Stadt gesehen. Es ist einer von denen, die jemanden wie ihn nicht grüßen.

Den Dritten auf der anderen Seite des Oberbuntrocks kennt er nicht, aber auch er muss etwas Bedeutendes sein. Vor ihm liegt viel Papier, und jetzt tunkt der Mann seine Feder in einen Krug mit Farbe, schaut ihn aufmerksamkeitsheischend an und bewegt den Mund.

Er weiß, sie erwarten eine Erklärung. Er will es versuchen.

Als er aufsteht, stellt er beruhigt fest, dass die Beine ihn wieder tragen, doch kaum macht er einen Schritt vorwärts, stürzt der Aufseher herbei und zwingt ihn zurück auf seinen Schemel. Die drei Männer sind zurückgewichen, der Blasse ist noch blasser geworden. Aber wie soll er ihnen denn sonst begreiflich machen, was geschehen ist?

Er muss es anders anfangen.

Langsam, die Hände beruhigend auf und ab winkend, steht er wieder auf, ohne aber vorzutreten, und wartet auf ein Zeichen von ihnen. Es dauert. Dann scheint der Blasse zu verstehen.

Nun mach schon, bedeutet er ihm ungeduldig.

Und wieder beginnt er. Mit ruhigen Gesten. Dann wird er schneller, seine Hände fliegen durch die Luft, er ballt sie zu Fäusten. Mimt, was er gesehen hat, erzählt von dem Kampf der beiden Männer, von der Waffe, von dem, der davongelaufen ist. Eine große Person, zeigt er, ungefähr einen Kopf größer als er. Vielleicht. Er zuckt mit der Schulter.

Jetzt haben sie sicher verstanden. Sie werden ihn freilassen. Er will nicht wie seine Beschützerin sterben.

Doch der Oberbuntrock runzelt die Stirn, berät sich mit dem Blassen, und während der Federmann, die Finger voller Farbflecken, Zeile um Zeile sein Papier vollkritzelt, lassen sie ihm keine Ruhe, rollen mit den Augen, verzerren ihre Münder, dringen in ihn.

Was wollen sie noch? Er hat geschildert, was er weiß. Mehr

kann er nicht machen. Mürrisch erheben sie sich, vor allem das Gesicht des Oberbuntrocks ist verbiestert, ungnädig. Bevor er geht, befiehlt er ihm, vor ihm strammzustehen, nur um dann auf ihn herabzusehen wie auf ein Stück Dreck. Er hat verloren.

Der Aufseher bleibt mit ihm zurück, rückt den Tisch an die Wand, schiebt die Stühle beiseite. Er wagt nicht, sich zu rühren. Gleich wird der Wächter ihn wieder in das lichtlose, dunkle Loch zurückbringen. Doch zuerst dreht der sich zu ihm um, formt seine Hand zu einer Schale und führt sie an den Mund.

Ja, nickt er, ja bitte. Er hat den ganzen Tag nichts gegessen.

Als der Mann den Raum verlässt, fällt kurz ein Lichtschimmer durch den Türspalt, vielleicht der Schein der beiden Laternen an der Morgenabendstraße oder der Nachtwächter, der seine Runden dreht. Das große Tor nach draußen zum Marktplatz muss offen sein.

Er drückt die Klinke, die Tür gibt nach. Im Hof ist niemand, und, tatsächlich, das Eingangsportal steht weit auf. Er schlüpft hinaus ins Freie.

10

Samstag, den 25ten Januarij 1772

Es konnte der Nonno heute Morgen nicht schnell genug gehen. Madeleine hatte gerade den letzten Bissen Brot heruntergeschluckt, da sprach die alte Frau schon das Dankgebet, räumte die Frühstücksschüsseln beiseite und schasste die kleineren Geschwister in den Stall, damit sie die Körbe herbeischleppten, in denen sie in den letzten Monaten alles gesammelt hatten, was sich irgendwie zu Girlanden verarbeiten ließ. Bänder und Borten, geschmeidige Haselnussgerten, Tannen- und Fichtenzweige, getrocknete Blätter und Blüten. Auch Vogelfedern, schwarzblaue, grauschwarze, braune, rötliche. Kaum war der Tisch abgedeckt und die Küche aufgeräumt, trafen auch schon die anderen Frauen des Dorfs ein und brachten Äste voll roter Winterbeeren mit, Strohhalme, bunt bemalte, auf Schnüren aufgefädelte Kastanien, noch mehr Federn.

Es war jedes Jahr dasselbe. Neujahr war noch nicht vorüber, da verfielen die Bewohner Palmbachs in geschäftige Aufregung. Die Frauen holten ihre Sonntagskleider aus der Truhe, um zu sehen, ob zum Fest noch etwas gewaschen, geflickt oder gar neu genäht werden musste, und die Jungen fieberten dem Tanz am Abend entgegen, zu dem, spielte ihnen das Wetter keinen Streich, auch die Freunde aus Mutschelbach kommen würden. Die Alten aber rückten eng zusammen. »Weißt du noch …?«

»Komm, Madeleine, setz dich zu mir«, rief die Nonno.

Auch das war jedes Jahr dasselbe. Nur eines war heute anders. Sie. Sie konnte sich nicht freuen wie sonst. Sie wünschte sich, fort zu sein. Weit weg, wo niemand sie kannte. Nur mit halbem Ohr hörte Madeleine den Nachbarinnen zu, während sie nach passenden Bändern suchte, die sie in einen Kranz einflechten könnte.

»Im Sommer sind wir immer mit den Tieren auf die Alpe gegangen, die Brüder und ich …«, begann die Raviol.

»… barfuß«, bestätigte die Jourdan.

»Und mit dem ersten Schnee ging's wieder runter«, fiel die Moutoux ein. Die Augen der Frauen am Tisch glänzten.

Es waren immer dieselben Geschichten. Sie wurden von Generation zu Generation weitergegeben und je nach Phantasie der Erzählerinnen mal mehr, mal weniger ausgeschmückt. Manche der Erinnerungen langweilten Madeleine, andere konnte sie nicht oft genug hören. Einer sollte sich hinsetzen und alles aufschreiben. Aber vielleicht tat das ja längst jemand, und sie wusste es nur nicht.

»Aber dankbar müssen wir sein, dass wir hier sein dürfen«, sagte die Nonno eben, doch sie sagte es in einem Ton, als sei es eine Strafe Gottes, in Palmbach zu wohnen, und Madeleine regte sich auf. Die Nonno tat gerade so, als seien La Balme und das Pragelatal das Land von Milch und Honig, wo der Himmel immerzu blau gewesen sei, die Wiesen sattgrün, die Euter der Kühe prall und der Brotkorb stets bis zum Rand gefüllt. Sie schien gänzlich vergessen zu haben, dass die Waldenser aus diesem ach so wundersamen Garten Eden blutig vertrieben worden waren; Ludwig XIV. duldete in seinem Herrschaftsgebiet keine andere Religion als die seine. Tausende waren ermordet worden oder in den Gefängnissen des Landes zu Tode gekommen, waldensische Kinder von ihren Eltern fortgenommen und in Klöster gesteckt worden, um aus ihnen gute Katholiken zu machen. Wer weiß, wie es der Nonno selbst ergangen wäre, hätte sie sich nicht zu Verwandten geflüchtet, als Soldaten des Königs den Vater vor ihren Augen erschlugen und die Mutter gleich dazu. Vielleicht gäbe es sie, Madeleine, dann gar nicht. Sie verstand ja, dass die Nonno unter dem Verlust der Eltern litt, ja, das verstand sie. Acht oder zehn musste die Großmutter damals gewesen sein. Aber dass sie die Kameradinnen vermisste, die die Nonno zum Schluss mieden wie die Pest, das verstand Madeleine nicht. Im Übrigen hatte die Nonno doch neue Freundinnen gefunden auf dem langen Weg hierher ins Württembergische, wo Herzog Eberhard Ludwig Familien aus La Balme Land zugewiesen und ihnen schließlich die Erlaubnis zur Gründung von Palmbach gegeben hatte. Der erste Spatenstich für die eigene Siedlung erfolgte Anfang Februar 1702, seitdem feierten sie diesen Tag.

»Und wisst ihr, an was ich immer denken muss?«, hörte Madeleine jetzt die Nonno andächtig flüstern. »An meine arme kleine weiße Ziege und den großen Nussbaum hinter unserem Haus.«

Und deshalb zurückwollen in das Land, wo sie so viel Leid erfahren hatte? Madeleine schüttelte den Kopf. An uns denkt sie nicht. Ich bin hier geboren, Nussbäume und Ziegen gibt es auch hier. Zuweilen hegte Madeleine den Verdacht, dass die Nonno sich schuldig fühlte, weil sie überlebt hatte – und immer noch lebte, während die Eltern und viele andere hatten sterben müssen. Vielleicht befürchtete die alte Frau, sie verrate die Sache der Waldenser, wenn sie aufhörte, von der piemontesischen Heimat zu träumen, und anfinge, sich in Palmbach wohlzufühlen.

Drunten im Stall muhte die Kuh, die Kinder jagten ein Huhn, das sich unterm Tisch zwischen die Füße der Frauen verirrt hatte. Marguerite versuchte, ihm eine Feder auszureißen, versuchte es so lang, bis Madeleine der kleinen Schwester einen Klaps versetzte und das Kind aufheulte. »Für die Girlanden«, schluchzte es empört.

Länger und länger wurden die bunten Gebinde, und in der Ecke stapelten sich rote und grüne Kränze, die am Gründungsgedenkgottesdienst die Wände der kleinen Dorfkirche schmücken würden. Allmählich leerten sich die Körbe. Die Raviol fing leise zu singen an, während sie sich bemühte, die blauschwarze Feder einer Elster in ein Ziersträußchen zu stecken: »Levez vos mains au ciel …«

»… c'est ici que vos pères / ont juré devant Dieu / de ne point le trahir …«, fiel die Nonno ein. Trotz ihrer fast dreiundachtzig Jahre war ihre Stimme noch kräftig, nur bei den höheren

Tönen begann sie zu zittern, drohte zu brechen. Doch die alte Frau machte unbekümmert weiter, und bald sangen alle das Lied mit, selbstbewusst auf Französisch, damit die Fürsten der Welt ihr stolzes Glaubensbekenntnis auch ja verstünden. Da war keine unter den Frauen, die die Worte nicht beherrschte.

»Wir schwören vor Gott, zusammenzuhalten«, ergänzte die alte Baral feierlich, als die Strophen zu Ende waren. Sie reckte ihre Hand gegen den Plafond, wie die Väter und Großväter es anno 1689 beim Schwur von Sibaud getan hatten, als sie sich ein letztes Mal mit aller Kraft gegen die katholischen Franzosen aufgebäumt hatten. Vergeblich.

»Meine armen Eltern«, murmelte die Nonno plötzlich, »sie sind nicht einmal halb so alt geworden wie ich«, und die Baral streichelte ihr die Hände. »Unsere Eltern waren befreundet«, sagte sie, dann weinten beide.

Als die kleine Marie an der Tür aufkreuzte und rief, dass die Maïre Madeleine in der Backstube bräuchte, war sie froh, der Vergangenheit für kurze Zeit entkommen zu können.

In Reih und Glied lagen die Laibe auf dem Holzbrett, aber die Maïre fand, dass es nicht genug sei. Sie stand über den Trog gebeugt und knetete, und es sah nicht so aus, als wolle sie jemals wieder aufhören.

»Knack die Nüsse, Madeleine. Es reicht hinten und vorn nicht, wenn die Mutschelbacher kommen.«

»Die Mutschelbacher …«

»Du scheinst nicht begeistert zu sein. Die Reviands kommen auch.«

Die Stimme der Maïre hatte einen lauernden Unterton. Madeleine beschloss, es zu überhören.

»Madeleine! Jacques ist ein guter Junge, was hast du gegen ihn? Er würde dir ein aufmerksamer Mann sein, ein liebevoller Vater deiner Kinder.«

Jacques stinkt aus dem Mund, könnte sie zu ihrer Entschuldigung vorbringen. Oder: Jacques tanzt miserabel. Aber natürlich war ein schlechter Tänzer noch lange kein schlechter

Mann. Dann tanzt er wenigstens mit keiner anderen, würde Jeanne sagen und sich krumm lachen.

Sie könnte auch einwenden, dass Jacques nicht Deutsch sprechen wollte. Allein der Gedanke daran brachte sie in Harnisch. Als sie sich im letzten Sommer auf dem Feld begegneten, zufällig, es war ihr unangenehm gewesen, und er ihr von den Bergen und Tälern des Piemont vorschwärmte, von Vaterland und Muttersprache, hatte sie ihn ausgelacht. »Du bist hier geboren, du weißt gar nicht, wie es dort aussieht.«

»Warte nur«, hatte er bissig zurückgegeben, »wir werden zurückkehren in die Heimat, eines Tages holen wir uns unser Land zurück.« Er hatte sie so fest am Handgelenk gepackt, dass es ihr wehtat. Sie riss sich los. »Geh doch, geh und lass mich in Ruh, ich bleibe hier.«

Wenn sie von hier wegginge, dann nur hinunter nach Carlsruhe, wie es Schuhmacher Balce vor Jahren gemacht hatte.

Das Leben drunten in der Residenz war aufregend, auf jeden Fall aufregender als die öden Tage hier oben im Dorf. In Carlsruhe gab es sogar ein Theater und eine Hofbibliothek. Und Damen wie die Medicinalratswitwe taten es ihrer Fürstin gleich, die malte, eine Büchersammlung besaß und sich mit den Naturwissenschaften beschäftigte, mit Botanik, Mineralogie, Physik, Chemie. Madeleine hatte keine Ahnung, was Chemie, Physik und Mineralogie waren, aber es hörte sich gelehrt an. Sie hatte beim Magistre von Palmbach nur Schreiben, Lesen und ein bisschen Rechnen gelernt. Viel war das nicht. Genau genommen war das gar nichts.

Die Maïre wartete auf eine Antwort, ein höfliches »Oui, Maïre, vous avez raison, Ihr habt recht«, aber Madeleine war die Kehle wie zugeschnürt, in ihrem Kopf rumorte es, sie konnte keinen einzigen klaren Gedanken fassen. Wenn sie doch nur ihre Sach endlich bekäme. Bestimmt stockte ihr das Blut vor lauter Angst und blähte den Bauch auf. Sie fühlte sich unförmig wie eine trächtige Kuh, und dieser taube und stumme Ignatz hatte das auch sofort bemerkt.

Der Ignatz weiß alles, hatte der Junge gesagt.

Oder aber der Straßenfeger und der Grenadier kannten sich. Dieser vermaledeite Sobringer soll ja im Haus der Catharina Würbsin einquartiert gewesen sein. Wahrscheinlich hatte er dann nichts Besseres zu tun gehabt, als dem Straßenfeger brühwarm zu erzählen, was im Hardtwald passiert war. Nach dem gestrigen Streit traute sie diesem Salaud alles zu.

Aber nein, das ging ja nicht. Mit Ignatz konnte man sich ja nicht unterhalten.

Noch nie war sie einem Menschen begegnet, der nichts hörte und mit Händen und Fingern … redete? Christoph mit seinem einen Auge konnte ihn anscheinend verstehen. Kann man diese Gesten und Zeichen lernen, so wie sie Deutsch gelernt hatte?

Die Maïre platzte in ihre Gedanken. »Du sagst nichts, méou fillho. Was ist los?«

»Wie viel Nüsse brauchen wir noch?«, sagte Madeleine ausweichend. »Ich habe Jeanne versprochen, ihr beim Nähen zu helfen. Sie macht neue Fichus. Die Berger, die Cousson und Nonno Brun haben sie darum gebeten. Jeanne ist gut im Nähen.«

»Vielleicht solltest du dir auch etwas Neues machen. Eine feine Schürze für den Tanz am Abend. Jacques wird es zu schätzen wissen, meinst du nicht?«

»Sì, sì, bestimmt«, antwortete Madeleine. Die Maïre war hartnäckig. Vielleicht war es wirklich das Beste. Wenn sie Jacques heiratete, würden alle denken, das Kind sei von ihm. Er hoffentlich auch. Und wenn er dann in die Heimat der Vorfahren will …

Soll er doch, ich werde ihn nicht zurückhalten.

11

Beim Aufwachen weiß er zuerst nicht, wo er ist. Er blinzelt. Ringsum Bäume. Die kahlen Äste ragen wie Finger in den aufdämmernden Himmel, berühren einander, kreuzen sich, zeichnen groteske Bilder, durch die der Wind fährt und neue malt. Er streckt seine Nasenspitze unter einem Berg von Decken hervor und dreht vorsichtig den Kopf. Gras, Büsche, Baumstümpfe, von glitzerndem Raureif überzogen.

Als er die zwei kleinen Mädchen entdeckt, die ihn schon in der letzten Nacht nicht aus den Augen gelassen haben, richtet er sich neugierig auf. Alles an ihnen ist dunkel, die Haut, die offen über den Rücken fallenden Haare, die vorwitzigen Augen. Nur in ihre langen Locken sind bunte Bänder geknüpft, und die Röcke, unter denen dünne Beinchen hervorschauen, zeigen helle Muster.

Er verzieht den Mund zu einem Gruß. Die Kinder giggeln, das ältere der beiden fuchtelt mit den Armen, aber er versteht nicht, was es ihm mitteilen will. Schließlich packt es die Freundin – oder die Schwester? – bei der Hand und rennt mit ihr davon. Zufrieden mummelt er sich noch einmal in die Wärme der Zudecken, im Mund den Geschmack des Brots, das ihm das fremde Weib in der Nacht zuvor gegeben hat. Brot, Fleisch und etwas zu trinken, das so scharf gewesen ist, dass es nicht lange gedauert hat und die Welt um ihn herum zu kreiseln begann. Das Weib aber passte auf, dass sein Becher den ganzen Abend über nicht leer wurde. Ein angenehmer Schauer durchrieselt ihn, als er sich jetzt wieder daran erinnert. Und daran, dass er seinem Bewacher in der Stadt gestern Nacht ein Schnippchen geschlagen hat.

Eng an die Wand gedrückt, war er aus dem Haus und durch die Toreinfahrt um die Ecke herum hinaus auf den Marktplatz geflohen. Für einen Augenblick hatte er sich in den Schatten des Brunnenbeckens geduckt, um zu sehen, ob ihm jemand folgte. Aber alles blieb ruhig, nirgends bewegte sich etwas, und er witschte am Feierlichen Haus vorbei und weiter zur kleinen Mauerpforte am Ende des Marktes. Obwohl ihm der Magen knurrte, getraute er sich nicht, unter der abgeräumten Brotbank nach einem heruntergefallenen Weck zu suchen, sondern passierte, so schnell er konnte, das Törchen und gleich dahinter das Schlachthaus und lief Richtung Kanal. Als er in der Ferne einen Mann kommen sah, quetschte er sich hastig in die Hecke, die das Gräberfeld des Feierlichen Hauses umzäunte. Endlich wagte er weiterzugehen. Bald stand er am Graben mit seinem tiefdunklen Wasser und wartete ungeduldig, dass der Torwächter auf der kleinen Brücke einnickte. Dann schlich er auf Zehenspitzen an dem Schlafenden vorbei.

Den Wald und die breite Allee gleich hinterm Morgentor kannte er ein bisschen, in Richtung Mittagssonne war er jedoch bisher nur selten aus der Stadt herausgekommen, und schon bald verlor er jenseits des Kanals die Orientierung. Als er zwischen Büschen und Bäumen ein Feuer erspähte und die feine Glut roch, dazu einen unwiderstehlichen Bratenduft, schlug er jegliche Vorsicht in den Wind.

Das Weib entdeckte ihn zuerst. Eine bucklige Alte mit einer Pfeife im Mund, die auf ihn zeigte, noch bevor er den Wald verlassen und ihr Lager betreten hatte. Die Gruppe, eine Handvoll Männer, ungefähr genauso viele Frauen und Kinder, kam bedrohlich auf ihn zu, baute sich vor ihm auf, umzingelte ihn, einer zückte ein Messer, und er verstand die Angst der Stadtleute, die ihre Kinder ins Haus riefen und ihre Wäsche von der Leine holten, wenn sie diese Leute in ihrer fremden Kleidung kommen sahen. Da aber löste sich die Bucklige von den anderen und winkte ihm.

Wer bist du, woher kommst du, wer schickt dich?, fragte sie ihn wohl, als er vor ihr stand. Im Licht des Feuers sah er ihr runzeliges Gesicht, ihren wachen, durchdringenden Blick, den zahnlosen Mund, der sich öffnete und schloss.

Mit dem Finger berührte er sein Ohr und die Lippen, zuckte

bedauernd die Schultern: Ich habe keine Ohren wie du, ich habe keinen Mund wie du, aber ich habe Hunger. Er formte eine Hand zum Löffel, hob sie bittend hoch ans Gesicht.

Was ihn am meisten überraschte, war, dass die Bucklige sich nicht wunderte, nicht ungehalten die Stirn runzelte, wie es die meisten Menschen taten, denen er das erste Mal begegnete, und dass sie ihre Fragen nicht mit fetten Grimassen wiederholte. Im Gegenteil, sie blieb ruhig, legte den Kopf schräg, sah ihn eine Weile versonnen an. Ihr Blick wurde weich, dann tätschelte sie seinen Arm, schob ihn ans Feuer und gab einem Buben ein Zeichen. Der verschwand im Dunkeln und kam gleich darauf mit dem Brot und einer Schüssel Fleisch zurück.

Die Bucklige hockte sich neben ihn. Schaute zu, wie er aß. Ein struppiger Vierbeiner mit schneefarbigen Vorderpfoten schnüffelte schwanzwedelnd an seinen Schuhen, betrachtete ihn aus unergründlichen Augen und bettete schließlich die Schnauze auf seine Knie. Er gab ihm einen Bissen von seinem Essen ab, die Frau schien es zu billigen, und das Tier legte sich zufrieden kauend ihm zu Füßen. Als er nicht mehr konnte, stellte er das Geschirr auf den Boden und leckte sich die Finger. Er strahlte. Danke. So satt war er schon lange nicht mehr gewesen.

Als habe die Bucklige nur auf diesen Augenblick gewartet, stopfte sie ihre Pfeife neu, und das Kind, das ihm das Essen gebracht hatte, rannte mit einem glimmenden Holzspan herbei. Er fror nicht mehr.

Auch das Misstrauen in den Augen der Männer ließ allmählich nach. Einer von ihnen, vielleicht ihr Anführer, hob kaum merklich seinen Krug und prostete ihm zu, bevor er sich mit noch immer nahezu unbeweglicher Miene ihm gegenüber auf einen Schemel setzte. Die anderen suchten sich Baumstämme oder schleppten Decken herbei. Einer legte Holz nach, die Flammen züngelten hoch, erhellten kurz das Lager und verwandelten die Gesichter der Unbekannten in schaurige Fratzen, aber das Eis war gebrochen. Münder begannen sich zu regen, verbreiterten sich zum Lachen. Ein älterer Junge wickelte einen kleinen, länglichen Holzkasten aus einem Tuch und begann, mit einem Stecken über die darüber gespannten Schnüre zu streichen. Ein zweiter schlug mit einem Stock auf einen mit Tierhaut bespannten Holzring. Frauen und Kinder fingen an, sich im Takt des Fingerspiels der Jungen zu wiegen.

Ein Weib sprang in das Rund. Ihre Beine stampften, der Rock flog, der Oberkörper drehte und wand sich. Kräftig war die Frau und schön. Bei jedem Schritt schwangen die Haare, die Hände liebkosten die Luft. Da spürte er die Hand der Buckligen auf der seinen. Die Alte sah ihn nicht an, aber ihre Finger hämmerten auf seinem Handrücken. Toc-to-to-toc-to-to-toctoctoc, trommelten sie, rhythmisch, aufpeitschend. Die Berührung durchflutete ihn und riss ihn mit wie damals die Schwingungen im Feierlichen Haus, bevor die Mutter ihn geschlagen hatte und er davongelaufen war. Jetzt ließ er sich fallen in die Melodie der Finger, ergab sich dem Rausch des scharfen Wassers in seinem Becher, den Wellen, die seinen Körper erfassten. Und wurde unendlich müde. Niemand wird mich hier suchen, dachte er noch, niemand, während er den Vierbeiner zwischen den Ohren kraulte. Das Fell des Tieres dünstete Erde aus, Feuchtigkeit und den Geruch modrigen Laubs.

Dann musste er eingeschlafen sein.

An der Art, wie der weiche Waldboden bebt, erkennt er den Schritt. Riecht, wer neben ihn getreten ist, und schlägt die Augen auf. Mit einer Schale dampfender Morgensuppe in der Hand begrüßt ihn die Bucklige. Sie kommt ihm heute Morgen noch kleiner, noch buckliger, noch hutzeliger und runzliger vor als in der Nacht zuvor. Neben ihr, aschebaumrindenfarbig und hechelnd, der Vierbeiner mit den schneefarbigen Pfoten.

Er setzt sich hoch, trinkt, blickt um sich. Auf der einen Seite der Lichtung die vier Wagen der Gruppe, unter den Bäumen ihre klapprigen Zugtiere. An Ästen hängen Kleidungsstücke und eine Säuglingswiege. Frauen kochen, eine schüttelt Decken und Teppiche aus, faltet und rollt sie zusammen und verstaut sie im Gepäckwagen. Eine andere trägt ein Kind im Leib. In der Nacht zuvor hat er sie nicht gesehen gehabt, kein Wunder, er ist hungrig gewesen und obendrein betrunken. Vielleicht hat sie aber auch schon geschlafen. Zwei Buben und ein Mädchen verlassen das Lager mit Krügen. In der Nähe muss ein Teich sein oder ein Bach, von wo sie Wasser holen können. Er wird sich dort waschen.

Den Anführer sieht er nirgends, auch zwei andere Männer, die in der Nacht am Feuer gesessen haben, sind nicht da. Der, der gestern das Messer gezückt hat, repariert einen zerbeulten Kochkessel, ein anderer fertigt Holzlöffel.

Der struppige Vierbeiner – Schnee, denkt er – leckt ihm sein Anderohr. Er lacht, dreht den Kopf weg, stupst ihn fort und zieht ihn sofort wieder fest an sich. Krault seinen Kopf, die gespitzten Ohren, klopft ihm den Hals und streicht über das helle Fell der Pfoten. Das Tier drängt sich an ihn. Die bucklige Alte, die ihn beobachtet, zeigt ihm Handbewegungen, mit denen er es dazu bringen kann, dass es ihm gehorcht. Die wichtigste: in die Hände klatschen, damit Schnee aufmerksam wird und ihn anschaut. Mit der herbeiwinkenden Hand kann er ihm »Komm her!« befehlen, mit ausgestrecktem Arm und Zeigefinger »Geh und such!«. Eine Geste nach der anderen lernt er von der Buckligen, und – er kann es kaum fassen – Schnee kommt bei Fuß, wenn er auf die eigenen Schuhe deutet, oder macht Platz, wenn er seine Handflächen zum Boden zu dreht. Das Tier folgt jeder seiner Gesten.

Er macht sich nützlich, fegt mit dem Reisigbesen das Lager, geht Holz holen, und Schnee begleitet ihn. Als er wieder zurückkommt, bleckt der Löffelschnitzer belustigt die Zähne, und die Frauen freuen sich. Während Schnee davonprescht, um hinter irgendetwas herzujagen, das dem Tier in die Nase sticht, setzt er sich zu dem Löffelmacher.

Möchtest du auch mal? Der Mann zeigt fragend auf die Hölzer und die Messerchen an seiner Seite und dann auf ihn.

Warum nicht? Es sieht leicht aus. Vielleicht könnte er so etwas für das Marktmädchen machen, für Blümchen. Aber das

Schnitzen ist schwerer, als er gedacht hat. Das erste Stück Holz splittert, das zweite bricht in der Mitte durch. Der Löffelmann feixt, winkt aber beruhigend mit der Hand: Mach langsam, du schaffst das schon, und zeigt ihm erneut, wie er Werkzeug und Material halten muss.

Er arbeitet jetzt behutsamer, mit dem Ergebnis ist er zufrieden. Schnee ist zurück, döst neben ihm und träumt von wilder Hatz, seine Schnauze zuckt.

Schön machst du das, bedeutet ihm die Bucklige, als sie sich später zu ihm und dem Löffelschnitzer gesellt. Er findet auch, dass er es nun schon ganz gut macht, und ist stolz.

Die dort drüben ... bedeutet ihm das Weib und zeigt abwechselnd auf eine rundliche junge Frau neben einem der Reisewagen, dann auf ihren eigenen Bauch, wiegt danach einen nicht vorhandenen Säugling in den Armen und deutet wieder hinüber zu der jungen Frau: Die dort drüben ist meine Tochter. Und das Mädchen daneben die Tochter der Tochter. Die Kleine winkt, es ist das jüngere der beiden Kinder, die am Morgen neben ihm saßen, als er aufwachte.

Sie verstehen sich, die Bucklige und er. Die Gesten der Frau sind klar, sie schaut ihn an, wenn sie sich ihm zuwendet.

Ob sie noch andere Kinder hat, will er wissen, deutet auf ihren Bauch und wedelt mit den Fingern. Eins, zwei, drei, vier ...?

Ja, eines noch, zeigt sie, eines wie du, und ihre Finger berühren Ohr und Mund. Dann schließt sie die Augen, greint, jammert, das Herz will ihr schier zerreißen: Das Kind, das nicht mehr klein war, sondern vielleicht so alt wie er, sie deutet ihm dessen Größe mit der Hand an, ist gestorben. Ihre Hand zeigt zurück über die Schulter, vor Kurzem, neulich, vor noch nicht allzu langer Zeit. Die Augen der Frau verlieren sich in der Ferne.

Hat er richtig verstanden? Sie hat ein Kind gehabt, vielleicht einen Sohn, der so war wie er? Ist das möglich? Gibt es noch mehr Anderohr- und Andermundmenschen? Wo sind sie? Warum kennt er keinen? In seinem Kopf geht alles drunter und drüber.

Der Löffelmann nimmt ihm die fast fertige Arbeit aus der Hand, bringt ihm bei, wie er Ecken, Kanten und Seitenlinien abschleifen muss, und klopft ihm auf die Schulter.

Wenn du willst, wir können zusammenarbeiten, du und ich.

Und die Bucklige tippt ihn an. Schau, deutet sie auf einen unsichtbaren Punkt am Himmel: Sobald die Sonne dort steht, brechen wir auf. Komm mit. Sie nickt nachdrücklich und reibt sich verstohlen die Augen, als wenn sich ein Sandkörnchen dorthin verirrt hat. Er hat immer davon geträumt, die Welt vor den Stadttoren kennenzulernen, nur ein einziges Mal die Höhen zu sehen, die sich in der Mittagsferne diesig zwischen Himmel und Erde abzeichnen. Und auch wohin das Wasser im Steineschiffkanal fließt, will er seit Langem wissen. Irgendwohin muss es ja fließen.

Schnee öffnet die Augen, erhebt sich, dehnt und streckt die Hinterläufe, umkreist ihn erwartungsvoll.

Als die Frauen und Kinder dabei sind, die Habseligkeiten und das Brennholz in ihre Wagen zu verladen, kehren der Anführer und die anderen Männer aus der Stadt zurück. Sie sammeln die Gruppe um sich, sprechen miteinander, lang, sehr lang, einige sind erregt, andere beschwichtigen. Zwischendurch blicken sie zu ihm, wieder steht Misstrauen in ihren Gesichtern. Er kann sich denken, um was es geht, aber er tut, als bemerke er es nicht, schnitzt an dem Holz herum, das der Löffelmann ihm überlassen hat. Dann kommen sie langsam auf ihn zu.

Er steht auf, steckt den halbfertigen Löffel in seine Jackentasche, umklammert das Schnitzmesser und weicht zur Seite, bevor sie ihn wieder einkreisen können. Für den Notfall hat er jetzt hinter sich, zwischen zwei Wagen hindurch, einen schmalen Fluchtweg. Dem Anführer steht eine scharfe Falte zwischen den Augenbrauen.

Wir haben in der Stadt etwas erfahren, das uns beunruhigt, überträgt die Bucklige die Mundbewegungen des Mannes. Die einen behaupten dies, die anderen das. Jetzt wollen wir von dir wissen, was geschehen ist.

Das Feuer ist längst erloschen. Trotzdem gerät er ins Schwitzen.

Die Hinrichtung, will er beginnen und weiß nicht, wie er die Hände führen soll, damit sie begreifen. Die drei Obergewichtigen vom Abend zuvor hatten nichts begriffen.

Das Gesicht des Anführers verrät Missmut. Mach schon, erzähl!

Die Hinrichtung, fängt er endlich an und zeigt mit der Hand, wie seiner Beschützerin der Kopf abgeschlagen wurde.

Ja, gibt die Bucklige zu verstehen, wir haben es mitbekommen, und einer der Männer peitscht ein unsichtbares Schwert durch die Luft. Das Bild geht ihm durch Mark und Bein.

Wie soll er weitermachen? Er zermartert sich den Kopf. Schnee, das Fell gesträubt, steht neben ihm, beäugt die Männer der Gruppe. Er riecht die Erregung des Tiers.

Ungeduldig dreht der Anführer seine Hand in der Luft: Los, weiter!

Er kann ihn ja verstehen, sie wollen aufbrechen. Sie waren bereit, ihn in ihre Gemeinschaft aufzunehmen, und jetzt glauben sie, dass er einen Mann erschlagen hat.

Damals haben seine Beschützerin und er Gesichter in den Sand gemalt, Männchen, Bäume, Tiere, und sich Geschichten erzählt.

Er nimmt einen Stock und fängt an, Bilder in den flach getrampelten Boden neben der Feuerstelle zu ritzen.

Eine Figur mit Rock, langem Haar und dickem Bauch. Sie streckt ihre Arme aus nach einer zweiten Figur mit spitzem Hut. Aber, bedeutet er mit den Händen, der Buntrock mit dem spitzen Hut läuft weg und lässt die Frau allein zurück. Die bucklige Alte gibt Munderklärungen. Dann malt er ein winziges Kindchen, eines mit einem kaputten Kopf, und das Schafott. Die Gruppe um ihn herum folgt gespannt seiner Malerei. Es sieht aus, als verstehen sie, was er erklärt. Er hätte das gestern Abend schon machen sollen: die Obergewichtigen um Papier bitten. Vielleicht hätten sie ihn dann verstanden.

Wieder bückt er sich und zeichnet zwei Strichmänner, den Buntrock und einen anderen. Beim dritten Männchen in fußlanger Entfernung deutet er auf sich. Die Bucklige versteht, gibt es weiter. Zwei Männer aus der Gruppe fangen an, miteinander zu ringen. Ja, genau so, bestätigt er und zeigt ihnen, wie der Kampf ablief.

Als er fertig erzählt hat, ist er schweißgebadet. Er rührt sich nicht. Soll doch kommen, was will.

Da schlägt ihm der Anführer auf die Schulter, der Löffelschnitzer freut sich, und die Bucklige stellt sich auf Zehenspitzen und umarmt ihn. Du kommst mit uns, bedeuten sie ihm. Er beißt die Zähne zusammen, damit er nicht losheult.

Dann plötzlich schüttelt er den Kopf.

Es geht nicht. Ich kann nicht. Blümchen. Sie braucht meine Hilfe.

Die Alte beobachtet ihn, scheint zu ahnen, dass da noch etwas ist. Etwas, das ihn zurückhält.

Es wird ein langes Gebärden zwischen ihr und ihm, die anderen beobachten sie respektvoll. Wird sie seine Geschichte ihren Leuten, die ihm in dieser kurzen Zeit so etwas wie Freunde geworden sind, richtig weitergeben können? Er kauert sich auf einen Holzklotz und schaut mit hängenden Schultern zu, wie sie endlich die letzten Sachen, die noch herumliegen, auf die Karren verladen.

Als sie zur Abfahrt bereit sind, geben sie ihm eine Schale mit glimmenden Spänen, dazu zwei dicke Decken, einen Becher, etwas zu essen und zu trinken. Behalt das Schnitzmesser, meint der Löffelmann. Die Bucklige aber kommt mit einem abgewetzten breiten Hut, dreieckig wie die Kopfbedeckungen der Männer der Gruppe, und einem Beinkleid, das früher wer-weiß-wem gehört hat, vielleicht diesem Sohn von ihr, der ein Anderohr wie er gewesen ist. Auch einen warmen Mantel schleppt sie an.

Schlupf rein!

Er tut es, und alle lachen. Die Alte stopft seine hellen Haarsträhnen unter den Schlabberfilz, schmiert ihm dunkle Erde ins Gesicht, betrachtet ihn kritisch von fünf Schritt Entfernung und nickt zufrieden. Jetzt bist du einer von uns.

Nacheinander kommen sie, sich zu verabschieden, das Töchterchen der Tochter zieht ihn zu sich herunter und gibt ihm einen Schmatz auf die Nasenspitze. Nun weint er doch.

Als Letzte umarmt ihn die Bucklige. Sie bewegt heftig ihre Lippen, fährt ihm wieder und wieder durchs Haar, streichelt sein Gesicht. Dann läuft sie geschwind den anderen hinterher. Kurz bevor der Weg zwischen Bäumen und Gebüsch in den Wald eintaucht, dreht sie sich noch einmal um und winkt. Am verloschenen Feuer hockt mit gespitzten Ohren Schnee und schaut ihn auffordernd an. Er geht in die Hocke, nimmt den Kopf des Tiers zwischen seine Hände, küsst ihn auf die feuchte Schnauze.

Du bleibst also bei mir.

Der klare Himmel vom Vormittag hat sich zugezogen, vielleicht wird es in der Nacht wieder schneien. Er wickelt die Sachen, die sie ihm geschenkt haben, zu einem Bündel und versteckt es im Unterholz. Die Feuerschale gräbt er in die Erde ein, wirft Reisig nach, sorgt für Luftzufuhr und hofft, dass die Glut nicht erlischt, bis er wieder zurück ist. Dann gibt er Schnee ein Zeichen und macht sich auf den Weg in die Stadt. Er hat Angst, aber er muss es tun. Er muss herausfinden, was es mit dem verlassenen Bauplatz auf sich hat, wo sich der schöne Buntrock in Luft aufgelöst und kurz danach der Hinkende zu schaffen gemacht hat.

Er kann sich nicht erinnern, ob der Mann, der den Buntrock erschlagen hat, auch humpelte. Aber er trug genauso einen wehenden Umhang wie der unbekannte Hinkende.

Und wenn er sich getäuscht hat, und der Totschläger ist kein Mann gewesen? Die Blicke, die Blümchen dem Schönen am Vormittag hinterhergeworfen hat, waren scharf wie Nadelspitzen.

12

Gleich nach dem Morgenappell hatte Major von Sandberg die Offiziere zusammengetrommelt und Anweisungen gegeben, nach was sie und ihre Männer zu suchen hätten: Tatwaffe, Fußspuren, Wertsachen, andere verdächtige Gegenstände, die Täter und Opfer verloren oder weggeworfen haben könnten. Danach eilte er zum Friedhof ins Anatomiegebäude, wo Stadtchirurgus Süßleben eine erste Untersuchung der Leiche vornehmen wollte.

Der Tod des Leibgrenadiers Simon Sobringer beschäftigte ihn mehr, als er wahrhaben wollte. Die Tatsache, dass einer seiner Männer gewaltsam ums Leben gekommen war, empfand er als persönliche Beleidigung, als einen Angriff auf seine Person als Regimentsvorgesetzter. Bei ihm hatte Ordnung zu herrschen, soldatische Disziplin. Abweichungen von der Regel durfte es nicht geben und war er nicht gewillt zu dulden. Ein Mord oder Totschlag aber war eindeutig ein Regelbruch, der den gesamten militärischen Ablauf durcheinanderbrachte. Es war seine Pflicht, mehr noch, es drängte ihn geradezu, diese missliche Angelegenheit höchstpersönlich in die Hand zu nehmen und die Aufklärung des niederträchtigen Meuchelmords nicht allein dem Gericht oder, schlimmer noch, dem Zufall zu überlassen.

Er war kaum bei Stadtchirurgus Süßleben angekommen, als ein Bote ihn zum Rapport ins Schloss rief. Vor diesem Moment hatte er sich gefürchtet, wie er sich schon lange vor nichts mehr gefürchtet hatte. Er konnte Seiner Durchlaucht, Markgraf Carl Friedrich, nichts vermelden, hatte keine Erkenntnisse darüber, was eigentlich geschehen war, wusste nicht, was er dem Fürsten, der erzürnt sein dürfte, zur Beruhigung sagen könnte. Es gab nichts Beruhigendes.

Der Markgraf machte keine großen Worte, als der Major dessen Arbeitszimmer betrat.

»Kommen Sie gleich zur Sache«, forderte er ihn auf, »Wir hören.«

»Es ist uns gelungen, Euer Durchlaucht, der abscheulichen Person gleich nach der Tat habhaft zu werden«, begann von Sandberg umständlich, doch unter dem forschenden Blick des Fürsten blieben ihm die Worte im Hals stecken, und er verstummte.

»Also dürfen Wir mit einer baldigen Klärung der Angelegenheit rechnen?«, folgerte der Markgraf, seine Miene entspannte sich. »Seien Sie versichert, Herr Major, dass Wir Ihre Mühe zu gegebener Zeit in angemessener Weise zu würdigen wissen.«

»Verzeihung ...« Zu seinem Ärger geriet von Sandberg ins Stottern. »Euer Durchlaucht mögen verzeihen ... also ... Ich meine, ich wollte sagen ... Eigentlich spricht alles dafür, dass der Mann, den wir gefasst haben, der Täter ist. Ein hinterhältiger Spitzbub ...«, begann er wieder.

Der Markgraf zog eine Augenbraue in die Höhe.

»Eigentlich?«

Von Sandberg trat peinlich berührt von einem Bein aufs andere. Er konnte doch unmöglich dem Fürsten gegenüber zugeben, dass er dem Kerl kein Geständnis hatte abringen können, sogar befürchten musste, nie eines zu bekommen, und dass der Tod des Leibgrenadiers drohte, ungesühnt zu bleiben. Seine Durchlaucht würde ihm das misslungene Verhör als Schwäche ankreiden, als Versagen.

Die in Aussicht gestellte »angemessene Würdigung« rückte in weite Ferne.

Ja, wenn es noch die Folter gäbe. Man hätte es damit zumindest probieren können. Aber der Markgraf war ein philanthropischer Weltverbesserer und hatte dieses juristische Instrument vor Jahren abgeschafft. Wobei es ohnehin schon seit Langem untersagt war, Taubstumme einer solchen Verhörmethode zu unterziehen. Eigentlich ... schon wieder eigentlich! ... eigentlich nachvollziehbar, aber völlig unbefriedigend. Wie wurden die Gerichte denn mit solchen Übeltätern fertig? Wie brachten die Richter sie zum ... ja, zu was denn?

Wussten diese Kreaturen überhaupt, was sie taten? Konnten sie denken? Waren sie vernunftbegabt, und besaßen sie eine Seele? Oder glichen sie, angetrieben von einer ungezähmten Natur, nicht vielmehr den wilden Tieren?

»Lassen Sie sich in der Schlacht auch so viel Zeit wie jetzt, Herr Major?«

Von Sandberg riss sich zusammen, nahm Haltung an.

»Ich bitte Euer Durchlaucht um Verzeihung. Nein, natürlich nicht. Entscheidungen in der Schlacht erfolgen umgehend. Es ist nur ... also ...«, er holte tief Luft, »wir haben den Burschen über den Leichnam gebeugt gefunden, sozusagen in flagranti. Er versuchte zu entkommen, doch der Patrouille aus der Waldhorngasse gelang es, ihn dingfest zu machen und im Rathaus in Arrest zu setzen. Nur ist es so gewesen, dass der Meuchelmord bereits geschehen war, als Hofrat Groos und ich zum Ort der Tat kamen. Wir haben daher nicht mit eigenen Augen gesehen, wie der Unhold den Leibgrenadier niedergestreckt hat. Auch die Tatwaffe ist noch nicht gefunden worden. Wir vermuten, dass es sich dabei um den Degen des Getöteten handelt.«

»Der Übeltäter hatte ihn nicht bei sich?«

»Ich bitte um Verzeihung, nein, der Täter hatte ihn nicht mehr bei sich.«

»Aber Sie haben den Gefangenen doch in der Nacht noch verhört?«

»Das habe ich selbstverständlich ...«

»Ihren Worten entnehmen Wir, dass er nicht geständig ist.«

»Ich bitte um Verzeihung, das weiß ich nicht. Der Festgenommene kann nicht hören und nicht sprechen.«

Es war Mittag geworden, als Seine Durchlaucht ihn entließ. Das Gespräch war besser verlaufen, als von Sandberg nach dem verunglückten Beginn noch zu hoffen gewagt hatte. Markgraf Carl Friedrich zeigte sich überraschend interessiert an dem Fall. Ihn berührte die Tatsache, dass der Festgenommene, der sündige Mensch, nicht in der Lage zu sein schien und es wohl auch nie sein würde, sich vor ihm, seinem Fürsten, insbesondere aber vor Gott zu erklären, Reue über seine Tat zu bekunden und zu beichten, um sein Gewissen zu erleichtern, bevor das Todesurteil gegen ihn erginge.

»Als Christen müssen wir allen Menschen gerecht werden«, wiederholte der Markgraf mehrere Male im Verlauf der Unterredung, »gerade auch einem, dem Gehör und Sprache fehlen.« Ein jeder Frevler müsse die Möglichkeit zur Buße bekommen. Es könne ja sein, dass nicht der nunmehr Festgenommene der Angreifer war, sondern, aus welchen Gründen auch immer, der Soldat den Streit angezettelt hatte. Es sei nicht einmal auszuschließen, dass der Täter in Notwehr gehandelt habe. »Wir setzen Unser Vertrauen in Ihre Umsichtigkeit«, versicherte der Markgraf dem Major abschließend.

Von Sandberg hatte sich gehorsam verneigt, auch wenn er nicht die Meinung seines Landesfürsten teilte. Für ihn stand zweifelsfrei fest, dass Simon Sobringer einem hintertückischen Raubmord zum Opfer gefallen war, auch wenn er noch keine Beweise dafür hatte, aber er würde sie finden. Und dann winkte am Ende vielleicht doch die »angemessene Würdigung«, wünschenswerterweise in Form einer Beförderung. Stolz und Zuversicht erfüllten ihn jetzt, als er zur »Tulpe« in der Langen Straße eilte, wo er mit Hofrat Groos zum Mittagessen verabredet war. Auch Stadtchirurgus Süßleben hatte versprochen dazuzustoßen, um ihm das Ergebnis der ärztlichen Untersuchung mitzuteilen.

In der Gaststube fand von Sandberg Groos und Guthschneider, den Tulpenwirt, in einen heftigen Disput verwickelt. Der Hofrat hatte seine Hofratsmiene aufgesetzt, wie er es gern tat, wenn ihn nach Streit gelüstete, selbst dann noch, wenn sein Herz schon längst wieder friedlich gestimmt war und um Nachsicht mit dem Gescholtenen bat. Der sonst gemütvolle und stets zuvorkommende Wirt aber schaute erbittert drein und brach jetzt auch mit einer alles anderen als höflichen Kopfbewegung die Auseinandersetzung abrupt ab. Was von

Sandberg verstehen konnte, denn aus der Küche kam der verdächtige Geruch von angebranntem Essen.

»Es gibt schon wieder keinen Hasen«, monierte Groos beleidigt, als von Sandberg sich setzte. Die lautstarken Flüche des armen Wirts, die bis zu ihnen in die Speisestube drangen, schien der Hofrat geflissentlich zu überhören. Doch unvermutet veränderte sich dessen Gesichtsausdruck, seine Miene klärte auf, die weichen Wangen färbten sich zartrosa, die Lippen deuteten ein vorsichtiges Lächeln an. Groosens Herz war dabei, sich durchzusetzen.

»Wirte haben es halt nicht leicht«, murmelte der Hofrat. Der Zopf seiner feinen weißen Perücke wippte einsichtig.

Major von Sandberg grinste. Die spitze Bemerkung, die er diesbezüglich gern vom Stapel gelassen hätte, verbiss er sich allerdings. Er kannte Groos lang genug, um zu wissen, dass es diesem stets diebisches Vergnügen bereitete, sich über Dinge aufzuregen, über die andere kein Wort verloren, aber es wäre rausgeschmissene Zeit, ihn deshalb zu tadeln. Im Übrigen besaß der Mann auch äußerst schätzenswerte Seiten und war ein überaus liebenswürdiger Zeitgenosse mit einer noch liebenswürdigeren Gattin, deren Kaffee und Gastfreundschaft legendär waren. Jeden Monat traf man sich bei Groosens zu Hause zur musikalischen Soiree, fast wie am markgräflichen Hof. Das Töchterchen hatte eine vorzügliche Stimme, an der nichts, aber auch wirklich nichts auszusetzen war. Begleitet wurde sie bei ihren Liedvorträgen von einem jungen blonden Pianisten, dem man nachsagte, er habe ein Auge auf die begabte Sängerin geworfen, aber in einem Residenzstädtchen wie Carlsruhe wurde viel getratscht, und von Sandberg gab nichts auf derartiges Geschwätz. Wo käme man denn hin, wenn man jedem Gerede Glauben schenken wollte?

War die Gesangsdarbietung dann vorüber, lief der Hausherr regelmäßig zu Hochtouren auf. Denn Hofrat Groos verfügte über ein Talent, das man ihm bei Amtsgeschäften oder wo auch immer man ihm sonst begegnete, nicht ansah. Ein Talent, das zu zeigen dieser sich auch nur im eigenen Heim und nach etlichen Gläsern Wein gestattete. Kaum war also die letzte Note verklungen und das Klavier zugeklappt, fing Groos an, Shakespeare zu rezitieren, auch Lessing, Gottsched und zu vorgerückter Stunde satirische Verse von Christian Weise. Dabei gelang es dem Mann, seiner Stimme derart unterschiedliche Töne und Färbungen zu entlocken, dass die Anwesenden die Augen schlossen und unter leisen Seufzern und zufriedenem Brummen sich der Illusion hingaben, einer Theatervorstellung beizuwohnen. An Hofrat Groos war eindeutig ein Schauspieler verloren gegangen. Schon allein wegen dieser vergnüglichen Stunden würde Major von Sandberg nie die ein wenig ungleiche Freundschaft zwischen ihm und dem Hofrat missen wollen. Von der glockenreinen Stimme des Töchterchens ganz zu schweigen. Die hatte es ihm angetan, die Stimme, aber, zugegeben, ein bisschen auch das Töchterchen, aber nur ein bisschen, platonisch sozusagen, das würde ja wohl erlaubt sein.

Groos riss ihn unsanft aus seinen Träumereien.

»Bin ich vielleicht ein bisschen zu streng mit dem braven Guthschneider umgesprungen?«, fragte der Hofrat zerknirscht. »Aber, Herr Major, ich bitte Sie, wie kann er seine Gäste auch nur so hängen lassen? Es ist Winter, wir erwarten Hase auf den Tellern, und wenn da keiner ist …«

»Sie! Sie erwarten Hase«, korrigierte von Sandberg.

»Ja, sicher, ich. Aber doch nicht ich allein, andere auch. Sie etwa nicht?«

Von Sandberg ging nicht auf Groosens Frage ein. »Warum hat er denn keinen?«, wollte er wissen. »Haben Sie ihn danach gefragt?«

»Aber ja. Und wissen Sie, was er mir gesagt hat?«

»Nein, ich weiß es nicht …«

»Der Jäger sei zu seiner kranken Mutter gerufen worden!«

»Aber, Herr Hofrat, ich bitte um etwas mehr Nachsicht. So etwas kommt doch in den besten Familien vor.«

»Das mag ja sein, aber dann muss man gefälligst für Ersatz sorgen.«

13

»Habe ich richtig verstanden? Hase ist aus?«

Chirurgus Süßleben war in Begleitung von Actuarius Hennig an den Tisch getreten und hatte die letzten Worte des Gesprächs mitbekommen. »Dann nehme ich Rippchen mit saurem Kraut.«

»Ich auch«, rief von Sandberg schnell, um weiterem Lamentieren des Hofrats zuvorzukommen, und winkte dem Schankknecht. Gottergeben schloss sich jetzt auch Groos der Bestellung der anderen an.

»Aber vorher einen Teller Rinderbouillon, wenn ich bitten darf.«

Dann wandte er sich an Süßleben. »Und nun erzählen Sie, was haben Sie herausgefunden?«

Doch der Chirurgus ließ den Neugierigen zappeln. Er nahm sich zuerst ein Stück Brot, das der Knecht zusammen mit dem Wein gebracht hatte, kaute bedächtig, schluckte, nippte an seinem Glas und erst, als aller Augen auf ihn gerichtet waren und keiner mehr einen Mucks tat, fing er an: »Der Tote ist, wie den Herren bekannt sein dürfte, der Leibgrenadier Simon Sobringer, dreiundzwanzig Jahre alt, gebürtig aus Landeck bei Mundingen im Breisgau, im markgräflichen badischen Heer dienend seit Dezember siebzehnfünfundsechzig.«

Obwohl das inzwischen jeder bei Tisch wusste, folgten sie den Ausführungen des Stadtchirurgus aufmerksam.

Er habe, so Süßleben weiter, an Brust und Lende Einstiche wie von einem Degen gefunden. Diese Wunden seien aber so oberflächlich gewesen, dass sie unmöglich lebensgefährlich hätten sein können. Außerdem habe er an den Oberarmen sowie im Bauchbereich mehrere Blutergießungen registriert, die vermutlich von Faustschlägen oder stumpfen Gegenständen herrührten. Aber auch diese Art von Läsuren sei bei einem exerziergeübten Soldaten gemeinhin harmlos. Er, Chirurgus

Süßleben, würde jedoch gern, wenn erwünscht, weitere Untersuchungen vornehmen, würde auch die Brust öffnen, um auszuschließen, dass durch äußere Einwirkungen innere Organe zu Schaden gekommen seien.

Von Sandberg schüttelte den Kopf. »Ich erachte das nicht für notwendig, wenn man bedenkt, wie der Schädel aussah.«

Süßleben stimmte, wenn auch mit großem Bedauern, zu und fuhr dann fort: »Bevor ich gleich dazu komme, möchte ich nicht verabsäumen zu erwähnen, dass der Tote etliche Schnitte an den Händen aufwies, die stark geblutet hatten. Der Grenadier muss in die Klinge des Degens oder eines Säbels gefasst haben, wahrscheinlich als er versuchte, seinem Angreifer die Tatwaffe zu entreißen. Jetzt aber der Schädel. Dieser wurde von einem stumpfen Gegenstand, vermutlich vom Griff eben jener Waffe, mit solcher Wucht malträtiert, dass der Grenadier dadurch höchstwahrscheinlich binnen kürzester Zeit außer Gefecht gesetzt wurde. An der linken Schläfe und am Hinterkopf sind drei tiefe klaffende Wunden zu bemerken, außerdem ist das Nasenbein gebrochen sowie an zwei Stellen die Schädeldecke. Bis auf die gebrochene Nase könnte jede einzelne dieser Verletzungen lebensgefährlich gewesen sein, auf jeden Fall haben alle zusammen den Tod herbeigeführt.«

Der Chirurgus musste seinen Vortrag unterbrechen, weil der Schankknecht die Suppenterrine brachte und den Herren die Bouillon in die Teller goss. Seine ungeschickte Art, sie zu bedienen, verriet, dass er wenig Routine darin hatte.

»Im Übrigen«, fuhr Süßleben fort, als sie wieder unter sich waren, »stellte ich Druckstellen unter den Achseln fest, meiner Meinung nach ein Beweis dafür, dass der Körper mit grobem Griff in das Gebüsch geschleift worden war, wo er aufgefunden wurde. Und nun wünsche ich allerseits gesegneten Appetit.«

»Guten Appetit«, nuschelten die anderen, aber der Einzige, der zu essen begann, war der Arzt.

»Was Sie berichten, deckt sich mit unseren Beobachtungen von gestern Abend«, ergänzte Major von Sandberg nach einer Weile. »Der Grenadier wurde nicht erstochen, sondern erschlagen, vermutlich mit seiner eigenen Waffe. Ich frage mich nur, wie es dem gottlosen Mörder gelang, dem Sobringer den Degen zu entreißen. Der Grenadier war doch kein Schwächling.«

»Aber vielleicht betrunken?«, argwöhnte Actuarius Hennig.

Major von Sandberg warf ihm einen bösen Blick zu. »Sobringer war für diesen Abend zum Dienst eingeteilt. Da geht der markgräfliche Leibgrenadier nicht betrunken hin.«

»Wurde denn die Waffe inzwischen gefunden?«, erkundigte sich Hofrat Groos, der nun doch zu essen begonnen hatte. Die anderen folgten seinem Beispiel.

»Bedauerlicherweise nein«, musste von Sandberg eingestehen, »bei der Leiche lag sie nicht. Noch in der Nacht wurde der gesamte Schlossplatz danach abgesucht, über den das verdächtige Individuum geflohen ist, aber ohne Erfolg. Ich habe heute Morgen eine zweite Suche angeordnet. Irgendwo muss das Ding ja sein.«

»Der taube Kerl hat die Waffe vielleicht verschluckt«, bemerkte der Actuarius wieder. Es sollte spaßig klingen, aber von Sandberg hatte kein Verständnis für derartige Späße.

»Vielleicht hat Ihr Gefangener einen Komplizen gehabt, dem er die Waffe zustecken konnte«, schlug Süßleben vor.

»Nein«, widersprach Hofrat Groos, »ich und der Herr Major haben den Mörder ertappt, als er seine schändliche Tat gerade begangen hat. Wäre da ein zweiter Mann gewesen, dem er die Waffe übergeben hätte, hätten wir das mitbekommen müssen.«

Von Sandberg hörte zu löffeln auf. Die Möglichkeit eines Komplizen hatte er bis jetzt noch gar nicht in Betracht gezogen. Er war wie selbstverständlich davon ausgegangen, dass der Schurke auf der Flucht die Tatwaffe bei sich gehabt und sie dann genauso selbstverständlich weggeworfen hatte.

Versuch dich zu erinnern, Sandberg!

Ich stürze über die Beine des toten Sobringer. Bemerke im Fallen den Kerl, der auf dem Soldaten draufkniet. Der hochspritzt, über den Platz rennt und in den Händen …

Nichts, keine Waffe, weder Säbel noch Degen.

Von Sandberg knetete sich zerstreut mit den Fingerspitzen das Kinn. Keine Waffe beim Leichnam, ein Täter mit leeren Händen und nirgendwo eine zweite Person. Aber … In einer plötzlichen Erleuchtung wandte er sich an Süßleben.

»Sie erwähnten, Herr Chirurgus, dass der Ermordete in das Gebüsch geschleift worden ist. Also wurde der Grenadier nicht am Fundort, sondern an einer anderen Stelle umgebracht. Lässt sich anhand der Druckstellen die Entfernung zwischen den beiden Örtlichkeiten ermessen?«

Süßleben wiegte bedächtig den Kopf hin und her. »Schwer zu sagen, aber ich vermute, dass die Distanz nicht groß gewesen ist. Höchstens sechs bis zehn Fuß, würde ich sagen. Andernfalls müssten die Blutergießungen wohl ausgeprägter und auch die Uniform stärker in Mitleidenschaft gezogen worden sein.«

Der Knecht kam mit den Rippchen, für eine Weile sagte keiner mehr ein Wort. Alle waren über ihre Teller gebeugt, nur das Schaben und Kratzen von Messer und Gabel war zu hören, das schlotzende Schlürfen des Actuarius, als er einen Schluck Wein zu sich nahm, und die Bitte des Stadtchirurgus, man möge ihm doch den Salzpott reichen.

Major von Sandberg aß, ohne zu schmecken. Sechs bis zehn Fuß, überlegte er, das ist nicht viel, da hätte man die Waffe eigentlich schon gestern Abend sofort finden müssen. Wie, zum Kuckuck, war es also diesem hergelaufenen Straßenfeger gelungen, Simon Sobringers Degen verschwinden zu lassen? Hört nicht, spricht nicht, scheint aber gerissen zu sein wie ein Fuchs.

Mir scheint, du machst uns etwas vor, mein Lieber, führst uns alle an der Nase herum. Du hast doch Töne von dir gegeben, als wir dich über der Leiche fanden, und beim Verhör hast du gebrabbelt und laute Schreie ausgestoßen. Von wegen taubstumm, alles nur Theater, aber ich krieg dich.

Gelächter am Nachbartisch ließ ihn aufhorchen. Das ganze Wirtshaus war erfüllt von Essensgeklapper und dem Gemurmel der Gäste. Quietschend ging die Eingangstür auf und zu, in der Küche klirrte Geschirr. Noch nie war von Sandberg aufgefallen, wie laut es in so einer Gaststube sein konnte. Er schnitt sich ein Stück Fleisch ab und versuchte, den Krach zu ignorieren, aber es gelang ihm nicht. Lärm ließ sich anscheinend nicht so einfach abschalten wie der Springbrunnen auf dem Schlossplatz.

Aber dann hätte dieser Ignatz doch auch bemerken müssen, wie er und Groos sich näherten.

Ahnungslos, wie sie waren, hatten sie sich ohne Rücksicht auf die Umgebung laut und lebhaft unterhalten, ihre Schritte knirschten im Kies, wer Ohren hatte, zu hören, müsste sie gehört haben. Ein Mensch, der etwas im Schilde führte, wäre auf der Stelle geflohen. Oder hätte sich zumindest still und leise verhalten und nicht lauthals gekeucht, geächzt, geschnaubt und gefaucht wie dieser Straßenfeger. So, als stünde er auf einer Wanderbühne und müsse ein ganzes Dorf bespielen.

Von Sandberg grübelte, aber er fand keine Antworten auf seine Fragen. Der Straßenkehrer, ob taub oder nicht, stumm oder nicht, hatte über dem Grenadier gekniet, und das Blut war noch warm gewesen. Ganz gleich, wo die Waffe war, der Bursche war eindeutig der Mörder.

Obwohl sich von Sandberg, bei näherer Betrachtung, auch nicht so recht vorstellen konnte, wie dieses dünne, schmächtige Kerlchen eine derartige Gewalttat begehen konnte. Als er vor ihm im Verhörraum stand, schätzte er ihn auf etwas über fünf Fuß und damit um fast einen Kopf kleiner als den toten Sobringer. Von Sandberg ließ die Gabel sinken und beugte sich erneut zu Süßleben hinüber.

»Mit Wucht malträtiert, haben Sie vorhin gesagt, Herr Chirurgus. Würden Sie dem Straßenfeger aus Klein-Carlsruhe, diesem Ignatz, eine solche Tat zutrauen, ich meine, von der Konstitution her?«

»Darüber, verehrter Herr Major, habe ich mir keine Gedanken gemacht. Aber wenn Sie mich so direkt fragen: Nein, zunächst würde ich ihn zu so einer Tat körperlich nicht für fähig halten. Doch man sagt, wenn sich jemand, aus welchen Gründen auch immer, etwas in den Kopf gesetzt hat, wenn er etwas will, Geld, Uhr, silberne Tabatieren, auf was solche Halunken halt aus sind, kann der Mensch Kräfte entwickeln, die man nicht für möglich hält.«

Süßleben wischte seinen Teller mit einem Stück Brot sauber. Actuarius Hennig und Hofrat Groos hatten ein erfreulicheres Thema gefunden und unterhielten sich über eine junge Schauspielerin, die seit einiger Zeit am Carlsruher Theater für Furore sorgte.

»Ich habe allerdings«, fuhr der Stadtchirurgus, an von Sandberg gewandt, fort, »noch nie gehört, dass der junge Ignatz jemals in Streithändel verwickelt gewesen sei. Nur ...«

»Nur?«, hakte von Sandberg nach.

»Als Kind schon. Er soll oft um sich geschlagen haben, gebissen und gekratzt wie ein Löwe. Aber kann man es ihm verdenken? Wer unfähig ist, zu hören und zu sprechen, muss sich wohl auf andere Weise bemerkbar machen. Es könnte sein, dass ein solch hitziger Charakterzug immer wieder hervorbricht. Aber, Herr Major«, sagte er nach einer kurzen Pause, »ich bin Chirurgus und kann nicht in die Seele eines Menschen blicken. Und jetzt erlauben Sie, dass ich mich empfehle, auf mich wartet Arbeit.«

Als der Wirt, noch immer missgelaunt, zum Kassieren an den Tisch kam, sah Major von Sandberg zwei seiner Offiziere ins Wirtshaus kommen. Er winkte ihnen zu.

»Und? Gibt es Neuigkeiten?«

»Wir haben, wie Herr Major befohlen, noch einmal die ganze Umgebung, den Schlossplatz und selbst den Cirkel außenherum gründlich abgesucht. Ohne Erfolg. Der Degen war nicht aufzufinden«, erwiderte der größere der beiden Männer.

Alle am Tisch, der Tulpenwirt und selbst die Leute an den Nachbartischen unterbrachen ihre Gespräche, auch der Knecht kam herbei, um den Bericht der Offiziere zu hören. Und obwohl es ihn angeblich pressierte, setzte sich auch Stadtchirurgus Süßleben wieder.

»Konnten Sie denn anhand der Spuren erkennen, ob es einer oder mehrere Täter waren?«, fragte von Sandberg.

»Bedauerlicherweise nein. Oder besser gesagt: Es gab unendlich viele Fußabtritte am Ort des Geschehens, weil gestern Abend alle möglichen Leute dort hin und her gelaufen und unters Gebüsch gekrochen sind. Und auch als wir heute Morgen kamen, mussten wir erst jede Menge Neugierige verscheuchen.«

Von Sandberg stieg das Blut zu Kopf. Er hatte es verabsäumt, eine Wache abzukommandieren! Ein unverzeihlicher Fehler! Er hätte damit rechnen müssen, dass die halbe Stadt angerannt kam, so sind sie doch, die Menschen.

»Aber wir haben etwas Interessantes gefunden«, ließ sich der zweite Offizier vernehmen. Er sprach leise, damit die Leute an den Nebentischen nichts mitbekamen. Von Sandberg griff aufatmend nach dem Strohhalm und hoffte, dass niemandem sein Fauxpas aufgefallen war.

»Was ist es?«

»Ein Stück Stoff.«

»Ein Stück Stoff?«

»Jawohl, Herr Major«, flüsterte der Offizier und beugte sich vor, »und es stammt auf keinen Fall von einer Grenadiersuniform, es muss von der Kleidung des Täters sein.«

Der Offizier legte den Fetzen Tuch auf den Tisch und schob ihn von Sandberg hin, ein nachtblauer, wie von einem scharfen Messer herausgetrennter Lappen mit einem Knopf daran, Horn, dunkelbraun mit auffälligen gelben Sprenkeln. Chirurgus Süßleben, Hofrat Groos und Actuarius Hennig, der Tulpenwirt und der Knecht, alle beäugten das verräterische Beweisstück, als erwarteten sie, dass es zu sprechen anfing.

»Wir sind«, berichtete der zweite Offizier weiter, »natürlich sofort zum Gefängnis gegangen, um die Kleidung des Festgenommenen zu untersuchen und die Stoffe zu vergleichen …«

»Und?«

Die Offiziere blickten sich an.

»Was ist los? Nun reden Sie schon!«

»Der Gefangene war nicht mehr da, er ist entwischt.«

Keiner sagte etwas. Von Sandberg, Groos, Süßleben, Hennig, allen hatte es die Sprache verschlagen. Entwischt? Ausgebrochen? Geflohen? Wie konnte das passieren?

Die Offiziere schauten betreten zu Boden. Bis sich Guthschneider räusperte.

»Verzeihen Sie, Herr Major, dass ich mich einmische. Ich kenne diesen Stoff, ich erkenne ihn vor allem am Knopf. Er stammt von der Joppe, die ich im vergangenen Herbst dem Ignatz geschenkt habe. Der arme Tropf, hatte ich noch gedacht. Weil er doch nie was Rechtes zum Anziehen hat.«

14

Xaver Röttner atmete auf, als die Herrschaften die »Tulpe« verließen. Auch Schneider Vollmer und Seifenmeister Reinald, für gewöhnlich mittags die letzten Gäste, hatten gezahlt und waren gegangen. Endlich! Xaver tat alles weh nach dem ständigen Hin- und Hergerenne zwischen Küche und Speisezimmer, der Rücken, das kaputte Knie, die Füße. Aber seit die vorherige Bedienerin, die kleine dünne Theres, nach Rastatt geheiratet und der junge Frieder Nägele sich mit Guthschneiders Geld aus dem Staub gemacht hatte, musste er für alle Drecksarbeiten herhalten. Er rieb sich mit der flachen Hand das schmerzende Kreuz, es war heute im Gasthof zugegangen wie in einem Taubenschlag, man hätte meinen können, es gäbe was umsonst. Ob ihm irgendeine Salbe helfen würde? Aber Medizin kostete Geld, das er nicht hatte.

Der Wirt streckte seinen Kopf aus der Küche heraus. »Röttner! Ich leg mich für e Stündle hin, 's isch spät g'wordde geschtern Abend, und ich glaub, ich hab mich aufm Heimweg verkäldet. Ich spür's in de Knoche. Sei so gut und bereit alles für de Abend vor, ja?«

»Ich? Ganz allein? Und was ist mit der dicken Theres?«

»Die Tochter kriegt e Kind«, und schon polterte Guthschneider die Hinterhoftreppe hoch in den zweiten Stock. Die Stufen knarzten.

Fluchend ließ Xaver sich auf eine Bank fallen und legte sein linkes Bein hoch. Er schloss die Augen. Du kannst mich mal …! Ausbeuter! Von morgens bis abends Röttner hier und Röttner da. Und das alles, ohne dass ihm Guthschneider auch nur einen Kreuzer mehr bezahlte. Anständig war das nicht. Anfangs hatte er sich beschwert. Dann sollte doch wenigstens die dicke Theres den Abwasch erledigen, wenn sie schon nicht die Gaststube fegte und die Tische schrubbte. Aber Guthschneider hatte nur gebrummt: »Reg dich numme net uff.«

Bestimmt hatte er was mit ihr, warum ließ er ihr denn jede Laune durchgehen? Die Tochter kriegt e Kind, Herrgott noch mal!

Und dann neulich dieser Auftrag bei Eis und Schnee, wo der Wirt doch genau wusste, wie schlecht er zu Fuß war. »Beeil dich g'fälligscht, verquatsch dich net!«, hatte der Leuteschinder noch hinter ihm hergebrüllt. Guthschneiders Uhr zur Reparatur bringen ging ja noch in Ordnung, aber dann, diese Sache in der Lammgass, das war schon merkwürdig gewesen, verdächtig merkwürdig. Allein der Ort der Übergabe! Ein Bauplatz, eine üble Müllhalde. Und ein Kerl in Uniform, der den Mund nicht aufbekam.

Er hätte gern nachgeschaut, was in dem Sack drin war, den der Soldat ihm gegeben hatte. Aber der war gut verschnürt und die Schleife versiegelt. So was machte man nicht, wenn man nichts zu verbergen hatte. Getastet hatte er natürlich, Hasen, Guthschneiders berühmte Hasen. Nur dass ordentliche Jäger an die Küchentür klopften. Die Tiere schienen bereits gehäutet, ausgenommen und zerlegt. Bestimmt hatte Guthschneider darum gebeten, damit er keine Zeit verlöre, sondern sofort mit Kochen und Braten beginnen könne. Immerhin sollte der Wirt zehn seiner berühmten Hasenpasteten, die dem Markgrafen so außerordentlich gut geschmeckt hatten, der Schlossküche für ein hochherrschaftliches abendliches Mahl liefern, feinste Hasenpasteten mit Kalbs- und Krebsfleisch, abgeschmeckt mit Cognac aus Frankreich, Kapern und anderen Zutaten, von denen Xaver noch nie etwas gehört hatte. Das vorzubereiten erforderte Zeit, und es war gut, dass Winter war und der Keller ein Eisloch, um die festliche Speise kühl stellen zu können.

Xaver auf seiner Bank griente. Ein braver Soldat des Markgrafen, der wilderte, so, so. Wenn das bekannt würde. Aber Soldaten konnten natürlich auch schon mal Extrageld gebrauchen, gerade die. Trugen die Nase ja immer hoch und bildeten sich ein, was Besseres zu sein. Man durfte sich halt nur nicht ertappen lassen beim Wildern. Er wusste, wovon er redete, war er doch selbst aus dem Pfälzischen geflohen, um den Schergen zu entkommen.

Xaver stieß einen Pfiff aus. Was war er doch für ein Schafskopf! Wieso kam ihm diese Idee erst jetzt?

Der Soldat verkaufte das Fleisch an Guthschneider und die Felle der niedlichen Tierchen, klar, an einen Kürschner. Wenn er es also geschickt anstellte, dürfte bei diesem Geschäft auch etwas für ihn herausspringen. Er würde sich diesen Soldaten vorknöpfen.

Oder den Wirt.

Oder beide.

Xaver kicherte. Sein Knie schmerzte jetzt nicht mehr, auch der Rücken hatte sich beruhigt. Trotzdem nahm er das Bein nicht von der Bank, als zwei Polizeyobristen hereinkamen. Es saß sich gerade so gut.

»Bedauere«, rief er, »Essen erst wieder ab fünf.«

»Wir wollen nicht essen. Wir wollen den Wirt sprechen.«

Die Herren waren ausgesucht höflich, sodass Xaver beschloss, es vorsichtshalber auch zu sein. Er stand auf. Womöglich hatten sie herausgefunden, dass er nicht, wie bei der Anmeldung auf dem Amt behauptet, aus dem benachbarten Neureut zugezogen war, sondern von jenseits des Rheins, und sie waren gekommen, ihn wegen Falschaussage aus der Stadt zu jagen oder gar einzusperren.

»Der Wirt schläft«, antwortete er und befürchtete, dass seine heisere Stimme ihn verriet. »Er sagt, er will nicht gestört werden. Er hat einen Katarrh und ist müde, hat er gesagt.«

»So, hat er das gesagt?«, höhnten die Obristen bissig. Aber dann schlug der, der gemessen an der Zahl der Bänder auf Brust und Ärmelaufschlägen der Ranghöhere war, mit der Faust auf den Tisch, dass es knallte und die noch nicht abgeräumten Gläser klirrten.

»Schluss mit den Ausflüchten. Er holt jetzt sofort den Wirt, und wehe, wenn Er weiter Sperenzle macht. Sonst gehen wir selbst und holen ihn uns. Und dann, ich schwör's, wird's ungemütlich. Also, allez hopp, vite, vite!«

Xaver beeilte sich. Er war beruhigt. Das Erscheinen der Ordnungshüter schien nichts mit ihm zu tun zu haben, sonst hätten sie ihn vom Fleck weg verhaftet. Von welchem Amt mochten sie sein? Zollbehörde? Gesundheitsamt? Straßenaufsicht? Egal, endlich geht es auch einem bauernschlauen Möchtegern wie Guthschneider an den Kragen und nicht immer nur dem armen Gesinde, dachte er, während er die Stiege ins Obergeschoss hinaufstolperte. Vielleicht hatte ein Gast sich über ein Haar in der Suppe beschwert.

Oder die Sache mit der Wilderei war aufgeflogen.

Das allerdings fände er höchst bedauerlich, wo er doch gerade ein lukratives Geschäft witterte.

Er klopfte an die Tür zu Guthschneiders Wohnzimmer, öffnete, ohne eine Antwort abzuwarten, und steckte den Kopf durch den Spalt.

»Sie werden drunten erwartet. Von zwei Obristen«, setzte er hinzu, er konnte es nicht lassen, es war einfach zu schön. Xaver schloss die Tür auch nicht mehr, lauschte erfreut der Kanonade von Schimpfworten aus dem Mund des Wirts, dann rumste es, Guthschneider musste vor Überraschung oder Schreck irgendetwas Schweres umgerissen haben. Jetzt wartete Xaver nicht länger, sondern eilte die Treppe wieder hinunter, wiewohl er Guthschneider noch gern beim Fluchen zugehört hätte. In der Wirtsstube hatten sich die beiden Uniformierten inzwischen gesetzt.

Guthschneider hantierte noch mit dem Gürtel seines Hausrocks, als er, das Gesicht aschfahl, in die Gaststube trat.

»Es scheint Ihnen in der Tat nicht gut zu gehen«, bemerkte der Höherrangige. Es klang nicht einmal spöttisch.

»Die Herren mögen verzeihen, aber Sie haben mich aus dem Schlaf gerissen. Ich bin noch etwas benommen. Sie erlauben, dass ich etwas trinke, um wieder zu mir zu kommen. Was darf ich Ihnen anbieten? Röttner …!«

»Trinken Sie, aber unsretwegen bemühen Sie sich nicht.«

»Aber wenn Sie darauf beharren, leisten wir Ihnen selbstverständlich Gesellschaft«, beeilte sich der zweite Obrist hinzuzufügen.

Xaver musste Gläser und Wein bringen, sich jedoch auf einen Wink der städtischen Obrigkeit hin zurückziehen. Und wenn schon, im Durchgang zur Küche gab es einen Hocker und daneben das Butterfass, wo er sein Bein wieder hochlegen könnte. Unmöglich, nicht mitzubekommen, was im Speiseraum gesprochen wurde. Es sei denn, die Herren flüsterten.

Sie machten sich nicht die Mühe.

»Kommen wir ohne Umschweife zur Sache.« Es musste der ranghöhere der beiden Männer sein, der sprach. Dessen Stimme war tiefer als die des anderen. »Sie haben sich, Herr Wirt, erdreistet, der Schlossküche Katzenfleisch anzudrehen …«

Guthschneider kreischte auf.

»Katze statt Hase«, wiederholte der Obristhauptmann ungerührt. »Eine durch nichts zu entschuldigende Beleidigung unseres durchlauchtigsten Markgrafen, unserer gnädigen Markgräfin, der Gäste des Hofs …«

»Wer behauptet so was? Das ist eine Verleumdung, eine glatte Lüge. Da will mir jemand übel mitspielen. Ist es der Löwenwirt? Der war schon immer neidisch auf meinen Erfolg. Oder der Dreyer vom Straßburger Hof? Ich, Katzenfleisch? Nie im Leben würde ich mir so etwas erlauben. Ich bin ein anständiger Mensch.«

Guthschneiders Stimme überschlug sich. Selbst in der hintersten Ecke des Hofs hätte Xaver ihn noch gehört. Katzenfleisch! Im Sack des Soldaten von der Müllhalde Katzenfleisch.

»Na, dann wollen wir uns mal in der Küche umsehen und nach den Resten der feinen Häschen schauen«, trompetete der Hauptmann.

»Das ist eine Frechheit, das lass ich mir nicht bieten. Hofrat Groos –«

»Hofrat Groos wird Ihnen nichts nützen. Dem Koch ist die Speise verdächtig vorgekommen, der Oberforstmeister und der Oberhofjäger wurden hinzugezogen.« Der Obristhauptmann lachte gemütlich auf. »Ich gebe zu, ich persönlich würde es nicht merken. Wer weiß, ob die vielen Hasen, die ich bisher gegessen habe, nicht alles Katzen waren. Wahrscheinlich können die meisten Menschen es auch nicht unterscheiden.«

Doch schon schlug er wieder seine Amtsstimme an, und Xaver hörte ihn erneut mit der Hand auf die Tischplatte hauen.

»Aber der Oberforstmeister ist ein Mann vom Fach. Und auch der Hofjäger kennt sich aus. Beide verstehen sich auf Farbe, Würze und Biss des Fleisches. Basta! Wenn Sie also keine Beweise haben, die für Sie sprechen: Name des Jägers, der Sie beliefert, Vorlage ordentlicher Jagddokumente, die Reste der Tiere, Kopf, Balg et cetera, et cetera, werden Sie sich warm anziehen müssen. Und abgesehen vom guten Ruf, den Sie sich damit verscherzt haben, können Sie auch Ihre Wirtshauskonzession in den Ofen stecken.«

Xaver vernahm das Rücken und Geschiebe der Stühle auf dem Dielenboden und verdrückte sich in den Hof, um pinkeln zu gehen. Pinkeln beruhigte immer, half ihm, das Durcheinander an Gehörtem einzuordnen. Er sollte sich vorsorglich ein paar Rüben und Kohlköpfe aus dem Keller holen, dazu Brot und Schinken. Und warum nicht ein Dutzend Flaschen Wein? Die könnte er zu Geld machen. Es sah ja ganz danach aus, dass die Herren Polizeyobristen den Wirt gleich mitnehmen und die »Tulpe« schließen und versiegeln würden. Dann stünde er mittellos da, ohne ein Dach über dem Kopf und ohne Essen.

Er trat aus dem Abort, schloss den Bretterverschlag wieder hinter sich und richtete seine Kleidung. Drinnen mochte er das nicht tun, das Kabuff war eng, und der Geruch lud nicht eben zum längeren Verweilen ein. Durchs Fenster sah er die Amtsmänner in der Küche in Töpfe und Schränke gucken. Rasch stolperte er die Hoftreppe hinunter in den Keller, griff sich einen der dort ineinandergestapelten Körbe und füllte ihn mit Ess- und Verkaufbarem. Gerade wollte er mit seiner Last wieder nach oben, um sie irgendwo im Hof hinter einem Stapel Brennholz sicher zu verstecken, als ihm unter Rüben und Topinamburen etwas ins Auge fiel. Ein Lumpen, ein Stück Stoff, dunkelblau. Er zog daran, zog fester, die Knollen gerieten in Bewegung, rutschten, kollerten ihm vor die Füße. Dann kam eine fein geschnittene Joppe zum Vorschein.

Xaver ging zum Kellereingang und hielt sie ans Licht. Tatsächlich, dunkelblau, mit Knöpfen aus Horn. Eine schöne Jacke. Nur dass sie ein bisschen kotig war, so, als hätte der Träger sich damit im Schmutz gesuhlt. Und der linke Ärmel war aufgeschlitzt, ein Stück Manschette herausgerissen. Es müsste mit dem Teufel zugehen, wenn das fehlende Teil nicht das wäre, das die Herren Offiziere am Mittag auf dem Tisch des Hauses präsentiert hatten. Diesen Stofffetzen, den sie dort gefunden hatten, wo der Grenadier erschlagen worden war. Der Knopf war der gleiche, braun mit gelblichen Tüpfchen. Guthschneider wollte die Jacke dem Straßenfeger gegeben haben? Ein so nobles Geschenk?

Xaver leerte den Korb aus, den er eben gefüllt hatte, legte ein paar Rüben zuunterst, die Jacke darüber, dann den Wein und schließlich Gemüse und Brot obenauf. Unbemerkt schlich er unters Dach in seine Mansarde, um nun doch dort seine Beute zu verbergen. Als er wieder in die Küche kam, waren die Obristen eben dabei, sich zu verabschieden. Sie hatten ganze Arbeit geleistet. Ofen, Schäfte und der Arbeitstisch in der Küche sahen aus, als wäre ein Sturm darüber hinweggebraust, Guthschneider saß in sich zusammengefallen gleich einem Häufchen Elend auf einem Hocker.

»Aber wiegen Sie sich nicht in Sicherheit, auch wenn wir im Augenblick nichts Verdächtiges gefunden haben. So leicht kommen Sie uns nicht davon«, knurrte der erste Obrist, sichtlich enttäuscht vom Ergebnis ihrer polizeylichen Durchsuchung. »Wir garantieren Ihnen, dass wir noch heute nach Ihrem Jäger schicken lassen. Gnade Ihnen Gott, wenn Sie uns einen falschen Namen genannt haben und es den Mann nicht gibt.«

»Wenn ihm sein Gasthof lieb ist, wäre er ja dumm, uns anzulügen«, meinte der zweite, ein wenig nachgiebiger gesinnt.

Xaver folgte den beiden zum Ausgang und schloss die Tür

hinter ihnen ab. Als er sich umdrehte, stand der Wirt im Küchendurchgang.

»Röttner, ich bitt dich –«

»Dein Jäger?«, unterbrach ihn Xaver. »Du meinst Breutler von Beiertheim? Was zahlst du, wenn ich zu ihm gehe und ihn dazu bringe, deine Wahrheit zu sagen?« Er dehnte die zwei Wörtchen »deine Wahrheit«, ließ sie sich auf der Zunge zergehen, fixierte hämisch seinen Brotherrn.

»Wie redest du mit mir? Was erlaubst du dir, mich zu duzen?«

Gleich würde Guthschneider ihm an die Gurgel springen.

Aber der Wirt tat nichts dergleichen. Xaver wusste, er hatte gewonnen.

»Wenn ich mich beeil und mich mit niemandem verquatsche, bin ich vor der Polizey dort. Die müssen erst mal aufs Amt, ihrem Vorgesetzten den Vorgang berichten, dieser wird Leute zusammentrommeln, eine Truppe abkommandieren, das dauert. Also, was zahlst du?«

Er beobachtete Guthschneider. Der schwankte. Dieser große, immer selbstsichere Mann schwankte. Es war zum Lachen.

»Einen Gulden«, wisperte er.

»Zehn«, forderte Xaver und streckte die Hand aus. »Zehn Gulden, und ich eile.«

»Ich lass mich von dir nicht erpressen, Röttner, das ist eine bodenlose Frechheit. Ich habe nichts zu verbergen.«

»Nur krumme Geschäfte mit einem Soldaten. Ich will ja nicht sagen, dass da Katzenfleisch in dem Sack drin war, den ich holen sollte. Auch wenn ich es jetzt fast vermute. Hast du das gewusst? Hast du gewusst, dass dein werter Sozius dir Katzen geliefert hat statt Hasen?«

Guthschneider antwortete nicht. Er blickte finster. Hinter seiner Stirn arbeitete es.

»Zwei und keinen Gulden mehr«, bot er schließlich.

»Ich glaube schon, dass du mehr zahlen wirst. Ich habe da was gefunden.«

Guthschneider wich das Blut aus dem Gesicht.

»Was … was willst du denn gefunden haben? Ich schwör dir, Röttner, da will mir jemand eins auswischen, hörst du? Nie im Leben käm bei mir Katzenfleisch in den Topf. Das wird sich klären, morgen schon, du wirst sehen.«

Monsieur redet sich um Kopf und Kragen, dachte Xaver, in seinem Kopf ratterte es. Könnte es sein, dass sich ihm da gerade eine noch wundervollere Einnahmequelle auftat als zuvor gedacht? Kurz geriet er ins Phantasieren: Er übernahm die »Tulpe« und ließ den ruinierten Guthschneider für sich arbeiten. Das würde ihm gefallen, den feisten Wirt hin und her zu jagen, so wie der es mit ihm gemacht hatte.

»Da lag so eine schöne blaue Jacke herum«, höhnte er, »eine mit Knöpfen aus Horn. Schade, dass der eine Ärmel irgendwie ein bisschen kaputt ist.«

»Was redest du da?«, schrie Guthschneider. »Ah, jetzt verstehe ich. Du bist es, der mir da etwas anhängen will. Du bist der Halunke. Hast Katzen gegen Hasen ausgetauscht, um in die eigene Tasche zu wirtschaften. Und ich hab mich noch gewundert, warum du so lange gebraucht hast, bis du endlich wieder zurück warst an jenem Abend. Was bin ich nur für ein Trottel gewesen, dass ich dir hergelaufenem, oberfaulem Sack Arbeit und ein Bett gegeben habe.«

»Diese schöne blaue Jacke, die du angeblich dem Straßenfeger geschenkt hast, ich habe sie hier im Haus gefunden …«, zischelte Xaver vergnügt.

Guthschneider schien nicht zu begreifen. »Die Jacke? Hier im Haus? Du? Machst du mit diesem verlotterten Subjekt von Ignatz gemeinsame Sache?« Der Wirt sank auf einen Stuhl.

»Du solltest nicht so lange überlegen«, bemerkte Xaver liebenswürdig, »die Zeit arbeitet gegen dich. Wenn du möchtest, dass Breutler bezeugt, dass er dir ordentlich erlegte Hasen geliefert hat, sollte ich mich jetzt auf die Socken machen. Sonst ist die Polizey vor mir dort.«

Der Wirt wehrte sich nicht mehr. Er suchte seinen Beutel unterm Wams hervor und zählte die Münzen auf den Tisch.

Während Xaver das Geld einstrich, fiel ihm etwas ein. Beinahe hätte er einen Fehler gemacht.

»Ich zieh mir nur noch feste Schuhe an und bin fort. Mach dir keine Sorgen. Ich kenne Breutler, fünf Gulden für ihn, fünf für mich, und die Sache geht in Ordnung.«

Er eilte hoch in seine Mansarde, kramte die Joppe mit dem aufgeschlitzten Ärmel aus dem Korb hervor und zog sie sich unter die eigene Jacke an. Dazu den warmen Winterumhang und die verschlissenen Stiefel, wo die Nähte schon überall aufplatzten. Egal, er hatte eine Ausrede gebraucht, um noch einmal in seine Kammer zu gehen, Guthschneider könnte ja in die Versuchung kommen und schnüffeln. An seinem Körper war das wertvolle Kleidungsstück sicherer aufgehoben.

15

Obwohl es jeden Tag bereits wieder etwas heller wurde, wie Hofrat Groos gestern noch angemerkt hatte, war es doch schon recht dunkel im Wohnzimmer. Vor dem Fenster sah Major von Sandberg im frühen Abendlicht hinunter auf den Vorderen Cirkel und den Schlossplatz, suchte linkerhand die Stelle, wo Groos und er den toten Grenadier gefunden hatten, dann schweifte sein Blick hinüber zum Schloss. Nur in zwei Räumen flackerten Kerzen. Keine festliche Einladung heute Abend. Auch ein Markgraf brauchte hin und wieder Zeit für sich.

Lisbeth, die Magd seiner Wirtin, einer Generalswitwe, kam mit dem Leuchter, stellte ihn auf den Tisch und fragte nach seinen Wünschen fürs Abendessen. Von Sandberg verspürte keinen Hunger, aber aus Gewohnheit bat er um Schinken und eine heiße Weincreme zum Dessert.

»Die Köchin hat getrocknete Feigen bekommen«, sagte das Mädchen.

»Dann auch Feigen.«

Nachdem die Magd gegangen war, erhob er sich von der Chaiselongue, auf der er, ohne sich zu rühren, seit dem Mittagessen in der »Tulpe« gelegen und die Ereignisse vor seinem inneren Auge hatte ablaufen lassen. Er musste einige Male eingedöst sein, war jedoch immer wieder hochgeschreckt, weil sein linkes Bein im Halbschlaf heftig gezuckt und er das Gefühl gehabt hatte, eine Treppe hinabzustürzen. Jetzt streckte er sich, rieb Stirn, Wangen und Nacken, ging ans Fenster und öffnete es. Die frische Luft tat gut.

Der Hofrat und sein Heißhunger auf Hase. Es amüsierte ihn. Sicher, auch er aß hin und wieder ganz gern Hase oder ein Stück Reh, aber im Allgemeinen war ihm ein fetter Schweinebraten lieber als Wildbret. Das hatte doch einen recht eigenwilligen, herben Geschmack, der ihm nicht immer zusagte.

Wobei er wiederum gegen Wildschwein nichts einzuwenden hatte. So ein saftiges Stück, eingelegt in Weißwein mit Kapern und Oliven. Jetzt lief ihm doch das Wasser im Mund zusammen.

Fröstelnd schloss er das Fenster, beobachtete aber weiterhin den dämmrigen Platz. Dass diese verdammte Waffe, mit der der Straßenfeger dem Grenadier den Schädel eingeschlagen hatte, bis jetzt nicht aufgefunden werden konnte, war von Sandberg ein Rätsel. Das Beweisstück war wichtig, vor Gericht unentbehrlich. Er strich sich nachdenklich übers Kinn und begann noch einmal, die Faktenlage zu rekonstruieren.

Das Blut war noch warm gewesen, als er über den Leichnam fiel. Der Straßenkehrer lag fast auf dem Grenadier, mit erhobener Hand, als wollte er gerade zuschlagen, und gab aufgeregte schnaubende Laute von sich wie ein Tier, das seine Beute zerriss. So weit, so klar.

Und was war mit der Kleidung des Burschen? Mit dessen Jacke? Sie war blutbesudelt. Auch dunkelblau?

Er hatte nicht darauf geachtet, noch ein unverzeihlicher Fehler, er könnte sich in den Hintern beißen. Aber, verteidigte er sich, wer achtete denn in einem solchen Moment auf die Rockfarbe von wem auch immer?

Wie am Abend zuvor kam wieder ein Trupp Soldaten von der Waldhorngasse auf den Schlossplatz marschiert, aber von seinem Wohnzimmerfenster aus konnte er nicht erkennen, welchem Regiment die Männer angehörten, vielleicht der Leibinfanterie.

Er hauchte seinen Atem auf die Fensterscheibe. Der Brodem hinterließ milchige Flecken, die er mit dem Zeigefinger wieder abrieb.

Nun zum Verhör. Da blieb nicht viel, was zu rekapitulieren war. Er hatte kaum in das Gesicht dieser Missgeburt sehen können, so unangenehm berührte ihn die Fratzen schneidende Visage, und ständig fuhrwerkte der Idiot mit den Händen in der Luft herum. Aber er würde dafür sorgen, dass der Bursche seine gerechte Strafe erhielt, es war ihm egal, ob durch den

Strang oder durchs Schwert. Hauptsache, in seiner Kompagnie herrschte wieder Ordnung.

»Jawohl!«, sagte er laut und malte einen Stern auf die beschlagene Glasscheibe. Aber als er Lisbeths Schritte vor der Zimmertür hörte, wischte er rasch sein Kunstwerk mit dem Ärmel ab. Schon klopfte das Mädchen, und mit dem Klopfen zerbröckelte seine soeben mühsam aufgebaute Selbstsicherheit.

Er befahl Lisbeth, anders als sonst, das Tablett mit dem Abendessen auf das Rauchertischchen am Fenster zu stellen und dort einzudecken. Vielleicht konnte er mit dem Blick auf den Schlossplatz besser nachdenken als an der großen Tafel mitten im Zimmer. Kaum hatte das Mädchen den Raum verlassen, schenkte er sich vom Rotwein ein und biss noch im Stehen in eine Scheibe frischen Brots. Dann erst setzte er sich.

Und jetzt, Sandberg, überleg: Was könnte der Straßenkehrer für einen Grund gehabt haben, dass er den Sobringer umbringt?

Am wahrscheinlichsten war, dass der Grenadier zufälliges Opfer eines Überfalls geworden war und dieser Lump es auf Geld, Uhr und Tabatiere abgesehen hatte, wie der Stadtchirurgus vermutete. Wobei dieser Ignatz nicht zu wissen schien, dass Sobringer nicht rauchte und folglich auch keine Tabatiere besaß. Doch das tat hier nichts zur Sache. Es tat auch nichts zur Sache, dass er und Groos sozusagen noch während des mörderischen Geschehens zur Stelle waren und den Halunken in seinem Handwerk störten, sodass dieser letztlich ohne Beute floh. Sie hatten später in Sobringers Taschen dessen Uhr gefunden, dazu einen Gulden und ein paar Kreuzer, ein sauberes Sacktuch, Schlüssel, ein silbernes Kettchen, einen Haarkamm. Ein einfacher, schlichter Straßenraub also, wie er immer und überall passierte.

Von Sandberg bestrich eine Scheibe Brot mit guter Butter und schnitt den Schinken in kleine Würfel. Die Gabel benutzte er nicht, er liebte es, wenn er allein war, mit der Hand zu essen. Wieso aber, dachte er, während er sich den ersten

Bissen genießerisch in den Mund steckte, wieso kommt jemand auf die irrwitzige Idee, mitten in der Stadt, unter den Augen der Obrigkeit, an einem Abend, an dem der Markgraf zur Soiree geladen hat und früher oder später alle Welt über den Schlossplatz rennen würde, einen Grenadier zu überfallen? Jeder vernünftige Mensch, falls man Wegelagerer zu dieser Sorte Mensch zählen durfte, lauerte doch wohl eher Reisenden auf den einsamen Straßen nach Rintheim, Daxlanden oder Ettlingen auf oder heimlichen Liebespaaren im Hardtwald. Selbst dieser tumbe Ignatz, der doch immerhin bis jetzt anscheinend ohne jede Beanstandung die Straßen der Residenz sauber und ordentlich gefegt hatte, konnte nicht so verrückt sein.

Von Sandberg säuberte sich Mund und Finger mit der Serviette und lehnte sich in seinem Rauchersessel zurück. Doch dann fuhr er hoch und schlug sich an die Stirn. Aber ja, das war es! Ständig übersah er Wesentliches. So ließe sich nie eine Schlacht gewinnen.

Sagte man nicht, dass Menschen, die unfähig zum Reden sind, nicht denken können und also triebhaft seien wie Tiere? Das genau konnte der Grund für diesen brutalen Überfall gewesen sein. Der taubstumme Straßenfeger war in Catharina Würbsin verliebt, vielleicht schon seit Jahren, sie lebten ja in unmittelbarer Nachbarschaft, dann war der Grenadier gekommen und hatte ihm das Mädchen weggenommen. Mordgrund: triebhafte Eifersucht.

Nur warum dann erst jetzt und nicht schon viel früher? Sie mussten sich doch täglich begegnet sein, der Straßenfeger und Sobringer, als dieser noch im Dörfle bei den Würbsens logierte.

Oder … von Sandberg trank einen Schluck Wein, brach sich Brot ab, schluckte, ohne darauf zu achten, ein Schinkenwürfelchen nach dem anderen … oder hatte vielleicht die Familie der Würbsin dem Straßenfeger Geld gegeben, damit der die Schwangerschaft und Hinrichtung ihrer Tochter rächte? »Wäre ja raffiniert, ein Taubstummer kann sich nicht verplappern.«

Die letzten Worte hatte von Sandberg laut vor sich hin gesprochen. Seine Stimme hallte durch das Zimmer, tönte ihm seltsam fremd in den Ohren. Wie war das eigentlich bei tauben Menschen? Hörten sie sich, wenn sie ächzten und stöhnten, wie er diesen Ignatz hatte ächzen und stöhnen hören? Wie vernahmen sie ihre eigenen Gedanken?

Jetzt unterstellte er doch tatsächlich, dass ein Taubstummer denken konnte!

Er schüttelte unwirsch den Kopf. Wenn man nur wüsste, was in solch kranken Gehirnen vorging.

Und wenn sie gar nicht so krank im Kopf waren, diese Hörlosen? Hatten die Offiziere nicht berichtet, dass der Straßenkehrer den Gefängniswärter überwältigt und ihm die Schlüssel geklaut hatte und auf diese Weise entkommen war? Für einen, dem die Natur angeblich kein Denkvermögen geschenkt hatte, war das eine stattliche Leistung. Um so etwas durchzuführen, musste man schon eins und eins zusammenzählen, vor allem wenn es mit den Körperkräften nicht so weit her war. Also …

Von Sandberg war verwirrt. Was sagten die Wissenschaften? Gab es Untersuchungen dazu, Erkenntnisse?

Wenn er wortlos dachte, war das etwas anderes, als wenn er seine Gedanken laut aussprach. Aber das eine ergänzte das andere. Dabei war er beim wortlosen Denken oft schneller, als wenn er das, was er dachte, formulierte. Manchmal fand er nicht einmal die richtigen Worte, obwohl ihm der Gedanke im Kopf zuvor völlig klar gewesen war. Im Kopf war es auch möglich, auf verschiedenen Ebenen gleichzeitig zu denken. Das kam von allein, ungeplant und unbeabsichtigt, beim Lautsprechen war das unmöglich. Da konnte nur eines nach dem anderen gesagt werden, und manchmal hatte er am Ende vergessen, was er am Anfang hatte sagen wollen. Oder war das jetzt alles dumm, was er da dachte?

Von Sandberg griff zum Wein. Er hatte gute Lust, sich zu betrinken. Und das Tröpfchen prickelte angenehm auf der Zunge, die Generalswitwe wusste, was schmeckte.

Jetzt hatte er also drei mögliche Gründe für den Totschlag:

Raubmord, Eifersucht und Mord als Auftrag, wobei er den letzten Grund für äußerst unwahrscheinlich hielt. Rachemord wegen einer liederlichen Dirn? Nein, nicht in deutschen Landen. Vielleicht anderswo, in fernen Gegenden, wo die Menschen hitziger sein sollen als hierzulande. Hier wussten sie schließlich, was sich gehörte, was Recht und Unrecht war. Mord war Mord, Kindsmord allemal, und eine Kindsmörderin konnte nicht mit Mitleid rechnen, auch nicht innerhalb der eigenen Familie. Aber selbst wenn, hätten sie den Simon Sobringer doch bereits vorher schon umbringen lassen, gleich als die Schwangerschaft ans Licht gekommen war, also lange vor der Niederkunft im letzten November. Nein, irgendwie passte das alles nicht zusammen, er könnte sich die Haare raufen, wenn ihn die Perücke nicht daran hindern würde.

»Dieser verfluchte Sobringer. Ich habe sofort gespürt, dass der Kerl Unruhe ins Heer bringt«, sagte er nun bewusst laut und ungewöhnlich scharf und sprang gereizt auf. Er musste sich bewegen, begann, im Zimmer auf und ab zu stolzieren, stellte ein Buch, das er vor Wochen aus dem Schaft genommen hatte, weil er es endlich lesen wollte, wieder zurück an seinen Platz, zündete die Lampe auf dem Büfett an und schob sie ein wenig nach rechts. Nein, sie hatte doch besser links gestanden. Rückte dann die Zeichnung an der Wand mit dem Profil eines jungen Mädchens gerade und dachte unwillkürlich an diesen jungen, unverschämten Theologiekandidaten, den er leichtsinnigerweise nach der Hinrichtung zu ihnen an den Tisch in der »Tulpe« gebeten und der sich dann die Frechheit herausgenommen hatte, die ganze Runde zu beleidigen. Was für ein aufmüpfiger Jüngling!

»Sie hatten doch bestimmt alle Ihre kleinen Liebeleien!«

Natürlich, ja, aber damit eine Gesellschaft gesetzter Herren herauszufordern, ist eine Impertinence.

Von Sandberg ließ sich wieder in den Sessel am Rauchertischchen fallen und zündete sich seine Pfeife an. Schmeckte gierig den Tabakrauch. Dachte an den toten Simon Sobringer. Am Anfang, als der junge Breisgauer gerade seinen Dienst angetreten hatte, mochte er ihn gar nicht mal so ungern. Der Eifer und die Zuvorkommenheit des damals Siebzehnjährigen hatten ihm gefallen. Dessen Geschick im Umgang mit den Waffen. Seine Zielstrebigkeit. Aus dem wird mal was, hatte er ihn bei seinem Vorgesetzten gelobt. Bis aus dem Eifer Übereifer wurde, aus der Zuvorkommenheit Arroganz und aus der Zielstrebigkeit Geltungsdrang, ein Besser-sein-Wollen als die Mannschaftskameraden.

Und dann natürlich die Weibergeschichten dieses Bauernlümmels. Das war ihm schon bald aufgestoßen, und er hatte Sobringer ins Gebet genommen. Väterlich natürlich. Sein Verhalten stürze ihn ins Unglück und brächte die Kompagnie um ihren guten Ruf. Gleich in dessen erstem Dienstjahr hatte er den Grenadier für zwei Nächte in den Bau schicken müssen, damit er sich besinne. Aber die Ruhe an der Front war nur von kurzer Dauer gewesen, und ganz schlimm wurde es, als der Breisgauer anfing, der jungen Würbsin hinterherzurennen. Ganz verrückt war er nach ihr, das konnte ja ein Blinder sehen.

Von Sandberg blickte hinüber zu dem Porträt des Mädchens an der Wand, das er eben zurechtgerückt hatte. Schon lange hatte er das Bild nicht mehr betrachtet. Es hing einfach da. War Bestandteil des Zimmers und seines Lebens geworden, ohne dass er sich dessen bewusst gewesen war. Jetzt aber stellte er sich, die Pfeife im Mund, direkt davor.

Was für ein schönes Kind. Und wie lieblich sie immer gerochen hatte. Nach Wiesenblumen im Frühling, nach heißem Sommergras, nach dem Duft von Honigkerzen. Irgendwann erfuhr er, dass sie einen Advocaten aus Utrecht geheiratet hatte und Mutter von sechs Kindern geworden war. Es hatte ihm einen Stich versetzt. Aber schließlich wusste er damals, was sich gehörte und was er Markgraf Carl Friedrich ob seiner Zugehörigkeit zum baden-durlachischen Regiment im Dienste der holländischen Generalstaaten schuldig war. Doch der Verzicht hatte wehgetan, sehr weh.

Er nahm die Zeichnung von der Wand. Ob sie noch immer so hübsch war? Mit den Fingern fuhr er die Konturen des

Kopfs nach, strich über die Haare, die er so gern gestreichelt hatte, wenn sie sich heimlich trafen. Fuhr die Linie ihres Halses entlang, wie an jenem heißen Tag am Kanal hinter der Stadt, als er sich zu dem Grübchen zwischen ihren Brüsten vorgetastet hatte und weiter, bis sie ihm mit dem schönsten Schalk in den Augen auf seine vorwitzigen Finger schlug und ihn gleich darauf herzte und küsste. Er hatte sie nie mehr loslassen wollen.

Am liebsten hätte er auch jetzt seine Lippen auf das Glas gepresst, wo sich darunter der feine Mund abzeichnete, aber natürlich beherrschte er sich. Das wäre ja lächerlich, er war doch kein Schulbub mehr.

Doch dann musste er, wie zur Versöhnung mit sich selbst, lachen. Ihretwegen hatte er sich sogar geprügelt. Mit ihrem Bruder, der ihn einen falschen Hochzeiter nannte, einer, der Schande über seine Schwester gebracht und sie entehrt habe. Hatte er nicht. Unter der verdammten Knute von Zucht und Gewissenhaftigkeit hatte er stets die Grenzen der Schicklichkeit gewahrt. Leider Gottes. Er bedauerte es bis heute, ganz unabhängig davon, dass es ihn nahezu unmenschliche Kraft gekostet hatte, nicht über die Stränge zu schlagen wie dieser verteufelte Sobringer.

Er hätte diesem gegenüber die Härte zeigen sollen, die er damals durch seinen Vorgesetzten erfahren hatte, als seine Liebschaft bekannt wurde. Da hatte es nichts mehr zu lachen gegeben. Mach's dir selber oder geh zu 'ner Metze, war das Harmloseste, was er zu hören bekommen und ihn zutiefst verletzt hatte. Aber natürlich hatte sein Oberst recht gehabt. Man begreift so etwas immer erst hinterher, im reifen Alter, wenn der Verstand einsetzt und erkennt, dass der strafende Vater, der bissige Oberst, der salbadernde Pfarrer in der Kirche es nur wohlwollend meinten. Schließlich kannten sie das Leben.

Bei Sobringer war es jetzt zu spät. Er, sein Vorgesetzter, war zu nachsichtig mit diesem Flegel gewesen. Womöglich war es gar seine Schuld, dass der Junge ermordet worden war, weil er nicht hart genug durchgegriffen hatte. Er würde es sich eine

Lehre sein lassen und von nun an noch schärfer durchgreifen. Ab sofort gäbe es keine Entschuldigungen mehr. Unter gar keinen Umständen.

Von Sandberg hängte die Zeichnung des Mädchens nicht mehr auf, sondern vergrub sie unter einem Packen alter Briefe in einer Schublade des Büfetts. Die Stelle unterhalb des nunmehr nutzlos gewordenen Nagels stach grell von der vom Licht ausgeblichenen Wandverkleidung ab. Er würde bei Macklot in der Hofbuchhandlung fragen, ob dieser ihm ein anderes Gemälde besorgen könnte. Eine schwedische Landschaft zum Beispiel. Sie würde ihn an die Heimat erinnern, an die Kindheit, die schön gewesen war, hell, frei, unbekümmert. Wie gut, dass niemand bei seiner Geburt wusste, wohin das Leben ihn einmal verschlagen würde. Cadet, Fähnrich, Lübeck, Holsteinische Garde. Baden-durlachisches Infanterieregiment, Serenissimi Leibkompanie. Man musste alles mitmachen. Die Niederlande, Maastricht, Xanten, Arnheim. Sous-Lieutenant, Premier-Lieutenant. Der Markgraf machte die Politik, und er ging dorthin, wohin man ihn befahl.

Ob es Sobringer manchmal auch wehmütig ums Herz gewesen war? Der Grenadier hatte so oft von den Weinbergen zu Hause geschwafelt und sich gebrüstet, er würde alles erben, er allein, dann wäre er ein gemachter Mann, dass er, von Sandberg, den leisen Verdacht gehabt hatte, der junge Mann sei unter misslichen Umständen von Landeck weggegangen. Solche labilen Menschen konnten im Kriegsfall die Achillesferse eines Bataillons sein.

»Er hatte ein großes Maul, dieser Simon Sobringer, das hatte er. Und sich nicht nur Freunde damit gemacht.«

Mit einem Ruck schloss von Sandberg die Schublade mit dem Porträt des Mädchens und nahm die Perücke vom Kopf, um sie ordentlich über den Ständer zu hängen und sich endlich ausgiebig den Kopf zu kratzen. Ein Gedanke durchzuckte ihn: Er sollte Sobringers Mannschaftskameraden befragen, zumindest die, mit denen der Grenadier häufiger zusammen gewesen war. Es könnte ja sein, dass der Mord an Sobringer gar nichts mit der Kindsmörderin zu tun hatte. Vielleicht war es ein Streit unter Männern gewesen. Eine Beleidigung. Eine Sache der Ehre. Überhitzte Gemüter. Zu viel Wein. Ein Wort, das das andere ergab. Dann wäre das Corpus Delicti möglicherweise nicht Sobringers Degen – der hatte vielleicht, aus welchem Grund auch immer, gerade keinen getragen –, sondern der seines Kumpanen. Und damit natürlich nicht auffindbar.

Mord oder Totschlag innerhalb des Regiments. Das wäre schlimm, schlimmer als alles andere. Wem war eine solche Freveltat zuzutrauen? Hauschiffer, Frühauf, Siebenschön, Abele, Pfeiffer, Fackler, Lauer …?

Er musste mit ihnen reden. So schnell wie möglich. Welche Rolle spielte dann aber der Straßenfeger?

16

Nachts ist er nicht gern unterwegs, die Finsternis verschluckt jede Bewegung. Jemand kann überraschend vor oder hinter ihm auftauchen, ohne dass er es merkt. Nachts fällt es ihm auch schwer, in den Mienen der Menschen zu lesen, die ihm entgegenkommen. Seit dem Mittag hat sich der Himmel mehr und mehr zugezogen, die Nacht wird besonders düster werden. Aber es muss sein. Das ist er sich schuldig. Und Blümchen. Sie darf nicht wie seine Beschützerin auf dem Schafott sterben.

Er reibt sich das Gesicht noch einmal fest mit Erde ein, damit er dunkler aussieht und die Städter ihn für einen dieser wandernden Leute halten, deren fremde Kleidung er trägt, das alte Beinkleid, die lange, mit tiefen Taschen besetzte Jacke, die ihm hinten bis weit über die Kniekehlen reicht, und diesen schlabbrigen Hut, unter dem er seine hellen Haare verbirgt. Schnee springt um ihn herum, er krault ihm den Kopf. Wie zur Antwort leckt ihm der Vierbeiner die Hand. Noch im Hellen bricht er auf.

In einem großen Bogen umrundet er die Stadt abseits der offenen Feldwege und Zufahrtsstraßen. Einmal muss er einen Wassergraben über einen Baumstamm queren. Schnee ist die wackelnde Behelfsbrücke unheimlich, und das Tier wagt sich erst darüber, nachdem er ihm ein paarmal energisch gewinkt hat.

Manchmal weiß er nicht, wo er sich befindet. Doch nach einer Weile stößt er auf eine breite Allee und glaubt, in nicht allzu großer Entfernung die Silhouette des Morgentors zu sehen. Das hilft ihm.

Jetzt kommen wieder Äcker, ein zweiter Graben und schließlich ein Wald, es muss der große Wald sein, der hinter dem Platz der prächtigen Häuser anfängt und von dem er nicht weiß, wo er aufhört. Aber dort um die vornehmen Gebäude herum kennt er jeden Busch, jeden Stein, jede Hecke, dort findet er leicht in die Stadt hinein.

Niemand begegnet ihm auf seinem Weg durchs Gehölz, und unbemerkt von der Wache am kleinen Waldtor erreicht er die Straße, die innerhalb der Stadt im Halbkreis um den weiten Platz herumführt. Die Gebäude des Großen Herrn ducken sich in die Dämmerung.

Er muss Schnee beruhigen, dem die Gegend fremd ist, und als ihm der alte Buntrock mit den stieren Augen und dem grauenhaften Wundmal an Kopf und Schläfe stockbesoffen entgegentorkelt, erstarrt der Vierbeiner. Seine Ohren stellen sich auf, er fletscht die Zähne, bereit, diesen Menschen anzufallen, wenn er ihnen beiden ein Leid antut.

Komm her, bedeutet er Schnee, wie er es vom buckligen Weib gelernt hat, komm her, bei Fuß! Beruhigend tätschelt er dem Freund den Hals.

Das Narbengesicht beachtet Schnee gar nicht, sondern schwankt wie immer, wenn es ihn sieht, auf ihn zu und krallt sich, unablässig lippenöffnend, lippenschließend, an seinen Arm. Als er eine Gruppe junger, starker Buntröcke mit Waffen über den Platz patrouillieren sieht, reißt er sich vom Narbengesicht los und flüchtet hinter die Mauern eines halbfertigen Hauses. Durch eine Ritze zwischen den Steinen sieht er zwei Männer vorbeieilen. Die Kutsche, die heranrollt, spürt er im Körper, bevor er sie sieht.

Ihm ist kalt, er trippelt von einem Fuß auf den anderen. Und wartet. Wartet, bis die Straße menschenleer zu sein scheint. In einem Fenster ganz in der Nähe geht ein Licht an, er gibt Schnee ein Zeichen und flieht aus dem Versteck. Es kostet ihn Überwindung, aber er zwingt sich, langsam zu gehen, gemächlich wie ein Heimkehrer vom Besuch im Wirtshaus. Nur noch zwei Ecken, dann ist er in der Bauplatzgasse und steht vor dem verlassenen Grundstück. Überraschend säuberlich sind zu beiden Seiten des Areals Steinhaufen an den fast bedrohlich aufragenden Wänden der angrenzenden Häuser aufgeschichtet. Jemand hat hier in den letzten Tagen Ordnung geschaffen.

Komm, lass uns suchen, bedeutet er Schnee, aber das Tier hat keine Lust. Es hat es sich neben einem hölzernen Kasten mit dem Kopf auf den Vorderläufen gemütlich gemacht.

Von der zunehmenden Dunkelheit geschützt, tastet er sich an Ziegelsteinen und Brettern vorbei, klopft die Brandmauern der Nachbargebäude nach Hohlräumen ab, ebenso den Erdboden, kann aber nichts Verdächtiges finden. Weder Türen noch Fenster, keine verborgenen Zugänge zu einem verborgenen Raum. Ratlos schaut er sich um. Das Grundstück ist tatsächlich so sauber und aufgeräumt, als hätte er selbst gerade eben hier gefegt. Ist es dasselbe Gelände, vor dem er neulich die Männer gesehen hat? Es kommt ihm kleiner vor.

Es ist kleiner und vor allem schmaler, er hat sich im Grundstück getäuscht. Vielleicht sogar in der Straße? Mit einem Mal überfällt ihn Panik, jeden Augenblick können Anwohner auf ihn aufmerksam werden und die Wache des Großen Herrn alarmieren: Da geistert jemand herum, ein Dieb, ein Mörder, und sie würden auf ihn zeigen.

Aber aufgeben will er auch nicht.

Wer hat den Buntrock erschlagen? Wenn es Blümchen war, muss er sie beschützen. Er möchte aber, dass es der Hinkende gewesen ist, obwohl er an jenem Abend nicht gesehen hat, dass der flüchtende Schläger ein kaputtes Bein hatte. Und er will, dass die drei Obergewichtigen, die ihm gestern Nacht verständnislos gegenübersaßen, begreifen, dass er niemanden umgebracht hat.

Unschlüssig späht er das Sträßchen hinunter zum Platz der prächtigen Häuser, dann in die entgegengesetzte Richtung zur Morgenabendstraße und vergewissert sich, dass er in der richtigen Gasse ist. Verzweifelt wandert er die Häuser entlang und muss gar nicht lange suchen. Die Dunkelheit, vielleicht auch die Aufregung haben ihm einen Streich gespielt. Erleichtert bahnt er sich einen Weg in das vermüllte Gelände hinein, stolpert über ein fettes Viech, das ihm mit seinem langen, dünnen Schwanz zwischen den Beinen hindurchschießt. Er kann gar nicht so schnell gucken, wie Schnee hinter dem Tier herjagt.

Wie zuvor arbeitet er sich auch jetzt wieder Schritt für Schritt durch das Grundstück, durchsucht jede Ecke, jede Nische, rüttelt an Balken, greift in Löcher und Hohlräume. Manchmal wippt er, um herauszufinden, ob der Boden unter seinen Füßen nachgibt und eine Falltür oder eine unterirdische Höhle preisgibt. Irgendetwas muss hier sein, sonst hätten sich die beiden Männer, der Buntrock und der Hinkende, hier nicht getroffen.

Die Rückseite des Anwesens ist von einem mannshohen Zaun begrenzt. Die Gärten und Höfe dahinter dürften zu den Häusern in der Halbkreisstraße vor dem weiten Platz gehören. Als Schnee genug von der Jagd auf den langschwänzigen Plagegeist hat, kommt er mit heraushängender Zunge angepest und schaut ihn herausfordernd an.

Spiel mit mir!

Er schüttelt den Kopf: Jetzt nicht, und er zeigt mit der Hand das Gatter entlang. Gemeinsam schreiten sie es ab, Schnee immer ein paar Sprünge voraus.

Da bleibt das Tier stehen. Schnuppert. Schiebt seine Nase in einen Spalt zwischen zwei Latten. Sie sind lose.

Er klopft dem Freund anerkennend den Rücken und schiebt ihn sacht beiseite. Die Bretter hängen über Nägeln an einem Tragebalken. Er kann sie leicht abnehmen und wieder einsetzen. Jemand hat hier eine schmale Öffnung in den Zaun gebrochen, durch die Schnee jetzt hindurchschlüpft. Er muss sich bücken, um nicht mit dem Kopf an das Querholz zu stoßen, dann aber steht auch er jenseits der Einfriedung inmitten eines fast undurchdringlichen Dickichts. Es braucht eine Weile, bis es ihm gelingt, von hier die Latten an der Vorderseite wieder einzuhängen.

Für kurze Zeit verharrt er in der Hocke, doch nichts regt sich in der Dunkelheit. Durch Buschwerk und Bäume hindurch kann er kaum die Rückfronten der Häuser von der Halbkreisstraße sehen. Umgekehrt wird es ähnlich sein, niemand wird ihn bemerken. Trotz des unbekannten Geländes fühlt er sich seltsam geborgen, nicht wie mitten in einer Stadt, in der er gesucht wird, sondern wie in einem dichten, unbewohnten Wald. Ein gutes Versteck.

Schnee bricht aus dem Unterholz hervor, die Schnauze des Tiers ist nass, irgendwo muss ein Wassertrog sein oder eine Pfütze. Als er in die Richtung schaut, aus der der Vierbeiner gekommen ist, entdeckt er, ein wenig seitwärts gelegen und unter Gestrüpp fast verborgen, einen dunklen, kastenförmigen Schatten. Ein Schuppen, wie er beim Näherkommen feststellt. Gleich dahinter die Mauer zum Nachbargrundstück.

Vorsichtig tastet er sich an den fensterlosen Bretterwänden der Hütte entlang und ruckelt am Vorhängeschloss des einzigen Zugangs, es gibt nicht nach. Er sucht nach Astlöchern, in denen ein Schlüssel verborgen sein könnte, sucht unter Steinen und auf der Dachkante, die er erreicht, wenn er sich streckt. Nichts, auch keine Stange oder ein Holz, um die Tür aufzustemmen.

Schnee schnüffelt unruhig. Umkreist mit flach gelegten Ohren den Verschlag. Stupst ihn ein paarmal in die Kniekehlen. Auch er riecht es. Modrige Feuchtigkeit, verrottendes Laub, aber noch etwas, von dem er nicht weiß, was es ist. Ein unangenehmer Geruch, den er nicht einordnen kann. Schnee kratzt jetzt heftig an der verschlossenen Tür. Hör auf!, winkt er ihm, das hilft uns nicht, aber er ärgert sich, dass er kurz vor dem Ziel kapitulieren muss.

Da fällt ihm das Dach ein.

Dort, wo die Rückwand des Schuppens an die Mauer des Nachbarhauses stößt, hat er einen Ziegelstein herausragen sehen. Er sucht die Stelle, befiehlt Schnee, der ihm gefolgt ist, Platz zu machen und zu warten, klettert auf den Vorsprung und zieht sich von dort nach oben. Es braucht nicht viel, nur ein paar feste Tritte mit dem Fuß, und er hat ein Loch in die morschen Dachplanken gehauen. Vorsichtig lässt er sich in den finsteren Raum hinuntergleiten. Kurz baumelt er mit den Füßen in der Luft, dann springt er und steht schon auf festem Boden.

Das Erste, was ihm entgegenschlägt, ist dieser Gestank. Er

ist vieles gewohnt, kennt die Gerüche seines Viertels, die der ganzen Stadt. Der süße Duft von gebackenem Brot und der herzhafte aus den Küchen der Speisewirtschaften, der Mief zerfallener Baracken, die Ausdünstungen von Kloaken und faulem Wasser und die verpestete Luft rund um die Fleischbank am Markt, ein Geruch von Blut und Verwesung.

Wie hier.

Die Hand vor der Nase, tappt er vorwärts. Rempelt gegen einen Tisch. Erfasst die Gegenstände darauf. Knochen. Fell. Draht. Schnüre. Verschieden lange Messer. Ein paar Sachen davon steckt er ein. Schnüre, Messer und Draht kann man immer gebrauchen. Das meiste aber lässt er liegen.

Er hält es kaum noch aus, die Luft im Raum ist unerträglich. Er schiebt den Tisch unter das Loch im Dach, zieht sich hoch und hangelt sich hinaus. Sieht, auf der Kante sitzend, unten Schnee in der Erde buddeln, dann springt er.

Komm, Freund, lass uns gehen!

Aber das Tier gehorcht nicht, es wühlt weiter, es wühlt so verbissen, dass er es fast schon mit Gewalt wegzerren muss. Als er die Hand in das Loch steckt, das Schnee gegraben hat, greift er etwas Festes.

Einen Schuh. Darüber einen Knöchel. Er schnappt nach Luft. Gemeinsam graben sie weiter in der eiskalten Erde, Schnee und er. Bis er eine Hand tastet, einen Ellbogen, das reicht, er kann nicht mehr. Schluss, gibt er dem Vierbeiner zu verstehen, Schluss, Schluss, Schluss, das Spiel ist aus, und hastig schüttet er zu, was sie eben ausgehoben haben.

Zurück auf dem Bauplatz, vergewissert er sich, dass ihn niemand beobachtet, dann verschließt er die Öffnung im Zaun. Doch als er zwischen dem Gerümpel hinaus auf die Gasse tritt, nimmt er eine Bewegung wahr, einen Schatten, der sich kaum abhebt von den dunklen Fassaden der Häuser. Sein Körper bibbert und zittert. Er duckt sich in eine Türnische, Schnee presst sich an ihn.

Er zählt die Finger an seinen Händen, viele Male vor und

zurück, dann erst wagt er es, seinen Kopf vorzustrecken und mit den Augen die Straße abzusuchen. Vielleicht war es nur ein später Heimkehrer, der inzwischen sein Haus erreicht hat. Er klopft Schnee die Flanken, dann hastet er zur Morgenabendstraße und hinüber zum Brunnenhaus, um von dort zum Brückentor vor dem Steineschiffkanal zu gelangen. Zwar ist die Strecke gefährlicher für ihn als die große Runde durch den Wald und um die Stadt herum, aber er will keine Zeit mehr verlieren, es drängt ihn in seinen Unterschlupf. Hoffentlich hat er noch einmal Glück, und der Wachtmann schläft wieder genauso tief und fest wie am Abend zuvor bei seiner Flucht aus dem Gefängnis. Vorsichtshalber schaut er sich noch einmal um. Und da ist er wieder, der Schatten. Ein Schatten, der hinkt.

Er denkt nicht mehr, er rennt los, Schnee prescht mit langen Sprüngen voraus.

Der Wärter am Brückentor ist hellwach.

Also läuft er geduckt am Kanal entlang den schmalen Pfad zum Mittagstor, vielleicht gelingt es ihm dort, unbemerkt über die Brücke aus der Stadt hinauszuschleichen. Noch immer ist ihm der Hinkende auf den Fersen. Für einen Menschen mit kaputtem Bein ist der Mann erstaunlich schnell.

17

Es war Abend geworden, als Xaver Beiertheim verließ und sich auf den Weg zurück in die Residenz machte. Zufrieden schnalzte er mit der Zunge. Eigentlich könnte er dafür, dass er den Jäger so geschickt um den Finger gewickelt hatte, Guthschneider noch ein paar zusätzliche Gulden abluchsen. Der Bote froher Kunde verdiente Belohnung.

Ein harter Brocken, dieser Breutler, würde er dem Tulpenwirt weismachen. All seine Überredungskünste habe er aufbringen, das gesamte Geld auf den Tisch des Hauses legen müssen. Kein Batzen sei ihm geblieben. Ja, das würde er sagen. Er pfiff vergnügt vor sich hin. Dass Breutler sich mit zwei Gulden hatte abspeisen lassen und gutmütig versprach, alles zu tun, was man von ihm verlangte, bräuchte sein Brotherr nicht zu wissen.

Breutler war ein Dummkopf. Hatte ihm sofort abgenommen, dass es sich um nichts anderes als um die Sache mit dem Katzenfleisch handelte. »Guthschneider bereut sein schmutziges Geschäft, verspricht auch hoch und heilig, nie mehr derartige krumme Sachen zu machen. Und als Kunden willst du ihn doch sicher nicht verlieren«, hatte er, Xaver, ihn umgarnt. Breutler hatte abwechselnd mit dem Kopf geschüttelt und genickt. Nein, ja, sicher nicht, der Tulpenwirt sei ihm lieb und teuer, den wolle er als Kunden nicht verlieren. Um was es wirklich ging, begriff der Esel nicht, man musste nicht jedem alles auf die Nase binden.

Aber die falschen Hasen waren ja nur das eine; der tote Soldat und der verdächtige Stofffetzen das andere, das Entscheidendere. Damit würde er Guthschneider das Leben zur Hölle machen und ihn bis zum Ende seiner Tage erpressen. Oder wäre es besser, eine einmalige größere Summe zu fordern, sozusagen semel pro semper? Er hatte diese herrliche Formulierung von einem Advocaten gehört, sie machte, wie er fand, etwas her. Semel pro semper. Das klang klug, das klang nach Sich-Auskennen, nach Macht und Unnachgiebigkeit.

Wie viel konnte er von Guthschneider verlangen?

Um in irgendeiner Stadt als Bürger angenommen zu werden, müsste er mehrere hundert Gulden berappen.

Also vielleicht fünfhundert Gulden?

Fünfhundert Gulden, Guthschneider, semel pro semper, und ich bin fort …

Nein, besser siebenhundert. Xaver schwindelte beim Gedanken an diese Summe, aber der Galgenvogel von Wirt sollte ruhig glauben, dieser Knecht, den er bisher herumkommandiert hatte, unterhalte beste Verbindungen zur Obrigkeit. Sollte er ruhig. Wenn Guthschneider schlau wäre, würde er auf das Angebot eingehen, und er, Xaver Röttner, würde sich verabschieden und Baden den Rücken kehren. Bayern könnte er sich vorstellen, das Bier dort sei gut. Vielleicht auch Preußen. In der Mark wurden angeblich unzählige Dörfer aus dem Boden gestampft und Colonisten willkommen geheißen. Mit dem Geld vom Tulpenwirt könnte er eine eigene Wirtschaft aufmachen, gegessen und getrunken wurde immer und überall. Die Neue Welt hingegen, von der alle redeten, war ihm nicht geheuer, und der Gedanke an eine Schiffspassage übers unberechenbare Meer schreckte ihn. Nie würde er seine Füße auf solch gefährlich schwankende Planken setzen. Er war doch nicht lebensmüde.

Xaver hatte das Prinzenthor an der Brücke über den Landgraben passiert und näherte sich den ersten Carlsruher Häusern, als ihn mit einem Mal Zweifel befielen. Bis zu diesem Moment war er felsenfest überzeugt gewesen, dass es sich bei dem Soldaten mit den falschen Hasen und dem Ermordeten vom Schlossplatz um ein und dieselbe Person handelte und der Tulpenwirt seine Finger im Spiel hatte. Aber wieso eigentlich? Wer sagte denn, dass es so war? Mit einem Mal fühlte sich Xaver verunsichert.

Er lief langsamer. Hatte er sich in etwas verrannt? Der ganze Plan, den er sich in den schönsten Farben ausgemalt hatte, war dabei, sich wie Seife im Wasser aufzulösen.

Da waren die Obristen von der Ordnungspolizey. Sie hatten von nichts anderem geredet als von der Katzenpastete in der markgräflichen Küche. Kein Wort über den Toten vom Schlossplatz oder einen merkwürdigen Soldaten, der ihm, Xaver, einen Sack für den Tulpenwirt gegeben hatte.

Andererseits war da am Mittagstisch das Gespräch der Herrschaften im Kreis des Majors gewesen, das sich einzig und allein um den Grenadier mit dem eingeschlagenen Schädel und den Straßenfeger Ignatz drehte. Von Hase oder Katze, geschweige denn von einem wildernden Soldaten war nicht die Rede gewesen.

Und schließlich das Verhalten Guthschneiders am Nachmittag, als die Uniformierten zur Tür hereinschneiten. Der Mann schien völlig ahnungslos zu sein, er fiel ja förmlich aus allen Wolken, als die Obristen ihn dieser Missetat beschuldigten, und wenn er, Xaver, ehrlich sein sollte, konnte er sich beim besten Willen auch nicht vorstellen, dass ein leidenschaftlicher Koch und Esser wie der Tulpenwirt sich zu so einer Betrügerei mit Fleisch hinreißen lassen würde. Wildfrevel ja, aber Katze? Nein. Und hätte sich Guthschneider denn am Nachmittag ins Schloss gewagt, wenn mit seinen Speisen etwas nicht koscher gewesen wäre? So unverfroren war wohl selbst der Galgenvogel von Guthschneider nicht, war er doch mit stolz geschwellter Brust losgezogen, um seine Pasteten in der Hofküche höchstpersönlich anzurichten und sie mit Granatapfel- und Mandelkernen, mit welschen Nüssen und Citronenschnitzen zu garnieren. Das hatte der Mann sich nicht nehmen lassen.

Wenn es aber so war, und der Wirt erst am Nachmittag durch die Obristen von der Katzengeschichte erfahren hatte, welchen Grund hätte er dann gehabt, abends zuvor einen Mann umzubringen?

Xaver fing unter seinen zwei Jacken und dem Umhang an zu schwitzen. Es sah ganz so aus, als hätte Guthschneider mit dem Mord auf dem Schlossplatz so wenig zu tun wie seine tote Großmutter mit dem Mann im Mond.

Ihm kam die Galle hoch. Nein, das konnte nicht sein, das durfte nicht sein.

Trotzig spuckte er ein Tabakfitzelchen aus, auf dem er seit Beiertheim herumgekaut hatte: Da war doch die Joppe aus dem Vorratskeller des Gasthofs, die blaue Joppe mit den Hornknöpfen, die er jetzt am Leib trug. Oder stimmte womöglich die Geschichte, dass Guthschneider sie dem tumben Ignatz geschenkt hatte? Tatsächlich erinnerte sich Xaver nicht, die Jacke jemals am Wirt gesehen zu haben. Ob der Straßenfeger nach seiner Flucht aus dem Rathausgefängnis das Ding in den Keller der »Tulpe« geworfen hatte, um die Tat einem anderen in die Schuhe zu schieben? Dann wäre der miese Strauchdieb gewitzter, als er vermutet hatte.

Xaver öffnete die oberen Knöpfe der beiden Jacken. Für die Joppe sollte er schleunigst ein sicheres Plätzchen finden, bevor er am Ende zufällig damit aufgegriffen werden würde. Die Herren Amtsleute könnten auf falsche Gedanken kommen, das würde ihm gerade noch fehlen.

Er blieb stehen und schaute einer Magd hinterher, die eben mit einem Wassereimer an ihm vorbeigegangen war. Sie sah aus wie ein Mädchen aus seinem Dorf. Anna hatte sie geheißen.

Vergiss die alten Erinnerungen, Idiot, was du jetzt brauchst, ist ein klarer Kopf!

Wenn das einzige Verbrechen Guthschneiders die Sache mit dem Katzenfleisch war, würde ihm das auf Dauer nichts einbringen. An Katze starb man nicht, im Gegenteil, es schmeckte sogar, auch wenn die Vorstellung von einem schnurrenden Kätzchen auf dem Teller feinen Herrschaften den Appetit verderben mochte. Seine Großmutter selig hatte sich nie darum geschert. Sie war für jeden Bissen Fleisch und jeden Knochen in der Suppe dankbar, ganz gleich von welchem Tier das Zeugs stammte. Hauptsache, etwas zwischen den Zähnen. Nein, vermutlich würde diese Geschichte ihm nicht mehr als vielleicht noch einmal zehn oder zwanzig Gulden einbringen. Das war die Aufregung nicht wert.

Er bräuchte etwas, dachte er im Weitergehen, aus dem er

dem Wirt einen Strick drehen könnte. Ein gezinktes Beweisstück, mit dem sich eine Lügenmär spinnen ließ. Vielleicht fände er etwas Passendes auf dem geheimnisvollen Baugelände. Nur vorsichtig müsste er sein, dass er diesem Soldaten, Guthschneiders feinem Sozius, nicht zufälligerweise über den Weg lief, mit dem dürfte nicht gut Kirschenessen sein. Auf dem Weg zur Lammgasse kam ihm bereits der Nachtwächter entgegen, in der Ferne bellte ein Hund.

Es waren nur noch wenige Schritte bis zu der Stelle, wo der saubere Soldat ihm in der Woche zuvor den Sack mit den toten Hasen oder Katzen übergeben hatte, als er ein seltsames Knurren vernahm, dann ein Röcheln, ein heiseres Keuchen, Laute, die nichts Menschliches an sich hatten, sie kamen von dem leeren Grundstück. Ihm sträubten sich die Haare, und er duckte sich in den Schutz einer offenen Toreinfahrt.

Was war das? Füchse? Ein entlaufenes Schwein? Oder gar das Gemaunze der getöteten Katzen? Es hieß, in schwarzen Katzen hausten die Seelen böser Menschen, und sagte man ihnen nicht sieben Leben nach? Xaver schauderte wie damals als Kind, als er für den Vater auf Friedhöfen hatte Schmiere stehen müssen.

Die Toten werden sich rächen, hatte die Großmutter immer gemahnt, wenn der Vater und er sich für die Arbeit fertig machten. Doch der Vater hatte nur höhnisch gelacht. »Ihr redet Unsinn, alte Frau.« Und unbeirrt zog sein Erzeuger mit ihm los, um im Schutz der Dunkelheit in die Gräber zu steigen. Nie in ihrem Dorf, immer nur in entfernteren Ortschaften. Hagenbach, Wörth, Jockgrim, immer wieder Landau und Speyer. Oft wurden sie fündig. Hier ein goldenes Kettchen, dort ein Ringelchen, Rosenkränze, silberne Trink- und Taufbecher. Seine Hehler hatte der Vater überall.

Nur die Gruften reicher Familien, ehrwürdige Gewölbe und Kapellchen mit Engelsfiguren, Kinderköpfen und trauernden Jungfrauen, hatten seinem Vater einen gewissen Respekt eingeflößt, und er bekreuzigte sich regelmäßig, bevor er die

Gittertüren und Portale aufbrach, um zu den Särgen zu gelangen. Der Erfolg gab ihm recht: Eine Familiengrabkammer war wesentlich ertragreicher als monatelanges Buddeln in den Gruben der Armen. Die Gesangbücher allerdings, so wertvoll sie auch sein mochten, rührte der Vater nie an, beließ sie in den knöchrigen Fingern der Leichname. »Damit die armen Verstorbenen mit einem frommen Lied auf den Lippen vor den dort oben treten können«, mokierte er sich und zeigte in den Himmel. »Mir aber«, pflegte er hinzuzufügen, »mir legt ihr, wenn's so weit ist, einen Meißel in die Kiste und einen Hammer. Bevor der Deiwel mich beim Schlafittich kriegt, hab ich dann längstens Reißaus genommen.« Und wieder lachte der Vater brüllend, sodass die Ahne den Kopf schüttelte und er, Xaver, sich die Ohren zuhielt.

Er war jedes Mal froh, wenn die »Lustfahrt«, wie der Vater ihre Touren nannte, vorüber war. Nicht dass ihm um diesen bange gewesen wäre. Nein. Er hatte Angst vor den Geistern, die aus den verwesenden Körpern hochsteigen, ihn packen und in die Tiefe zerren könnten, dorthin, wo das Fegefeuer loderte, das alle Sünder bei Haut und Haaren röstete. Und dann war es passiert. Schlag Mitternacht ließen die Toten einen Sargdeckel auf den Vater fallen. Der traf ihn im Genick. »Auf mich alte Frau hat er ja nicht hören wollen«, blaffte die Großmutter, als sie es erfuhr, und schnäuzte sich in die Schürze. »Und wovon sollen wir jetzt leben?«

Die Geräusche vom Bauplatz wurden lauter, kamen näher, ein Würgen wie ein erstickter Schrei. Xaver schauderte erneut, zum Davonrennen war es zu spät. Dann Schritte, das Knacken von Holz, eine Gestalt stolperte aus dem Grundstück heraus, hinter ihr ein Hund, ein schauerlicher Höllenhund.

Aber Geister brachen nicht lärmend durch die Gegend, Geister schwebten, und sicher waren sie körperlos. Geister hatten es auch nicht nötig, sich misstrauisch umzublicken wie diese Figur unter dem seltsamen Hut. Xaver zog sich tiefer in den Torbogen zurück. Drinnen im Haus schlug ein anderer Hund an. Wie gebannt blieb draußen auf der Gasse das Höllenvieh stehen, drehte den Kopf nach dem Gebell, spitzte die Ohren, seine Augen, zwei glühende Kohlen, erfassten ihn. Xaver hielt den Atem an. Doch schon wendete das wilde Tier sich wieder ab und lief seinem Besitzer hinterher. Erleichtert verließ Xaver das Versteck, der Kläffer im Parterre beruhigte sich, und die Lichter, die aufgeflammt waren, erloschen.

Die Gestalt, die sich weder ums Gekläff noch um den Krach gekümmert hatte, den sie machte, eilte zur Langen Straße. War das nicht das Bürschchen, das bereits neulich hier herumgeschnüffelt hatte, als er die Hasenkatzen im Sack abholte? Die gleiche Statur, schmal, ein wenig vornübergebeugt?

Was sollte er tun? Das Grundstück durchkämmen, wie es seine Absicht gewesen war, oder dieser Person nachgehen, die seine Pläne zu durchkreuzen drohte? Wer war es? Ein Komplize des Soldaten? Ein Handlanger Guthschneiders, der dort aufräumen und Verdächtiges beseitigen sollte? Oder …?

Xaver pfiff durch die Zähne. Das war bestimmt Frieder, der kleine Frieder Nägele, der vor ihm die Botendienste erledigt hatte und wahrscheinlich Bescheid wusste. Klein, wendig und in den Knien federnd.

Was für ein ausgekochtes Kerlchen! Dabei hatte ihn jeder für einen herzensguten, ehrlichen und bescheidenen Bub gehalten. Ständig hatte der Junge vor sich hin geträllert und alle mit seiner Fröhlichkeit angesteckt. Auch ihn. Xaver schüttelte den Kopf. Alles nur Maskerade! Unter der unschuldigen Miene verbarg sich ein infamer Nichtsnutz. Wahrscheinlich vagabundierte Frieder seit seinem Diebstahl hier in der Gegend umher, in fremdartiger Kleidung, damit ihn niemand erkannte, und als er Wind von den Vorwürfen gegen den Tulpenwirt bekommen hatte, hatte er beschlossen, sich die Sache zunutze zu machen.

Er schaute dem Jungen hinterher. Dort lief er, war schon an der Langen Straße. Einmal blickte er sich um und zurück in die Lammgasse, winkte dann dem finsteren Zerberus, der am Wegrand herumschnüffelte. Wie war Frieder an den Hund gekommen? Bestimmt so ein Streuner wie er selbst. Na warte, mein Lieber, du wirst mir nicht in die Quere kommen.

Die Schritte des jungen Burschen hämmerten durch die Nacht. Irritierten Xaver. Würde jemand, der herumschnüffelte und etwas zu verbergen hatte, nicht leiser auftreten, möglichst unauffällig und geräuschlos?

Oder war es doch nicht Frieder, sondern jemand, der sich auf dem Bauplatz nur hatte erleichtern müssen? Oder sich erbrochen hatte, das konnte ja mal passieren nach einer ausgiebigen Zechtour. Von daher auch das Würgen. Und wer weiß, was der Kerl sonst noch hinter den Holzstapeln auf dem leeren Gelände getrieben hatte, allein oder mit einem süßen, kleinen Weibchen …

Nein, nein. Das war Frieder. Er war sich ganz sicher.

Der Junge überquerte jetzt die Lange Straße und passierte das Brunnenhaus. Xaver folgte. Sein Knie meldete sich. Ausgerechnet jetzt. Immer machte es ihm Scherereien, wenn er es am wenigsten gebrauchen konnte. Er biss die Zähne zusammen und rannte hinterher. Vor jedem Mauervorsprung, an jedem Gestrüpp packte er das Messer fester, das er aus einer spontanen Eingebung heraus eingesteckt hatte, bevor er zu Breutler nach Beiertheim aufgebrochen war. Aber niemand lauerte ihm auf, und schon lag einsam der Weg vor ihm, der zum Landgraben führte. Alles war still. Rechter Hand, am Ende der Rittergasse, das Prinzenthor. Der Posten war von hier, wo er stand, nicht zu sehen. Drüben auf der gegenüberliegenden Seite des Kanals dehnte sich die Mauer des Erbprinzengartens, dahinter ragte das Dach des Lustschlösschen auf, von dem die kleine, dünne Theres, die nach Rastatt geheiratet hatte, erzählte, dass dort jeden Abend ausschweifende Gelage stattfänden. Als Xaver sie geneckt hatte, ob sie dabei gewesen sei, hatte sie empört die Nase gerümpft: Was er ihr unterstelle, sie sei ein anständiges Mädchen.

Xaver lauschte in die Nacht.

Da, vorne links, ein unterdrücktes Niesen oder Lachen. Wollte Frieder ihn narren? Wind kam auf, es raschelte am Wegrand, gluckernd klatschte das Wasser im Landgraben gegen das Ufer. Von irgendwoher ein Pfiff, ein Vogel, der aus dem

Schlaf gerissen worden war. Und jetzt sah Xaver dort, wo der Totenacker der Concordienkirche an den Kanal grenzte, jemanden an der Böschung stehen. Wollte Frieder durch den Kanal zur anderen Seite schwimmen, um die Wache zu umgehen? Ein Wahnsinn bei diesen Temperaturen. Aber wenn er sich beeilte, könnte er ihn erwischen.

Als er Schritte hörte, war es zu spät. Der Schlag traf ihn unvermittelt, er torkelte.

»Du Hund, du Halunke, aber du kriegst mich nicht«, keuchte er, packte den Angreifer an der Gurgel und riss ihn im Fallen mit zu Boden.

18

Sonntag, den 26ten Januarij 1772

»Du willschs einfach net glaube, gell?«

Die Großmutter beugte sich zum Korb, nahm ein paar Reiser und warf sie ins glimmende Herdfeuer. Als Flammen aufzüngelten, legte sie zwei Hölzer nach. Draußen dämmerte der neue Tag.

Christoph sagte nichts. Er setzte den Topf mit der Morgensuppe auf den Herd, rührte um, holte die tiefen Teller vom Wandbrett und Löffel und stellte alles auf den Esstisch. Noch immer schweigend schob er die alte Frau in ihrem Rollstuhl zum Frühstück. Das Gefährt hatte Ignatz gebaut.

Es war im vorletzten Sommer gewesen. Christoph hatte die Großmutter am Nachmittag auf dem Fußboden gefunden. Sie schüttelte den Kopf, als er versuchte, sie aufzurichten. »Hol Hilfe«, hatte sie gesagt, und heulend vor Wut und Verzweiflung, dass er noch so klein war und nicht genügend Kraft besaß, war er aus der Hütte und ausgerechnet dem Depp vom Dörfle, dem tauben Ignatz, in die Arme gelaufen. »Lass mich los«, zeterte er, als der Straßenfeger ihn festhielt und irgendetwas lallte, was er nicht verstand. Aber der blöde Mensch ließ ihn nicht los, packte ihn nur noch fester am Handgelenk und marschierte kurz entschlossen mit ihm zurück ins Häusle.

Der Depp begriff sofort. Seinem Mund entfuhr so etwas wie ein Jaulen, er stürzte zur Großmutter, hob sie hoch und setzte sie so behutsam auf den nächsten Stuhl, als sei sie eine Porzellanpuppe aus Kaufmann Schuchs Laden in der Waldhorngasse. Ratlos sah Christoph zu, wie Ignatz unter leisem Ächzen versuchte, die Großmutter zum Aufstehen und Laufen zu bewegen. Aber es ging nicht. Die alte Frau konnte sich nicht auf den Beinen halten.

Schließlich streichelte sie dem Straßenfeger die Wangen. »S'isch gut, Ignatz, du hasch getan, was de konnscht.«

Zu Christophs Überraschung schien der Depp verstanden zu haben. Ein paar verworrene Laute kamen ihm aus dem Mund, sein Kopf nickte unablässig. Dann trug er die Großmutter zum Tisch, machte Suppe warm, ging Brot holen beim Bäcker und Wasser vom Brunnen und verabschiedete sich mit einem Winken. Am Abend kam der Depp zurück, mit mehr Suppe in einem Kochtopf und einem Stuhl, an dem unter jedem Bein ein Rad befestigt war, an der Rückenlehne zwei Griffe zum Schieben.

Woher hatte der Idiot die Räder? Hatte er sie geklaut? Gefunden? Bei sich zu Hause gehabt? Und der Stuhl? Durfte die Großmutter ihn behalten, ohne dass sie etwas dafür bezahlen mussten? Sie hatten doch kein Geld.

Christoph fragte, aber der Taube verstand ihn nicht. Er konnte so laut brüllen und herumhampeln, wie er wollte, der Idiot zuckte nur mit den Schultern, machte ein gleichgültiges Gesicht und ging. »Lauf doch net weg!«, weinte Christoph, rannte hinter Ignatz her und hielt ihn fest. Der Muskel unter seinem blinden Auge klopfte heftig, als er sich zwang, in das Gesicht des Tauben zu gucken, in dessen große, helle Augen. »Bleib doch, bitte, bleib!«, bettelte er.

Was war geschehen, dass Ignatz mit einem Mal begriffen hatte? Lag es daran, dass er, Christoph, ihn an den Händen gefasst hatte oder an der Art, wie er ihn angeschaut, ihn schier mit Blicken durchbohrt hatte? Oder konnte Ignatz doch hören? Vielleicht gerade so viel, dass er sein verzweifeltes »bitte« erahnt hatte?

Still, ohne dass ihm ein Laut über die Lippen rutschte, hatte Ignatz ihm übers Haar gestrichen und war mit zurück in die Hütte gekommen.

Christoph begann, sich zu kümmern. Um Essen, um Holz und Wasser und Pferdeäpfel für das Gärtchen. Und um die Großmutter. An manchen Tagen fühlte sie sich besser, dann schaffte sie, wenn sie sich im Türrahmen oder an der Tischplatte festhielt, ein paar Schritte. An anderen Tagen ging nichts ohne Ignatz' Rollstuhl und Nachbarn, die halfen, wenn Christoph allein nicht mehr weiterwusste. Ein paar Wochen später hatte Ignatz ihm einen Besen und einen halben Kreuzer in die Hand gedrückt: Willst du mir helfen?

Christoph wollte. Wer Schweine hüten konnte, konnte auch Straßen kehren. Mit fast neun war man alt genug.

»Komm, Kind, setz dich, du musch au was esse!«, sagte die Großmutter, als er jetzt den heißen Kochtopf vom Feuer nahm, ihn auf den Tisch stellte, aber stehen blieb.

»Ich bin kei Kind mehr, ich bin schon über zehn«, fauchte er, doch er gehorchte der alten Frau. Sie füllte ihm den Teller mit der dicken Gerstensuppe und tat einen Klecks Rahm obendrauf.

»Hat die Buttermeierin geschtern mitgebracht«, erklärte sie.

Christoph antwortete nicht.

»Mach doch net so e G'sicht, Bub. Ich weiß doch au net, ob's stimmt oder net. Die Buttermeierin hat's von der Waschfrau bei ihr im Haus, derre ihr Mann isch der G'fängniswärter. Der sagt, die Leut sage, der Ignatz hat den Soldat umgebracht, und ihm hat er nachher de Schlüssel g'stohle.«

Der Brei dampfte, und sie pustete bedächtig über den Löffel, bevor sie weitersprach: »Aber vielleicht war's ja anders. Vielleicht hat der Wächter die G'schicht nur erzählt, um zu vertusche, dass er net aufgepasst hat, dass er eing'schlafe war, oder was weiß ich.«

Christoph schaute nicht von seinem Essen auf, die Großmutter sagte nichts mehr.

Als er fertig war, leckte er den tiefen Teller aus und legte den Löffel so leise hinein, dass nicht das geringste Geräusch zu hören war.

»Ich bin au mal abg'aue, obwohl ich's gar net war«, sagte er übergangslos. »Es war de Philipp. Der hat auf der Obschtwies vom Herrn Primavesi Äpfel gebengelt. Der Stock isch über die Mauer in de Kirchhof g'floge und hat den Pfarrer am Aug getroffe. Mir sin alle g'rannt. Ich auch. Obwohl ich's doch net war.«

»Des hab ich ja gar net g'wusst.«

»Ich hab's au net verzählt.«

Christoph kratzte in seinem leeren Teller herum.

»Hasch noch Hunger?«

Er räusperte sich: »Hmm.«

»Glaubt Ihr denn, Großmutter, dass der Ignatz jemand umbringe kann?«

»Ob ich mir das vorschtelle kann …? Ich weiß net …«

»Er hat Euch doch den Rollstuhl gebaut.«

»Ich weiß.«

Christoph stand auf und holte das Krügle mit dem Honig, den das fremde Mädchen ihm geschenkt hatte. Vorsichtig tunkte er das Schälmesserle in die zähe Masse und sah zu, wie der rotgoldene Faden schwer und satt über die zweite Portion Brei floss, die ihm die Großmutter in den Teller gefüllt hatte. Er tunkte den Löffel hinein, schob ihn sich in den Mund, die klebrige Süße kitzelte den Gaumen.

Ob Ignatz' Honig schon alle war? Vielleicht hatte er ihn aber auch seiner Mutter gegeben. Christoph mochte Ignatz' Mutter nicht, sie lachte nie. Großmutter lachte viel. Großmutters Stimme war warm, die von Ignatz' Mutter hart. Als wollte sie jeden mit Worten schlagen.

So lange wie möglich versuchte Christoph, den Brei im Mund zu behalten und nicht zu schlucken. Doch allmählich vermischte sich der Bissen mit seiner Spucke, wurde flüssiger und flüssiger und rutschte durch die Kehle. Bestimmt gab es bei dem Mädchen zu Hause jeden Tag Honig.

Ignatz liebte das Mädchen, da war sich Christoph ganz sicher. Er hatte es in den Augen des Freundes gelesen, als stünden Worte darin wie in den Zeitungen, die dieser immer in der Jackentasche mit sich herumtrug als sei es lauter Gold.

Als Ignatz das Mädchen vor zwei Tagen in der Straße sah, hatte er zuerst so getan, als habe er sie nicht bemerkt. Doch als der Soldat aufkreuzte, veränderte sich sein Gesichtsausdruck, wurde bitter, fast böse. Dann folgte er den beiden unauffällig, und Christoph fiel das Hannele aus der Brunnegass ein. Immer wenn sie ihm begegnete, kribbelte es ihm im Bauch. Aber jedes Mal kam dann auch schon der Philipp angerannt und schubste ihn hochnäsig zur Seite. Das Hannele wolle nur mit ihm spielen, mit sonst niemandem. Und Philipp klaute Äpfel für sie vom Baum des Herrn Primavesi. Er mit seinem einen Auge schaffte das nicht, er zielte immer daneben.

Aber jetzt hatte auch er etwas für sie. Er würde nicht mehr mit leeren Händen vor dem Hannele stehen. Er würde ihr den Honig schenken. Gleich morgen. Leicht fiel ihm das nicht. Vielleicht besser erst übermorgen … Vielleicht auch nur das halbe Krügle …

Christoph schob seinen Teller beiseite und fuhr sich mit dem Handrücken über den Mund.

»Er hasst ihn bestimmt«, murmelte er.

»Wer hasst wen?«, fragte die Großmutter.

Er pulte verlegen in der Nase. Er würde Ignatz nicht verraten.

»Honig«, nuschelte er, »der Ignatz hasst Honig.« Rasch, damit ihn die Großmutter mit ihren klugen Augen nicht durchschaute, räumte er das Geschirr ab und schlüpfte in die Schuhe.

»Vergess net, Zwiebeln und Kohl ausm Schuppe zu hole, bevor du zur Kirch gehsch«, bat die Großmutter. »Und weischde was …?«

Sie winkte ihn zu sich, während sie unter ihrer Schürze ein Kreuzerstück hervornestelte. »Falls du Ignatz zufälligerweise sehen solltest …«, sie machte eine Pause und lächelte, »gib ihm das. Damit er sich was zu essen kaufen kann. Und jetzt schieb mich endlich ans Feuer und dann geh! Mach aber die Tür richtig hinter dir zu! Neulich hat die Buttermeierin net Obacht gegebbe. Da isch 'se den ganze Mittag offe g'schtande, bis der alte Fischer mich hat rufe höre. Ein Wunder, dass ich net erfrore bin.« Sie zog ihn zu sich und gab ihm einen Kuss auf die Stirn. Es war ihm peinlich. Nur gut, dass der Philipp das nicht gesehen hatte.

Von ihrer Hütte, der letzten auf der Insel am Landgraben, bis zum Durlacher Thor, wo die Lange Straße begann, war es nicht weit. Aber heute trödelte er. Das Geldstück brannte ihm in den Fingern. Er sollte nach Ignatz suchen, statt zum Gottesdienst zu gehen. Doch der Pfarrer passte auf wie ein Luchs, wer da war, und er musste ja für sie beide beten, für die Großmutter und für sich. Und jetzt auch noch für den Ignatz.

Christoph schaute in die grauen Winterwolken.

»Ich bet heut Abend vor dem Schlafegehe, ich versprech's.«

Die Winterwolken bewegten sich nicht, ein Rabe flog ungerührt über seinen Kopf hinweg.

»Ich bet auch fünf Gebete.«

Der Hofmusiker im übernächsten Häuschen übte Geige. Es klang schön. Wie eine Antwort. Der Herrgott im Himmel hatte verstanden und würde ihm verzeihen, wahrscheinlich hatte er ihm schon verziehen. Gott hatte ja gesehen, dass die Großmutter ihm das Geld gegeben hatte. Gott sah alles. Nur wo war der Freund?

Bei der Mutter? Dorthin zu gehen hatte er keine Lust. Er glaubte auch nicht, dass Ignatz dort war, eher schon bei diesem Onkel, zu dem Ignatz ihn einmal mitgenommen hatte. Der Mann hatte ihn damals zwar misstrauisch angeschaut, irgendwas vor sich hin gebrummelt, aber dann einem seiner Kinder befohlen, Brot und heiße Milch zu bringen. »Geh und hol heiße Milch für … wie heißt du denn?«, und scheu hatte das Mädchen, das etwas jünger war als er, ihm das Essen gebracht.

Ignatz könnte sich auch in dem alten Gemäuer versteckt haben, in dem außer Spinnen, Ratten, Mäusen und Katzen niemand mehr wohnte. Ignatz hatte es ihm gezeigt. Es lag in einem wüsten Garten hinter zwei anderen, die ans Heckengässchen grenzten. Die Baracke selbst war eingefallen, aber es gab einen Keller und darin einen Tisch, einen Stuhl und sogar einen Strohsack mit Decken. Auf dem Tisch lagen die Zeitungen, die Ignatz im Laufe der Zeit zusammengesammelt hatte. Auch loses Papier, vollgekritzelt mit Wörtern und Buchstaben. Christoph bewunderte die Schreibübungen des Freundes voller Ehrfurcht.

»Verstehst du, was du schreibst?«, war ihm unwillkürlich herausgerutscht. Dann versuchte er, seine Frage in Gesten auszudrücken. Aber Ignatz hatte den Kopf geschüttelt, wobei Christoph nicht klar gewesen war, ob der Freund »Nein« geantwortet hatte, weil er nicht wusste, was er schrieb, oder weil er Christophs unbeholfene Fingerzeichen nicht begriffen hatte.

Wenn er nur noch wüsste, wo genau der Keller lag.

Durch eine offen stehende Einfahrt zu Beginn der Langen Straße stahl er sich in den Hinterhof einer Seilerei. Dort fand er ein Törchen, das nur angelehnt war, und gelangte dahinter zu den Gärten und Feldern zwischen der Residenz und dem Dörfle. Jeden Winkel suchte er ab. Nichts. Gerade als er aufgeben wollte, entdeckte er eine hohe, von Gestrüpp überwucherte Mauer. Er erinnerte sich. Irgendwo hier musste der Zugang zu dem verlassenen Grundstück sein. Christoph lief die Umfassung entlang, suchte nach einem Durchlass.

»Ja, was soll denn das? Klauen wollen am hellichten Tag. Hau nur ab, du dreckiger Rotzlöffel, du dreckiger, sonst setzt's was!«

Jemand packte ihn am Kragen und schüttelte ihn wie einen nassen Sack. Dann ließ der Mensch ihn fallen und verpasste ihm einen Fußtritt. Bevor der Mann erneut zutreten konnte, hatte Christoph sich aufgerappelt und floh. Du flennst nicht, schwor er sich, aber als er das graue Häuschen sah, in dem Ignatz' Onkel parterre wohnte, schossen ihm doch die Tränen in die Augen. Er zählte bis zehn, bevor er klopfte.

Drinnen blieb es still. Sicher waren alle in der Kirche. Ignatz wahrscheinlich nicht, aber das Klopfen konnte er ja nicht hören. Gerade als Christoph die Klinke herunterdrücken wollte, um zu sehen, ob abgeschlossen war, näherten sich drinnen schlurfende Schritte, und die Tür ging auf.

»Was ist? Wer bist du?«

Aber dann erkannte der Onkel ihn. Sein Gesicht verfinsterte sich.

»Wenn du den Galgenstrick von Ignatz suchst, er ist nicht hier«, knurrte er und wollte die Tür wieder zuschlagen. Im letzten Moment warf sich Christoph dazwischen.

»Er muss doch irgendwo sein!«, schrie er.

»Mach hier kein Theater am heiligen Sonntagmorgen«, schimpfte Ignatz' Onkel, aber es klang versöhnlicher als eben noch. »Was bildet ihr euch denn ein, wie ihr euch aufführen könnt, du und dein unnützer Freund? Was fällt euch ein, herzugehen und andere Menschen umzubringen? Da ersetz ich diesem tauben Tunichtgut den Vater, und so dankt er es mir.«

Ängstlich, mit eingezogenem Kopf, schaute Christoph zu dem tobenden Onkel hoch. Wie ein knorriger alter Baum hatte sich der Mann vor ihm aufgepflanzt.

»Er hat den Soldat nicht umgebracht«, flüsterte Christoph, »so was tut der Ignatz nicht.«

Der Onkel erwiderte nichts, aber ins Haus ließ er ihn auch nicht.

»Der Ignatz ist bestimmt weggerannt, weil er Angst hat. Weil er doch nicht reden kann. Bitte, wisst Ihr wirklich nicht, wo er ist?«, drängte Christoph.

»Ich weiß es nicht, Bub, bei mir hat er sich nicht gemeldet. Er wird schon wissen, warum.«

Der Mann fuhr sich mit gespreizten Fingern durch die Haare. Grau waren sie, fast so eisgrau wie die der Großmutter.

Die Großmutter! Halt! Was hatte sie gesagt? Die Buttermeierin sei bei ihr gewesen?

Ja, natürlich, die beiden Frauen kannten sich, seit er denken konnte. Die Buttermeierin brachte ihnen manchmal Milch, Rahm oder Reste der Butter, die vom Markt übrig geblieben waren. Die Buttermeierin aber, das wusste er, hatte ihren Stand neben dem des Mädchens, das der Ignatz liebte. Der Ignatz war bestimmt zu diesem Mädchen gegangen. Die Buttermeierin musste ihm sagen, wo das Mädchen wohnte.

Jetzt hatte er es eilig fortzukommen, kaum dass er Auf

Wiedersehen sagte. Als er sich umdrehte, trat er einem Uniformierten auf die Füße.

»Hast du keine Augen im Kopf, du dummer Bengel? Guck gefälligst, wo du hintrittst! Du lebst nicht allein auf der Welt.«

»'tschuldigung.«

Christoph mogelte sich an dem Offizier vorbei. Aus den Augenwinkeln heraus bemerkte er noch, wie der Mann, eine Hand am Säbel, die Lippen zusammengepresst, die Augen scharf wie ein Raubvogel, sich jetzt an den Onkel wandte, der nicht gerade erfreut schien über den unerwarteten Besuch.

Christoph rannte und kam gerade zur rechten Zeit. Der Gottesdienst war eben zu Ende gegangen, und die Gläubigen strömten aus der Concordienkirche. Suchend mischte er sich unter die Leute, bis er die Buttermeierin in der Nähe des Eingangs entdeckte, wo sie sich mit anderen Frauen unterhielt.

Er wartete.

Trat mit den Füßen Steinchen gegen die Wand, winkte Philipp fort, der mit seinem Vater herausgekommen war und mit ihm spielen wollte, zählte die Fenster im Rathaus an der Ecke. Welcher der Räume war das Gefängnis, aus dem Ignatz geflohen war? Hatte ein Gefängnis überhaupt ein Fenster?

Endlich verabschiedete sich die Buttermeierin, wie zufällig lief er ihr über den Weg.

»Warst du auch in der Kirche, Christoph«, fragte sie, als sie ihn sah.

Er nickte.

»Wie geht es deiner Großmutter?«

»Gut.«

Sie waren schon an der nächsten Ecke, und er wusste immer noch nicht, wie er anfangen sollte.

»Braucht deine Großmutter etwas? Holz? Brühe? Gemüse? Soll ich euch morgen was besorgen oder am Dienstag was vom Markt mitbringen?«

»Honig«, sagte er, »die Großmutter hätt gern Honig. Sie hustet. Honig isch gut dafür, meint sie.«

»Falls Madeleine am Dienstag zum Markt kommt, frag ich

sie, ob sie noch welchen hat. Dann bring ich deiner Großmutter was mit.«

»Falls sie kommt, sagt Ihr …« Seine Stimme gieckte.

»Wenn es wieder schneit, kommt sie bestimmt nicht.« Die Buttermeierin zeigte mit dem Kinn zum Himmel. »Es sieht fast danach aus.«

»Aber Dienstag … das ist doch erst in zwei Tagen. Ich glaub, die Großmutter … Ich glaub, sie braucht den Honig sofort. Ich könnte doch jetzt gleich zu dem Mädchen gehen.«

»Ach, Christoph, Madeleine wohnt in Palmbach, das ist im Württembergischen. Es ist weit bis dorthin, da kommst du vor morgen nicht mehr zurück, und unterwegs verirrst du dich womöglich. Du kennst doch den Weg gar nicht. Aber es gibt einen Schäfer in Gottesau, der hat auch manchmal Honig, und Gottesau ist nah.«

Er antwortete nicht. Wo lag das, Palmbach? Gottesau kannte er, dort war er mit der Großmutter gewesen, als sie noch laufen konnte. Auch von Durlach, Rüppurr, Ettlingen und Rintheim hatte er gehört, alles Orte in der Umgebung. Aber Palmbach?

An der Kronengasse bog die Buttermeierin rechts ab ins Dörfle, er ging geradeaus weiter.

»Frag nach dem Joseph, mit einem schönen Gruß von mir«, rief sie ihm nach. »Und du weißt, an der ersten großen Kreuzung hinterm Durlacher Thor …«

»Ja, ich weiß, da geht's rechts ab nach Gottesau. Danke.«

Er hatte der Großmutter versprochen, am Nachmittag Holz zu hacken. Was man versprochen hatte, musste man halten. Aber morgen, morgen würde er schon ganz früh losgehen.

Madlän, Palmbach, Palmbach, Madlän …

19

»Lupf dei Füß, Theres, und beweg dich, die Gäscht habbe Hunger.«

Die dicke Theres scherte sich nicht um die Ermahnungen des Tulpenwirts. Mit einer schnippischen Bemerkung knallte sie die Suppenterrine auf den Tisch, wo Major von Sandberg und das Ehepaar Groos schon seit geraumer Zeit auf ihr Mittagessen warteten.

»Nicht gerade ein Aushängeschild, des Herzle«, bemerkte Groos, nachdem die Magd die Teller gefüllt hatte und betont langsam in die Küche zurückgeschlurft war. Der Hofrat blickte sich suchend um. »Wo ist denn der Xaver? Der ist ja nun auch nicht gerade ein erfreulicher Anblick, aber wenigstens ein bissel schneller wie die hier ...« Er rümpfte die Nase, probierte die Fleischbrühe, fand sie zu kalt und schob sie von sich fort. »Kein Hase, die Suppe lauwarm und das Gesinde grantig. Guthschneider scheint seinen Laden nicht im Griff zu haben. Wenn er so weitermacht ...«

»Mein lieber Freund ...«, die Groosin legte begütigend die Hand auf den Arm ihres Gatten, »sieh es dem Wirt nach. Er hat es nicht leicht im Augenblick. Das Unglück mit diesem Jungen, der mit seinen ganzen Ersparnissen getürmt ist, hat ihn tief getroffen. Wie hat er noch geheißen?«

»Nägele, Frieder Nägele«, grummelte der Hofrat.

»Ja, stimmt, ich erinnere mich, Frieder. Der Frieder war ihm doch wie ein Sohn gewesen. Stell dir diese Enttäuschung vor! Und dann, sagt man, hat sich Guthschneider angeblich auch noch Geld leihen müssen, damit er die ›Tulpe‹ weiterführen kann. Wer weiß, zu welchen Zinsen. So etwas kann einem doch wirklich die gute Laune vermiesen.«

»Gewiss, ma chère, du hast recht. Ich bin ein alter Narr. Sie schmeckt ja, die Bouillon.«

Groos streichelte die Finger seiner Frau und zog ergeben

den Suppenteller wieder zu sich her. »Ja, ja, sie schmeckt. Ausgezeichnet, ganz ausgezeichnet.«

Er schluckte und tupfte mit der Serviette einen Tropfen Brühe vom Kinn ab. »Aber trotzdem ... Ein bissel heißer könnte sie ruhig sein, das würde nichts schaden.«

Dann sprach er kein Wort mehr, bis er den Teller zu Ende gelöffelt hatte.

»Die ganzen Ersparnisse?«, wandte sich Major von Sandberg erstaunt an die Hofrätin. »Wer hat Ihnen das erzählt? Ich habe gehört, es seien nur ein paar Gulden gewesen. Auf jeden Fall keine Summe, die Guthschneider in den Ruin treiben würde. Aber dass ihm die Sache mit dem Jungen auf den Magen geschlagen ist, das weiß ich. Das hat er mir auch gesagt. Er hätte noch nie einen besseren Gehülfen gehabt.«

Die Hofrätin nickte zustimmend. »Es ist richtig, der Frieder war ein Freundlicher, liebenswürdig, zuvorkommend. Allerdings ... Wissen wir, wo er hergekommen ist? Angeblich soll er aus einem Waisenhaus ausgerissen sein, irgendwo im Württembergischen oder im Hessischen. Das allein besagt ja schon einiges ...«

»Wenn es denn stimmt, Verehrteste«, unterbrach sie von Sandberg.

»Ist nicht an jedem Gerücht etwas Wahres dran, Herr Major? Guthschneider – ich sage ja immer: Nomen est omen –, Guthschneider ist einfach zu gutgläubig.« Die Rätin amüsierte sich über ihren Wortwitz. »Er hat ein großes Herz, gibt jedem Dahergelaufenen Arbeit, Essen und eine warme Kammer. Er hätte vielleicht besser daran getan, erst mal Erkundungen über den Jungen einzuholen. Aber apropos Erkundungen, gibt es denn inzwischen eine Spur von dem geflohenen Ignatz?«

Die Frage brachte von Sandberg in Verlegenheit. Er wollte nicht unhöflich sein, aber die Rätin über die bis jetzt unternommenen Nachforschungen zu unterrichten hielt er für verkehrt. Schließlich handelte es sich bei dem Fall Sobringer nicht um irgendeine harmlose dienstliche Angelegenheit wie die Begleitung des Markgrafen nach Durlach oder Schloss

Stutensee, wo es am Ende des Tages ein köstliches Souper gab, über das man sich gefahrlos auslassen konnte. Nein, hier ging es um eine Bluttat, vielleicht gar, wer weiß, um einen schwerwiegenden Angriff auf den Staat. Die Zeiten waren unruhig, womöglich hatte jemand mit der Ermordung eines markgräflichen Leibgrenadiers ein Zeichen setzen wollen, das dem Souverän galt.

Beruhig dich, Sandberg, jetzt übertreibst du.

Die Badener waren brave Leut, da käme doch keiner auf die Schnapsidee, ein Attentat auf den Landesvater zu verüben. Schon gar nicht auf Carl Friedrich, der die Güte in Person war. Aber solange von Sandberg nicht wusste, was geschehen war, und der Mörder noch nicht vor seinem Scharfrichter stand, sollte er dennoch, von wenigen Ausnahmen abgesehen, mit niemandem über den Stand der Untersuchungen reden.

Die Groosin schien ihn zu durchschauen.

»Ich werde schweigen wie ein Grab, Herr Major«, versicherte sie und warf ihm das entzückende Lächeln zu, das es ihm seit jeher schwer machte, ihr etwas abzuschlagen. Ohnehin, rechtfertigte er sich, ohnehin würde der Hofrat seiner Frau alles brühwarm erzählen, zum einen, weil Groos nun mal gern erzählte, zum anderen aber auch, weil die liebenswürdige Gattin nicht lockerlassen würde.

Er wartete, dass der Wirt, der eben die Hauptspeise auftrug, Kalbsragout mit gelben Rüben und Pastinaken, sie bedient haben würde. Der Mann ist auch nicht viel schneller als die dicke Theres, spöttelte von Sandberg innerlich, aber wenigstens war ihm dank Guthschneiders Langsamkeit noch etwas Zeit vergönnt. Dann aber insistierte auch der Hofrat. Von Sandberg seufzte. Es war Groosens gutes Recht, über den neuesten Stand der Untersuchungen unterrichtet zu werden. Nicht nur, weil er genau genommen der Erste war, der die Leiche gefunden, sondern auch, weil er mit dem Kindsmordprozess zu tun gehabt hatte, und schließlich war nicht auszuschließen, dass Sobringers Tod doch damit zusammenhing. Wieder seufzte von Sandberg. Also gut, aber nur das Notwendigste. Keine

Details. Wenn er ehrlich sein sollte, hatte er gar keine Details, mit denen er auftrumpfen könnte.

»Ich habe am Vormittag der Mutter dieses Ignatz einen Besuch abgestattet«, fing er an, »sie hat fast genauso beharrlich geschwiegen wie ihr missratener Sprössling. Nicht, weil sie nicht sprechen oder nicht hören könnte, o nein, die … hm … Dame hat mich sehr wohl verstanden, aber sie ist eine durch und durch verstockte Person.«

Das Bild der knochigen, ausgemergelten Frau kam ihm wieder vor Augen. Unbewegt hatte sie vor ihm gesessen, die strähnigen Haare unter einem Kopftuch, der leere Blick war an ihm vorbeigegangen. Sie hatte ihm keinen Stuhl angeboten, nichts zu trinken. In einer Ecke der Behausung kauerten zwei junge Mädchen, die eine stopfte Socken, die andere flickte Weißzeug, die Ältere war sogar recht hübsch.

Bedauernswerte Geschöpfe, dachte er und nahm einen Schluck Wein.

»Selten habe ich ein bockbeinigeres Weib erlebt«, nahm er den Faden wieder auf. »Da kann es einen nicht wundern, dass der Sohn so geworden ist, wie er ist. Wenigstens hat sie mich dann an dessen Onkel verwiesen, den Bruder ihres verstorbenen Mannes, der gottlob etwas zugänglicher war. Weiterhelfen konnte er mir aber auch nicht.«

Nein, er habe keine Ahnung, wo der Kerl sich rumtreibe, hatte er glattweg behauptet.

Ob denn der Ignatz Komplizen habe, die ihn versteckten?

Von woher solle er das wissen? Der Mann hatte gelacht. Freundlich klang das nicht. Mit dem Ignatz könne man sich nicht unterhalten wie mit normalen Leuten, er sei ja schon froh gewesen, dass der Junge wenigstens die Sache mit dem Straßenkehren begriffen habe. Recht schnell sogar. Das habe er nicht für möglich gehalten.

»Aber ich traue diesem Onkel nicht über den Weg, bestimmt deckt er ihn. Taub oder nicht, es ist immerhin der Sohn seines Bruders«, schloss von Sandberg seinen Bericht. Was er sonst über die Leute im Dörfle dachte, behielt er für sich, wusste er doch, dass die liebenswürdige Hofratsgattin einem Frauensorgering angehörte, der für die Ärmsten der Armen in Klein-Carlsruhe Wäsche sammelte, Decken, Töpfe, Feuerholz, und auch schon mal Kranke besuchte. Es lag ihm fern, die Groosin deswegen zu kritisieren.

»Sollen wir uns um die Familie kümmern?«, erkundigte sie sich auch schon.

»Wenn Sie meinen«, antwortete er zurückhaltend.

Er hielt die Bemühungen des Vereins für vergebliche Liebesmüh. Klein-Carlsruhe war und blieb eine Schande für die Residenz. Der Ort zog Gesindel an wie Aas die Schmeißfliegen, war Brutstätte von Lug und Trug und Ausschweifungen. Und inmitten dieses Brigantenpacks mussten seine Soldaten leben! Er wollte nicht schon wieder davon anfangen, aber Soldaten gehörten nun mal in Kasernen. So klug und überlegt Markgraf Carl Friedrich in vielen Dingen war, so saumselig war er in anderen. Und sparte obendrein am falschen Ende. »Wir wollen nicht überstürzt handeln«, hatte Seine Durchlaucht ihm noch bei einem der letzten Audienzgespräche entgegengehalten. »Wir planen langfristig und mit Bedacht.«

Langfristig kann gefährlich kurzsichtig sein.

Er sah die Groosin mit winziger Schrift eine Notiz in ein Octavheft schreiben. Bitte, wenn sie will, des Menschen Wille ist sein Himmelreich. Die Damen sollten dann auch gleich ihre Aufmerksamkeit auf diesen einäugigen Flegel richten, der ihm vor der Haustür des Onkels auf die Zehen getreten war und sich nicht ordentlich entschuldigen konnte. Was trieb das Kind sich so auffällig auf der Straße herum? An einem Sonntagvormittag. Um diese Uhrzeit gehörte es in die Kirche oder in eine Sonntagsschule, um ein Minimum an Zucht und Ordnung zu lernen und religiöse Erbauung zu erfahren. Dann könnte aus dem Lümmel vielleicht noch etwas werden, ein guter Pferdeknecht beim Militär, ein Sattlergehilfe, ein Messerschleifer oder, warum nicht, ein Straßenfeger. Es brauchte auch solche Leute.

»Gibt es in Klein-Carlsruhe eigentlich eine Schule?«, fragte er unversehens und probierte endlich das Kalbsragout, das inzwischen so lauwarm war wie zuvor die Suppe.

»Ja, doch«, meinte Groos. »Aber warum wollen Sie das wissen?«

»Nun ja …« Er merkte, dass er vom Thema abgeschweift war, und suchte nach einer Antwort, aber die Groosin, die sich, wenn ihr etwas am Herzen lag, ohne rot zu werden über gesellschaftliche Gepflogenheiten hinwegsetzte, fiel ihm ins Wort.

»Der Lehrer ist leider allzu sehr dem Wein zugetan. Unser Sorgering versucht da seit einiger Zeit, Abhilfe zu schaffen, aber es ist nicht so einfach, einen guten Theologiekandidaten zu finden …«

Sie wollte weiterreden, es schien ihr wirklich wichtig zu sein, doch der Hofrat unterbrach sie, wahrscheinlich hing ihm das Thema zum Hals heraus.

»Ich verstehe den Zusammenhang nicht, Verehrtester. Schule? Was hat das jetzt mit unserem Fall zu tun? Und sollten Sie auf den Straßenfeger anspielen, was hat ein Taubstummer mit einer Schule zu tun? Egal ob der Lehrer nüchtern ist oder nicht, der Hörlose versteht ja doch nichts. Man kann ihm nichts beibringen, nicht die Bezeichnungen von Dingen und Eigenschaften und nicht den Unterschied zwischen Gut und Böse, was sicher das Schlimmste ist, denn wie soll der Lehrer ihm die Gebote des Herrn beibringen? Das kann so ein Mensch doch gar nicht erfassen. Er verfügt ja über keinen Verstand.«

Von Sandberg ließ den Redeerguss des Hofrats an sich ablaufen. Er ertappte sich dabei, dass er versucht war, Groos zu widersprechen und dem tauben Ignatz einen gewissen Verstand zuzubilligen.

Der Straßenfeger war nicht nur gewitzt genug gewesen, um aus dem Gefängnis zu entfliehen; er hatte vor allem verstanden, auf was es beim Straßenkehren ankam. Lumpen in die Kiste, Pferdeäpfel in den Korb, andere Abfälle in die große Tonne. Er habe es sogar überraschend schnell verstanden, wie der Onkel gesagt hatte. Er habe dem Jungen nichts erklären müssen, Ignatz habe sich den Karren angesehen, die Gerätschaften, den Besen genommen und losgelegt. Und nicht nur das. Er habe sich einen Kehrplan ausgedacht, der sinnvoller war als der von der Stadt vorgegebene. Nein, wirklich, das habe er sich nicht vorstellen können, es sei ihm wie ein Wunder vorgekommen. Eigentlich habe er den Jungen nur mitgenommen, damit das Weib, was seine Schwägerin sei, sich nicht länger mit dem Knaben herumplagen musste, aber am Ende habe Ignatz so viel verdient, dass er sogar Mutter und Schwestern versorgte.

Wie man Ignatz denn überhaupt etwas beibringen oder begreiflich machen könne, hatte von Sandberg wissen wollen.

Eine gute Frage. Der Onkel hatte, kaum wahrnehmbar, gelächelt. Geduld brauche es, Geduld, die die meisten Menschen nicht aufbrächten, er leider oft auch nicht. Und natürlich Zeichen und Gesten. Auch Augenkontakt. So hätten er und sein beklagenswerterweise viel zu früh verstorbener Bruder sich schon immer mit Ignatz unterhalten. Nur dass das Weib, die Schwägerin, sich darüber aufgeregt habe. Mit ihr sei da nichts zu machen gewesen, hatte der Onkel gesagt und abrupt das Gespräch beendet.

Der Major zerquetschte nachdenklich ein Stück Pastinake in der Soße. Er führte die Gabel zum Mund und kaute, als beiße er auf einem zähen Stück Fleisch herum. Dann konnte er nicht mehr an sich halten.

»Ein Hörloser verfügt über keinen Verstand, sagen Sie, Herr Hofrat? Dann können Sie mir vielleicht auch sagen, wie es kommt, dass der Gefangene gestern Abend beim Verhör nicht stumpf und unbeteiligt dasaß, wie ich vermute, dass es ein Geisteskranker und Schwachsinniger in einer solchen Situation tun würde, weil er nicht begreift, was um ihn herum geschieht, sondern dass Ignatz uns mit hellwachen Augen angeschaut, beobachtet und unsere Blicke geradezu aufmerksam erwidert hat.«

Von Sandberg unterbrach sich, staunte über sich und seine Gedanken, die ihm während des Sprechens gekommen waren.

»Ich würde sogar fast behaupten wollen«, fuhr er bedächtig fort, »dass dieser Ignatz zu uns redete, mit Händen und Füßen, so als spreche er.«

Er hob den Kopf und blickte Groos herausfordernd an. »Was wollte er uns mitteilen, was wir nur nicht verstanden haben?«

Der Hofrat gab den Blick zurück mit einer Miene, als wolle er sagen: Jetzt ist unser guter Major verrückt geworden. Aber die Groosin war wie elektrisiert, hinter ihrer Stirn schien es zu arbeiten.

»Sie meinen, der Straßenkehrer hat mit Gesten geredet? Und dass den Gesten bestimmte Bedeutungen zukommen?«

»Ja, Verehrteste, das könnte man vielleicht so sagen«, erwiderte von Sandberg, an die Hofrätin gewandt. »Ich bin geneigt zu glauben, dass Ignatz sich bemüht hat, auf unsere Fragen einzugehen. Wobei …«, er kratzte sich am Perückenansatz, »ich will natürlich nicht ausschließen, dass diese … ich nenne es jetzt mal: Aussagen, alles Lügen gewesen sind.«

Denn dass ein anderer die frevlerische Tat begangen haben könnte und nicht der Straßenfeger, schloss von Sandberg kategorisch aus. Schließlich hatten sie das Bürschchen gewissermaßen in flagranti erwischt. Aber – dass der Täter versucht hatte, etwas zu sagen, ja doch, das konnte er sich inzwischen schon vorstellen.

Ihm schwirrte der Kopf. Alles, was ihm durch den Sinn ging, war so ungeheuerlich und unerhört neu für ihn, dass er nicht wusste, wie er seine Gedanken in Worte fassen sollte. Da ging es nicht um militärische Befehle, die sich in kurze, knappe Formeln packen ließen. Es waren vage Ideen, verschwommene Gefühle, die in ihm gärten wie Traubenmost, der seit drei Tagen in der Hitze stand.

Vorsichtshalber setzte von Sandberg die Weinflasche wieder ab, aus der er sich eben nachschenken wollte. Der Straßenkehrer, egal ob Täter oder nicht, schien kein Dummkopf zu sein. Nur Geduld bräuchte es, um sich mit ihm zu unterhalten, hatte der Onkel angemahnt. Gut, er war bereit, sich darauf einzulassen, vorausgesetzt, sie bekamen den Kerl überhaupt jemals wieder zu fassen.

Sein Essen war kalt geworden, er rief Guthschneider, um zu zahlen. Er wollte ohnehin schon längst gegangen sein. Der Tulpenwirt begleitete ihn zur Tür.

»Herr Major«, sagte Guthschneider und senkte die Stimme, »ich mache mir Sorgen um Xaver. Er ist fort.«

»Was heißt fort?«

»Er ist heute Morgen nicht zur Arbeit erschienen, und als ich in seine Kammer nachschauen ging, war sie leer, das Bett unberührt. Ich weiß nicht, wo er ist.«

Von Sandberg runzelte die Stirn. Was hatte er mit Guthschneiders Gesinde zu tun? Wie Groos vermutete, schien der Mann in letzter Zeit wirklich ein unglückliches Händchen bei der Auswahl seines Hauspersonals zu haben, genau genommen seit dem Tag, an dem diese Magd, die kleine Theres mit den haselnussbraunen Augen, nach Rastatt geheiratet hatte. Das war doch mal ein artiges Ding gewesen und flink obendrein, kein Vergleich mit der dicken Theres.

»Vermissen Sie etwas? Geld, Wertsachen, Vorräte?«

»Nein, nichts. Ich fürchte, dass ihm etwas zugestoßen ist.«

20

Was erwartete der Wirt von ihm? War er anderer Leute Kinderfräulein oder der Torwächter, der kontrollierte, wer die Stadt betrat oder verließ? Von ihm aus konnte Xaver hingehen, wohin er wollte, und wenn's zum Teufel wäre. Er hatte doch mit dem Meuchelmord an Simon Sobringer schon genug um die Ohren.

Gewiss, die feine Art, sich zu verabschieden, war das nicht, so mir nichts, dir nichts zu verschwinden. Das hatte Guthschneider nicht verdient. Und es war jetzt schon der zweite Knecht. Zugegeben, wer Geld klaute, würde nicht Adieu sagen. Aber Xaver? Guthschneider hatte ihn doch immer ordentlich behandelt. Hatte ihn sogar neu eingekleidet, als er bei ihm anfing. Der Schankwirt war keiner, der mit seinen Leuten nach Belieben umsprang. Da hatte die Groosin recht, der Mann war gutmütig. Als die dünne Theres nach Rastatt geheiratet hatte, hatte er der jungen Braut zehn Gulden geschenkt, einen Kochtopf und zwei Hühner. Das würde kein anderer machen.

Seit von Sandberg in der Residenz lebte, schätzte er die »Tulpe« als einen Ort, wo es sich gut essen und trinken ließ. Wo ein umsichtiger Wirtschafter sich mit feinem Gespür um jeden Tisch persönlich kümmerte, die Gäste einander respektvoll begegneten, ganz gleich wie kontrovers sie auch über die Geschehnisse in der Markgrafschaft und in der Welt debattieren mochten, und bis jetzt waren nie Misstöne aus der Küche in den Speiseraum gedrungen, wie er es oft genug in anderen Häusern erlebte, sodass er diese, wenn möglich, mied.

Er hat halt zurzeit eine Pechsträhne, der Wirt, das geht vorbei, sagte sich von Sandberg, während er durch die Lange Straße zur Kommandantur eilte. Dennoch rührte es ihn, wie sich Guthschneider Sorgen um den verschollenen Knecht machte. Andere würden einem untreuen Gesell keine Träne nachweinen, höchstens fluchen, weil sie sich nach neuem Gesinde umgucken müssten. Dem Knecht könne etwas zugestoßen sein! Was sollte Xaver denn zustoßen in einem Städtchen wie Carlsruhe, das überschaubar war wie ein leer gegessener Teller, auf dem noch die letzten Reste der Soße mit Brot aufgetunkt worden waren?

Allerdings, gab er innerlich zu, er hätte es ja auch nie für möglich gehalten, dass in diesem Carlsruhe am helllichten Tag, nun ja, es war schon recht dunkel gewesen, mal eben ein Leibgrenadier erschlagen wurde.

Ein Trupp Füsiliers kreuzte seinen Weg und salutierte pflichtschuldigst, danach wechselte von Sandberg rasch die Straßenseite, um sich nicht mit Advocat Beyer und dessen Gattin unterhalten zu müssen, die ihren sonntagnachmittäglichen Verdauungsspaziergang durch die Stadt unternahmen, im Schlepptau hinter sich wie die Orgelpfeifen ihre vier Kinder. Er hatte im Augenblick weder Zeit noch Lust auf höfliche Konversation, ganz abgesehen davon, dass er der Beyerin am liebsten aus dem Weg ging, weil er den Verdacht hatte, dass sie ihn gern als künftigen Gatten für ihre älteste Tochter sehen würde, eine zugegeben ganz passable Achtzehnjährige. Aber, mein Gott, er besaß Verstand genug, um zu wissen, dass er entschieden zu alt für das Mädchen war, er könnte ihr Vater sein. Man musste sich das Unglück nicht freiwillig ins Haus holen.

An seinem Schreibtisch in der Kommandantur orderte von Sandberg eine Tasse Kaffee, nach dem Essen in der »Tulpe« hatte er darauf verzichtet. Während er Papier aus der Lade holte und die Feder spitzte, ließ er im Geist die zwanzig Männer seiner Kompagnie vorbeidefilieren, die er für diesen Nachmittag bestellt hatte, eine im Grunde genommen willkürliche Auswahl, räumte er ein, kaum gerechtfertigt. Aber irgendeine Auswahl hatte er treffen müssen, nachdem er sich am Abend zuvor tatsächlich noch aufgerafft und die zwei Kaschemmen besucht hatte, von denen er wusste, dass seine Leute sie frequentierten.

In beiden Etablissements, das eine mitten im Gewirr der

Klein-Carlsruher Hütten und Baracken, das andere in der Adlergasse, fast schon an der Langen Straße, hatte man vor lauter Pfeifenqualm nicht die Hand vor den Augen sehen können. Er hatte sich an Betrunkenen vorbeigequetscht, mit steinerner Miene die anzüglichen Bemerkungen der Metzen ertragen und geflissentlich die Runde Husaren übersehen, die schleunigst ihre Karten unter den Tisch gleiten ließen. Doch er war nicht gekommen, um Leute beim verbotenen Spiel hochzunehmen. Er wollte nur wissen, ob in der letzten Zeit Grenadiere hier gewesen waren.

Beim ersten Wirt hatte von Sandberg auf Granit gebissen, aus ihm war nichts herauszubekommen. Der zweite, ein gewisser Heberle, war gesprächiger.

Doch, ja, bestätigte der Mann und nickte eifrig. Sein Gesicht war hochrot, und von Sandberg befürchtete, dass Heberle gleich platzte oder umkippte. »Ein paar kommen regelmäßig, Herr Major, aber ich versichere Ihnen, es sind durch die Bank anständige Kerle, die wissen, was sich gehört. Ich kann nichts Schlechtes über sie sagen.«

Ob es denn manchmal Streit gäbe?

Ach, nicht der Rede wert. Höchstens mal kleine Kabbeleien, wie es normal sei bei so jungen Kerlen, denen die Ameisen im Hintern krabbelten.

Und worüber sie stritten, wenn sie stritten?

Das wisse er nicht, da mische er sich nicht ein. Es sei ohnehin nie so ernst gemeint, wie es den Anschein habe.

Aber vor Kurzem habe es doch eine Keilerei gegeben, behauptete von Sandberg auf gut Glück. Und hatte Glück.

»Ja«, erinnerte sich Heberle mit einem Mal, »am Tag der Hinrichtung der Kindsmörderin.« Dann erbleichte er. An jenem Abend, stotterte er, an jenem Abend habe sich der Grenadier, der, von dem man munkelte, er sei der Kindsvater des erschlagenen Balgs, mit einem Kameraden geprügelt. Ob der Herr Major denn meine …? Weil … er habe es ja auch gehört, ein Soldat sei umgebracht worden. Es war aber doch nicht der, oder …?

Von Sandberg hatte ausweichend geantwortet. Wer denn dieser Kamerad gewesen sei, mit dem der Kindsvater sich geprügelt habe? Ob er dessen Namen wisse oder ihn beschreiben könne?

Nein, behauptete Heberle, das könne er nicht, Namen merke er sich nicht, und in ihren Uniformen sähen Soldaten für ihn alle gleich aus. Und dann hatte der Wirt es sehr eilig gehabt, in die Küche zu kommen.

Also doch ein Streit unter Männern?

Von Sandberg malte Kreuzchen und Striche aufs Papier, nippte zwischendurch vorsichtig am Kaffee, der noch heiß war, machte sich ein paar Vermerke. Dann stand er auf und trat ans Fenster.

Wer von diesen Männern, die jetzt dort einer nach dem anderen anmarschiert kamen, wäre zu so einer Tat fähig? Wer von ihnen hatte mit Sobringer verkehrt? Mit wem hatte der Breisgauer sich in der Spelunke in der Wolle? Und weshalb? Alkohol? Weiber? Gezinkte Würfel, falsche Karten? Viele Leute spielten sich um Kopf und Kragen und witterten hinter jeder verlorenen Runde Betrug, vermutlich nicht ganz zu Unrecht. Der Markgraf wusste, weshalb er Glücks- und Kartenspiele fürs einfache Volk verbot.

In den Gesichtern der Grenadiere spiegelte sich bei einigen Verwunderung, bei anderen Unmut darüber, dass sie den Befehl erhalten hatten anzutreten. Von Sandberg konnte sie verstehen, auch ein Soldat hatte hin und wieder Anrecht auf Sonntagsruhe.

Aber nicht, wenn es Wichtigeres gab. Mich fragt auch keiner, ob ich nicht lieber gemütlich zu Hause am Kamin sitzen und ein Buch lesen will. Er sollte mal wieder in die Macklot'sche Hofbuchhandlung gehen und sich erkundigen, was es an Neuerscheinungen gab.

Von Sandberg ließ die Männer einzeln eintreten, doch mit der Zeit regten ihn die Verhöre auf, immer dieselben Fragen: Ob der Grenadier mit dem Simon Sobringer aus Landeck im

Breisgau befreundet oder verfeindet gewesen sei? Ob er an jenem Abend nach der Hinrichtung mit diesem in der Schenke in der Adlergasse gezecht, ob es Streit gegeben und wer mit wem gerauft habe? Ob er gemeinsam mit den anderen oder allein zu seiner Schlafstätte zurückgegangen sei? Wann, wo, mit wem und bei welcher Gelegenheit er den Sobringer zum letzten Mal gesehen habe? »Und wo waren Sie am Freitagabend zur Zeit der markgräflichen Soiree?«

Die Antworten waren ebenfalls immer dieselben. An besagtem Abend habe man Dienst gehabt. Oder geschlafen. Oder Stiefel geputzt. Oder den verehrten Eltern den längst versprochenen Besuch abgestattet. Keiner wollte in der Woche zuvor in der Taverne in der Adlergasse gewesen sein oder von einer Schlägerei dort gehört haben. Kartenspiel? Nein, sie spielten nie Karten. Nie. Mit Würfeln schon gar nicht. Und vom Sobringer wüsste man eigentlich nicht viel, der habe sich ja gern abgesondert, sodass man doch nicht wirklich vertraut mit ihm gewesen sei.

Von Sandberg zählte die Glockenschläge, die von der nahen Schlosskapelle herüberwehten. Schon halb fünf, und noch immer warteten draußen vor der Tür elf Grenadiere. Warum hatte er sich eigentlich gerade auf diese zwanzig eingeschossen? Der Sobringer könnte sich doch auch mit einem Kavalleristen oder Infanteristen in die Haare gekriegt haben. Schließlich hatte ihm der Wirt nicht nur das Gesicht des Mannes nicht beschreiben können – oder wollen –, er hatte auch nichts zur Uniform gesagt. Das hieße aber, dass er, von Sandberg, sich eigentlich alle vierhundertfünfzig Soldaten vorknöpfen müsste, die in Carlsruhe stationiert waren, die rund dreihundert Mann, die nach der Vereinigung von Baden-Durlach und Baden-Baden im letzten Jahr dazugekommen waren, noch gar nicht mitgerechnet. Eine Suche nach der Nadel im Heuhaufen.

Einer noch, dann würde er Schluss machen für heute, damit er sich noch etwas ausruhen konnte, bevor er am Abend der Einladung in den Erbprinzischen Garten folgte. Ein einfaches Diner im kleinsten Kreis um Erbprinz Karl Ludwig, hatte es geheißen. Auch dessen Bruder würde zugegen sein, der anderthalb Jahre jüngere Friedrich. Von Sandberg war gespannt auf den gerade Sechzehnjährigen, der wie er selbst seinerzeit im 2. Regiment Oranien-Nassau diente. Bestimmt würde der junge Mann ihm Nachrichten von dort bringen.

Der Nächste, der die Amtsstube betrat, war der lange Lauer, das eigene blonde Haar brav zum Nackenzopf gebunden. Er kaute verlegen auf den Lippen herum, während er militärisch grüßte.

Ob der Grenadier denn einen Verdacht habe, wer den Tod des Sobringers gewollt oder verursacht haben könnte, fragte von Sandberg zum zigsten Mal und erwartete die übliche Antwort.

Aber Lauer sagte nichts, seine Augen flackerten unruhig, das Kinn bewegte sich hin und her, als wälze er mit der Zunge Brotkügelchen im Mund von einer Backe zur anderen. Von Sandberg konnte es kaum glauben. War endlich einer bereit auszupacken? Oder sollte Lauer gar der Gesuchte sein, Lauer, der die Weisheit zwar nicht gerade mit Löffeln gefressen hatte, aber beim Exerzieren ins Schwarze schoss wie sonst keiner?

»Der Sobringer«, stotterte der Grenadier endlich und schaute auf seine Schuhspitzen. »Der Sobringer hat sich mit dem Prof… also ich meine, mit dem Heinrich Abele geprügelt.«

»Nicht mit Ihnen?«

»Mit mir? Nein, wieso mit mir?« Erstaunt blickte der Grenadier auf.

»Also mit Heinrich Abele?«

»Ja, das hab ich doch schon gesagt.«

»Werden Sie nicht patzig! Warum haben die beiden sich geprügelt?«

»Das weiß ich nicht, ich hatte eben mal in den Hof austreten müssen. Als ich zurückkam, lag der Prof… also der Abele auf dem Boden.«

Na, endlich eine Aussage, mit der etwas anzufangen war.

»Und dann, wie ging es weiter?«

Lauer zuckte mit den Schultern und senkte wieder die Augen.

»Guck Er zu mir!«, herrschte von Sandberg den Grenadier an und verfiel in harschen Kommandeurston. Lauer fuhr zusammen, wich aber seinem Blick aus, studierte stattdessen angelegentlich eine Stelle an der Wand hinter ihm. Beinahe hätte von Sandberg sich umgedreht, um zu sehen, was es dort gab, er konnte sich gerade noch beherrschen. Unverschämtheit. Wollte Lauer ihn reizen? Dieser unscheinbare Mensch?

Du bist übermüdet, Sandberg, übermüdet und schlechter Laune. Reiß dich zusammen!, befahl er sich.

Er trank den letzten Schluck Kaffee. Die Brühe war kalt geworden.

Kalter Kaffee macht schön, pflegte seine Hauswirtin, die Generalswitwe, zu sagen, und von Sandberg hatte sich wieder im Griff.

»Können Sie sich denn entsinnen, was für Worte fielen? Ob einer dem anderen gedroht hat?«

Lauer nickte. »Der Abele. Aber der Sobringer auch«, setzte er schnell hinzu.

Abele also. Ausgerechnet dieser angenehme Mensch, den er für einen der Umsichtigsten in seinem Regiment hielt. Was mochte zwischen diesem und Sobringer vorgefallen sein, dass sich einer oder auch beide beleidigt, angegriffen, vielleicht in ihrer Ehre verletzt gefühlt hatten?

Von Sandberg entließ Lauer und fragte seinen Adjuncten nach Abele. Man habe ihn nicht in seinem Quartier angetroffen, erfuhr er. Niemand wisse, wohin der Soldat gegangen sei. Der Major hatte kaum noch die Kraft, sich darüber aufzuregen.

»Sie bringen ihn mir, sobald Sie ihn zu fassen bekommen«, sagte er nur und schickte die Grenadiere, die noch im Vorraum warteten, fort. Als einer »Schikane« murmelte, beschloss er, die Bemerkung zu überhören, obwohl er an anderen Tagen diesem vorlauten Burschen umgehend den Mund verboten und ihm mit dem Häusle, der gefürchteten Arrestzelle, gedroht hätte.

Als die Männer endlich gegangen waren und er allein hinter

seinem Schreibtisch saß, atmete er ein paarmal tief durch. Nach dem vielen Gerede war die Ruhe umso eindringlicher. Keine Schritte auf dem Flur, keine Wagengeräusche, kein Pferdegetrappel. Absolute Stille.

Hörten Hörlose Stille?

Lange blieb von Sandberg so sitzen. Um kurz vor sechs stand er halbwegs erholt auf, strich sich Rock und Beinkleid glatt, knöpfte die Gamaschen neu, pustete einen Fussel vom Ärmel und rückte die Perücke zurecht. Eigentlich hatte er sich für das Diner beim Erbprinzen umziehen wollen, aber nun war es zu spät. Die kleine Toilette musste reichen.

Während der Befragung der Soldaten hatte es schon wieder zu schneien begonnen. Aus dichten Wolken fielen schwere Schneegraupel, als von Sandberg die Kommandantur verließ. Scharfer Nordostwind pfiff ihm um die Ohren. Ein ekelhaftes Wetter. Unwillkürlich zog er die Schultern hoch und den Kopf ein, während er zur Langen Straße ging. An der Rittergasse bog er links ab zum Landgraben, und bald schimmerte das Prinzenthor auf, hinter dem das Brückchen über den Kanal führte. Bald würde er im Warmen sein.

Der Wachtmann war hervorgetreten und salutierte, aber noch bevor von Sandberg den Gruß erwidern konnte, hörte er jemanden gellend schreien, und aus der Richtung vom Kirchhof her kam eine Frau gerannt.

»Dort«, keuchte sie und deutete hinter sich.

Ihr im Nacken geknotetes Haar hatte sich gelöst und fiel ihr ins Gesicht, die Haube war verrutscht, ihr Umhang schleifte auf dem Boden. Von Sandberg legte ihn ihr fürsorglich wieder um die Schultern. Sie merkte es nicht einmal.

»Ein Mann«, wisperte sie, »ein Mann, in der Böschung.«

Hatte er richtig verstanden?

»Ja, dort, in der Böschung, ein Mann«, wiederholte sie.

»Hat er Ihnen Leid zugefügt?«

Sie glotzte ihn mit groß aufgerissenen Augen an.

»Hat er Ihnen was getan? Sie überfallen, bedrängt?«, versuchte von Sandberg es erneut.

Sie schüttelte heftig den Kopf.

»Tot. Er muss tot sein. Der isch bestimmt tot.«

»Wo?«

»Dort.« Wieder deutete die Frau in die Richtung, aus der sie gekommen war. »Dort, wo drübbe auf der annere Seit vom Grabe de Prinzegardde aufhört. Ich hab ihn ang'rufe, den Mann, aber der bewegt sich net.«

Der Major kniff die Augen zusammen, ungefähr fünf-, sechshundert Schuh, schätzte er und lief los. Hinter sich hörte er das Schnaufen des Torwächters und die Schritte der Frau. Was für ein angenehmes Gesicht sie hatte. Und die wehenden Haare. Anscheinend war sie allein unterwegs. Eine Magd also oder eine Bäuerin. Ganz jung war sie nicht mehr, aber …

Drüben, auf der anderen Seite des Landgrabens, sah er die Lichter hinter den Fenstern des Schlösschens durch die Hecke aufblitzen. Noch bevor er die Gäste des Prinzen um den Luxus eines Kaminfeuers beneiden konnte, war er schon daran vorbei.

»Halt!«, rief die Frau hinter ihm.

Er hielt an. In der Böschung, halb verdeckt von Laub, Gestrüpp und dem frisch gefallenen Schnee, ein Körper. Es war noch nicht so dunkel, als dass er nicht sofort erkannt hätte, wer, steif wie ein Brett, vor ihm lag. Der Tulpenwirt hatte recht gehabt mit seiner Vermutung.

»Wie haben Sie ihn entdeckt?«, fragte er die Frau, die neben ihn getreten war.

»Des Messer da, ich hab des Messer da am Wegrand g'sehe. Als ich's aufhebe wollt, da habbe mich die Auge so ang'schtiert, dass ich hab schreie müsse.«

21

Den ganzen Tag über hat er eingehüllt unter seinen Decken gelegen und nachgedacht. Jetzt fegt ein eisiger Wind durch seinen Unterschlupf, rüttelt an den Bäumen, beißt ihm ins Gesicht, zaust durch die Haare. Er dreht sich in seinem Laubbett zur Seite und tastet nach Schnee, fährt dem Tier über die Schnauze, krault es zwischen den Ohren, macht aber keine Anstalten aufzustehen. Der Freund leckt ihm die Finger und schaut ihn hungrig an.

Er sucht in dem Bündel mit seinen Habseligkeiten nach dem letzten Rest trockenen Fleischs, das ihm geblieben ist, und gibt die Hälfte davon Schnee. Gierig stürzt sich das Tier darauf. Er isst langsamer. Dann verkriecht er sich wieder unter seine Decken, obwohl er weiß, dass er nicht hierbleiben kann. Es dunkelt schon, und auch schneien wird es bald wieder. Er riecht es. Aber er kann sich einfach nicht aufraffen, er fühlt sich zerschlagen, hilflos und hungrig.

Der Mensch, den er am Abend zuvor unter der Erde neben dem Schuppen getastet hat, braucht nicht mehr zu essen.

Wer ist es? Was ist passiert? Hat der Schuppen dem Toten gehört oder dem Buntrock oder beiden zusammen?

Als er nach dem Aufwachen heute Morgen bei Tageslicht die Fundstücke aus dem Verschlag in Augenschein nahm, hat er nicht an den Knöchelchen erkannt, was für Tiere geschlachtet worden sind, aber am Pelz. Überall in der Stadt geistern diese Barthaartierchen herum, die Kinder jagen sie, doch noch nie hat er gesehen, dass jemand sie schlachtet. Auch zur Metzgersbank am Markt werden andere Tiere getrieben, größere, die mehr Fleisch abwerfen.

Es ist sicher kein Zufall, dass er den Hinkenden nun schon zum zweiten Mal in der Nähe des unbebauten Grundstücks herumlungern sah. Entweder hat der Mann für den toten Buntrock gearbeitet oder gegen ihn. Er hat den Verdacht, gegen ihn.

Weiß der Hinkende von dem Schuppen hinter dem Zaun und von dem Toten?

Er erkennt die meisten Leute in der Stadt an der Art, wie sie laufen. Wie Frauen ihre Körbe auf den Köpfen balancieren, wie sie gekleidet sind. Die Frau vom Halskettenmacher trägt gern Stoffe in der fröhlichen Farbe eines wolkenlosen Himmels, es lässt ihre Augen leuchten, die von derselben Farbe sind. Seine Mutter zieht nur traurig-düstere Röcke, Schürzen und Hauben an. Schon von Weitem weiß er auch, ob ihm der Gürtelmacher entgegenkommt oder der Kaufmann vom Papierladen am Morgentor. Aber wer der Hinkende ist, weiß er nicht.

Gestern hat der Mann wieder einen Umhang getragen wie neulich der Mörder vom Platz der prächtigen Häuser. Und sicher ist, dass er den Hinkenden bei irgendetwas gestört hat, sonst hätte dieser ihn nicht verfolgt. Er ist froh gewesen, als er ihn losgehabt hat.

Schnee, einen Stock im Maul, stupst ihn an. Er setzt sich auf, nimmt das Holz und neckt den Freund damit. Gibt vor zu werfen: jetzt. Aber er wirft nicht. Er foppt das Tier so lange, bis es völlig aufgebracht hin und her springt.

Da erst schleudert er den Knüppel weit fort, und Schnee spurtet hinterher.

Der Himmel zieht sich weiter zu. Es wird Zeit. Er braucht einen geschützten Ort zum Schlafen. Hier erfriert er. Er hätte doch besser mit den Kesselflickern mitgehen sollen. Die Bucklige hatte einen Sohn, der war wie er.

Und jetzt trägt er dessen Kleider. Er hätte ihn gern gekannt.

Er spürt die trockenen Lippen der Alten, die sie ihm zum Abschied auf die Stirn gedrückt hat, atmet ihren rauchigen Pfeifenatem. Die Bucklige und der Löffelschnitzer, die beiden haben ihn verstanden. Vielleicht muss man anders sein, um Menschen zu verstehen, die anders sind.

Was heißt das überhaupt, anders sein?

Für die Bewohner der Stadt sind die Kesselflicker Andermenschen. Er kann sich denken, warum. Am Anfang wusste er auch nicht, was er von ihnen halten soll. Sie sind anders gekleidet. Ihre Haut ist von der Sonne dunkel gegerbt. Sie wohnen nicht in festen Häusern, sondern ziehen in Wagen umher. Ist das schlimm? Er weiß nicht, was daran schlimm ist, aber er sieht ja, dass es den Bewohnern der Stadt nicht gefällt. Dass sie sie fürchten und verachten.

Dabei sind doch auch die Leute in der Stadt alle anders. Einauge zum Beispiel. Was ist mit seinem zweiten Auge? War es schon immer zugewachsen, oder hat er einen Unfall gehabt? Oder die Töchter vom Seifensieder. Die beiden Mädchen sehen sich zum Verwechseln ähnlich und sind obendrein immer gleich gekleidet. Und doch sind sie nicht gleich. Die eine hat größere Füße als die andere, und die mit den größeren Füßen zieht beim Lachen die Augen zu schmalen Schlitzen, die andere nicht. Oder die Haare der Leute. Die der Bäckersfrau in seiner Straße sind hell und glatt, die von Blümchen glänzend dunkel und wellig. Die meisten Männer tragen Perücken, aber ein paar laufen auch mit Löckchen an den Schläfen herum. Einen Mann kennt er, dem Kräusel auf dem Kopf wachsen wie sonst niemandem und dessen Haut wie Kohle aussieht.

Alle sind also anders. Aber muss man sich deswegen gegenseitig misstrauen?

Über diese Frage vergisst er das Spiel mit Schnee. Doch der kommt immer wieder und hält ihm das Holz hin: Los, wirf schon, ich bin noch lange nicht müde.

Sofort, warte!

Misstrauen einander auch diejenigen, die sich noch am ähnlichsten sind, so wie alle zusammen ihm und den Kesselflickern misstrauen? Oder anders gefragt: Wie machen sie es, dass sie sich nicht misstrauen, sondern sich verstehen?

Er zittert. Vor Kälte, meint er und weiß, dass er sich belügt. Mit der Faust schlägt er auf die Erde, schlägt und schlägt. Wütend. Traurig. Wegen allem. Schnee steht vor ihm, den Kopf schräg gelegt, und wedelt mit dem Schwanz. Er zieht das Tier zu sich, vergräbt seine Nase in dessen feuchtes, dampfendes Fell. Der Freund lässt ihn gewähren. Schnee sind seine Anderohren und sein Andermund egal.

Warum ist er anders als andere? Was ist anders an ihm?

Es ist die alte Kinderfrage, die ihm nie jemand so beantworten konnte, dass er es richtig verstand. Auch nicht der Vater, der doch alles wusste. Was hat er getan, dass er anders ist? Wofür wird er bestraft? Wer straft ihn?

Die Mutter.

Aber warum? Er muss etwas Böses, etwas sehr Böses, angestellt haben, denn sie hat ihm vor allen Leuten im Feierlichen Haus auf den Mund geschlagen, als er getan hat, was alle taten. Doch ihn hat sie dafür bestraft.

Wenn er in den Tagen danach Hunger hatte, klaute er Früchte von den Äckern, brach in Keller ein und in Kammern, wo Fleisch unter der Decke hing. Wenn er nichts fand, haute er alles kurz und klein. Nachts schlief er in Löchern, in Hütten und verlassenen Baracken. Einmal versteckte er sich in dem kleinen Feierlichen Haus, das nur eine Ecke weiter vom großen Feierlichen Haus steht, und ließ sich abends einschließen, nachdem alle Leute gegangen waren. Die Luft vibrierte nicht, aber er hob trotzdem die Arme, drehte sich um sich selbst, wiegte sich vor und zurück, öffnete den Mund, ganz weit, riss die Zähne auseinander, schloss sie wieder, spitzte die Lippen, zog sie breit bis zu den Ohren. Und weinte.

Nein, bedeutet er Schnee, der ihm schon wieder das Holz bettelnd vor die Füße legt: Nein, mein Guter, es wird dunkel, wir müssen gehen.

Aber jetzt weiß er wenigstens, wohin.

Die ersten Flocken fallen. Er steckt die Knöchelchen, ein Messer und den fingerwärmenden Pelz aus dem Schuppen zurück in die Jackentasche, alles andere packt er in den Beutel, den ihm die Kesselflicker gegeben haben.

Komm, Schnee, und nimm deinen Knüppel mit!

Er hat Angst vor dem Oberbuntrock mit dem zusammengekniffenen, unbarmherzigen Mund, aber er muss ihm den Schuppen zeigen. Der Schuppen ist der Schlüssel zu dem, was auf dem Platz der prächtigen Häuser passiert ist, der Schuppen, die Barthaartiere, der Tote neben dem Schuppen. Und der

Hinkende. Doch der Oberbuntrock würde ihn einsperren, noch bevor er die Hand zur ersten Erklärung hebt.

Also braucht er jemanden, der für ihn zum Oberbuntrock geht.

Die Flocken leuchten wie kleine Lichter, fast wie die Pünktchen am Himmel, die ihm seine Beschützerin gezeigt hat. Er kämpft sich durchs Unterholz und stößt auf denselben schmalen Pfad, auf dem er schon am Abend zuvor unbemerkt in die Stadt hineingekommen ist.

22

Montag, den 27ten Januarij 1772

Wieder ein neuer Morgen. Wieder nichts. Sie hätte heulen können. Und die Maïre schaute so komisch, immer hing ihr Blick an ihrem Bauch. Hatte sie dort einen Fleck auf dem Kleid? Verstohlen schaute Madeleine an sich herunter, während sie sich die Schürze umband und das Frühstück vorbereitete.

»Was ist das für ein Kleid?«, wollte die Maïre unversehens wissen, während sie das Feuer auf der Herdstelle anblies, um Wasser heiß zu machen. »Das Dunkelgrün steht dir«, sagte sie noch, aber es klang scharf und anklagend. Die Maïre verübelte es ihr, dass sie etwas trug, was nicht waldensisch war.

»Ich habe es von der Rätin Wilde bekommen, ich habe Euch doch von ihr erzählt, die Dame, der ich den Honig nach Hause gebracht habe«, wich Madeleine aus. »Hatte ich Euch das Kleid nicht gezeigt?«

»No, hast du nicht. Wieso –«

Johlend kam in diesem Moment Antoine in die Küche gerannt und hielt triumphierend eine tote Maus in die Höhe.

»Guckt, was ich gefunden hab!«, kreischte er und schlenkerte das Tierchen am Schwanz hin und her.

»Ratto, ratto«, krähte auch hinter ihm voller Begeisterung Marie, die jüngste der Schwestern, und klatschte in die Hände.

Mit einem Aufschrei schwang die Maïre den Kochlöffel. »Raus mit euch, auf der Stelle raus, und wehe, ihr bringt mir noch mal so was hier rein.«

Der Kochlöffel flog hinter den Kindern her und traf den Türrahmen, wo er abprallte und in zwei Teile brach. Und in diesem Augenblick wusste Madeleine, was sie tun würde. Das grüne Kleid und Rätin Wilde waren ihre Rettung.

Könnten es sein.

Hoffentlich.

Vielleicht.

Aber sie würde es geschickt anstellen müssen.

»Ihr wascht euch sofort die Hände«, schimpfte die Maïre lauthals. »Dann kommt ihr frühstücken und bringt Marguerite mit. Und jetzt zu dir, fillho …« Sie drehte sich, noch immer in Rage, abrupt zu Madeleine um. »Wieso schenkt diese Madame dir ein Kleid? Hält sie uns für so arm, dass wir Almosen bräuchten?«

Madeleine duckte sich unter der inquisitorischen Stimme der Maïre. Das Gespräch würde nicht einfach werden.

»No, Maïre, bestimmt nicht.«

»Hast du darum gebettelt?«

»No, Maïre, gewiss nicht.« Wenn sie es nur schon hinter sich hätte.

Als die Geschwister zurückkamen mit Marguerite, der der Schlaf noch in den Augen saß, teilte sie die Suppe aus und sprach das Tischgebet. Doch auch danach ließ die Maïre nicht locker, die Maïre ließ nie locker.

»Warum schenkt sie dir dann ein Kleid?«

»Es hat der Magd gehört, die gestorben ist.«

Woran das Mädchen gestorben war, verschwieg sie lieber, und die Maïre fragte auch nicht. Gott sei Dank.

»Und das soll ein Grund sein, ein Kleid wegzugeben? Hat sie keine neue Magd, die es gebrauchen kann?«

Madeleine verschluckte sich, prustete, Brühe lief ihr übers Kinn.

»Përdoun.«

Sie tupfte sich den Mund ab und holte einen Lappen, um den Tisch sauber zu machen, auf dem Tropfen gelandet waren.

»Ich glaube«, Madeleine stotterte, senkte den Kopf, »ich glaube, sie mag mich. Sie hat mich gefragt … Sie hat mir angeboten … Sie will, dass ich … in ihre Dienste trete.«

Jetzt war es heraus, und ganz gelogen war es nicht.

»Komm am Montag wieder«, hatte die Rätin an dem verfluchten Freitag, an dem der Grenadier sie geschlagen hatte, gesagt, nachdem sie im Anschluss an den Markt bei Frau Wilde anderthalb Stunden lang die Bücher und Papiere des seligen Medicinalrats sortiert hatte. »Sein Tod kam so plötzlich, alles ist liegen geblieben. Aber wenn du mir helfen würdest ... Hier hättest du Arbeit für ein ganzes Jahr«, und sie hatte auf die Hefte und Folianten gezeigt, die sich im Bibliothekszimmer übereinandertürmten. »Zwischendurch könntest du mir dann manchmal etwas vorlesen, meine Augen sind müde geworden. Überleg es dir, die Kammer der verstorbenen Magd ist frei«, hatte sie nach kurzer Pause hinzugesetzt.

Madeleine linste zur Maïre. »Die Rätin will, dass ich ihr vorlese.«

Die Rätin war eine gute Frau. Sie würde ihr helfen. Das Kind gäbe sie später in ein Waisenhaus. Die Maïre und die Nonno bräuchten nie etwas davon zu erfahren.

Für einen Augenblick war die Maïre sprachlos.

»Wie viele Tage in der Woche wäre das?«, fragte sie nach einer Weile.

»Die Rätin will ... Sie will, dass ich bei ihr im Haus wohne.«

Madeleine fixierte angestrengt ein Spundloch in der Tischplatte und wagte kaum zu atmen. Am Tisch war alles still geworden, nur das Herdfeuer knisterte. Marie und Marguerite hatten aufgehört, um ihr Strohpüppchen zu streiten, und starrten Madeleine an. Der Einzige, der unbekümmert weiterfutterte, war Antoine.

»Ich bekomme bestimmt manchmal einen freien Tag«, lenkte Madeleine ein, »dann käme ich.«

»Sonntags, zu unseren Gottesdiensten?«

»Ja. Zu den Gottesdiensten.«

»Und das Fest? Und die Reviands?«

»Ich werde Frau Wilde bitten, dass sie mir dafür freigibt.«

Die Maïre war nicht beruhigt. »Ich will nicht, dass du in die Stadt gehst. Es kann so viel passieren dort.«

Jeanne ist nie in der Stadt gewesen und hat trotzdem ein Kind bekommen, bevor sie verheiratet war, flüsterte es in Madeleine, aber sie sagte nichts. Sie durfte die Maïre nicht gegen sich aufbringen. Würde die Maïre ihr verbieten, für die

Medicinalrätin zu arbeiten, bliebe ihr nur die Alb. Oder der widerliche Jacques. Schon der Gedanke an ihn verursachte ihr Übelkeit. Oder war das ein Zeichen, dass sie ein Kind im Leib trug? Dir ist dann ständig übel, hatte Jeanne erzählt. Vor allem morgens beim Frühstück.

Madeleine schob die Suppenschüssel zur Seite. Sie hatte das Gefühl, sie müsse erbrechen. Jeanne hatte sich oft übergeben. Madeleine wurde heiß.

»Geht die Ziege versorgen«, hörte sie die Maïre den Schwestern befehlen, »und du, Antoine, holst Holz.« Die Kleinen sprangen auf. Antoine schlurfte hinterher, dann waren die drei draußen, wahrscheinlich froh, dass sie vom Tisch aufstehen durften. Sie wäre am liebsten mitgegangen.

»Du hast kaum etwas gegessen, filhëtto, was ist los?«

»Ich soll heute schon anfangen«, stotterte Madeleine. Das Blut schoss ihr ins Gesicht. Nicht essen, war das auch ein Zeichen für eine Schwangerschaft? Davon hatte Jeanne nichts gesagt.

»Ich soll einen Brief für sie schreiben, für die Frau Rätin, sie sieht nicht mehr gut, und ich hätte eine schöne Schrift, sagt sie. Das habe ich unserem Lehrer in Palmbach zu verdanken, habe ich gesagt.«

Die Maïre blinzelte überrascht. »So, eine schöne Schrift hättest du? Das findet diese Madame? Siehst du, wir sind kein hergelaufenes Volk, wir Waldenser, wir können etwas, wir brauchen kein Almosen«, verkündete die Maïre triumphierend und trank ihre Frühstücksschale leer. Madeleine schluckte, das Ende der Diskussion hatte sie sich anders vorgestellt.

Ein Schwall kalter Winterluft wehte durch die Küche, als die Nonno vom Stall hereinkam.

»Es hat aufgehört zu schneien, mes enfants, aber das ganze Land ist weiß, es sieht fast so schön aus wie früher zu Hause in La Balme«, verkündete die alte Frau fröhlich.

Sie setzte sich und griff nach einer Scheibe Brot, die Maïre reichte ihr wortlos einen Teller Suppe.

»Was ist denn los mit euch?« Fragend schaute die Nonno von der Maïre zu Madeleine und wieder zur Maïre.

»Meine Tochter will uns verlassen«, sagte diese.

»Ich bekomme ein Bett, zu essen und Lohn«, begehrte Madeleine auf.

»Was soll das heißen? Bett, Essen, Lohn?«

Aber Madeleine tat, als hätte sie die Frage der Nonno nicht gehört.

»Von dem Lohn könnt Ihr das Schulgeld für Antoine und Marguerite bezahlen. Und später auch für Marie und den Pëchit. Wenn sie alt genug sind«, erklärte sie. Mit dem Fingernagel kratzte sie Wachs von der Tischplatte, knetete die Masse zu einem Kügelchen und drehte es zwischen den Fingern, als sei es eine heiße Trifulle. Dieu, mon Dieu, Buondìou, bitte, mach, dass die Maïre zustimmt und dass ich fortkomme von hier. Ich werde mich auch nie wieder mit einem Mann einlassen. Nie wieder. Versprochen.

»Warum soll das Mädchen nicht seine Erfahrungen machen? Und wenn sie dafür sogar noch Geld bekommt?«, fragte die Nonno. Ihre runzelige Hand legte sich auf den Unterarm der Maïre. »So ist es im Leben, so muss es sein. Eines Tages gehen die Kinder nun mal aus dem Haus. Ich habe Vertrauen zu deiner Tochter. Und kann sie nicht immer hierher zurückkommen, wenn sie Hilfe braucht? Die Tür steht ihr doch jederzeit offen.«

»Aber wer wird unseren Honig auf den Märkten verkaufen?«, protestierte die Maïre schwach.

»Antoine. Rechnen kann er schon. Alles andere wird er lernen. Als ich so alt war wie er …«

Madeleine hätte die alte Frau umarmen mögen. Ihr schlechtes Gewissen, dass sie jetzt schon die Nonno hintergangen hatte, hielt sie davon ab. Aber als sie eine Stunde später das Haus verließ mit einem kleinen Bündel Wäsche über der Schulter, küsste sie ihr die Hände.

Die Maïre nahm sie in den Arm. »Möge der Herr dich behüten, filhëtto. Ich bete für dich. Pass auf dich auf.«

So weit fort bin ich doch gar nicht, wollte Madeleine sagen.

Aber dann drehte sie sich schnell um und stiefelte davon. Wo die Straße abzufallen begann und Grünwettersbach vor ihr lag, schaute sie zurück. Die Maïre und die Nonno standen hinter den letzten Häusern des Dorfs am Ortsausgang. Jetzt winkten sie, sie winkte zurück.

»À bientôt, bis bald.«

Der Wind hatte den Himmel frei gefegt, strahlend lag das Licht über dem riesigen weißen Feld. Noch einmal ging ihr Blick hinüber zu den Kuppen des Schwarzwalds. Wie ein Hauch, kaum wahrnehmbar, stiegen hier und da helle Nebelsäulen aus den Tälern auf. Die Hasen kochen Kaffee, sagten die Leute in der Gegend.

»Ich komm wieder«, wisperte Madeleine, »im September oder im Oktober, wenn die Hasen so richtig kochen und ich bei der Geburt nicht gestorben bin.«

Jetzt kamen ihr doch die Tränen. »Wein doch nicht, du dumme Kuh«, schimpfte sie laut vor sich hin, »das ist heute ein Tag wie jeder andere auch. Nur dass Montag ist und du nicht auf den Markt gehst, sondern zur Medicinalrätin. Und dass du von nun an nicht mehr zu Hause, sondern bei fremden Menschen schlafen wirst.«

Falls die Rätin einverstanden ist, dass sie heute schon bei ihr anfangen kann. Hoffentlich geht es Frau Wilde nicht zu schnell mit ihrer Entscheidung.

Zwischen den Bäumen im Wald hingen noch die Nachtschatten, das Wasser im Becken des Fallbrunnens war von einer Eisschicht überzogen. Sie durchbrach mit den Fingern die dünne Decke, wusch sich das Gesicht und trocknete es mit dem Schultertuch ab.

Als sie beim Weitergehen ein Ziehen im Bauch verspürte.

Und dann die Gewissheit.

Behutsam fegte sie den Schnee von einem Baumstumpf und setzte sich. Im Frühsommer wuchsen hier am Hang Heidelbeeren. Sie lachte, sie weinte. Gut, dass sie sich ein kleines Bündel mit Lappen geschnürt hatte. Den warmen Umhang fest um Kopf und Schultern gewickelt, träumte sie vor sich hin. Wenn die Rätin ihre Meinung geändert hätte, könnte sie jetzt am Abend sogar wieder nach Hause zurückgehen.

Könnte.

Aber warum sollte sie? Jetzt, wo alles gut war, könnte sie auch erst einmal die Welt sehen, schauen, wie es sich anderswo lebte. Fürs Fest würde sie dann nach Palmbach zurückkehren, für alle Feste dort und natürlich zur Maïre, zur Nonno und zu den Geschwistern. Und tanzen würde sie, tanzen, tanzen, tanzen. Jacques konnte ihr gestohlen bleiben. Mersì, Buondìou, mersì, mersì.

Ganz leicht ging Madeleine jetzt, trotz des Schnees. Ein weicher Pulverschnee, geheimnisvoll, lockend. Als kleines Mädchen hatte sie sich an Wintertagen wie diesem hinter den Gärten von Palmbach in das glitzernde, kristalline Meer fallen lassen und sich vorgestellt, inmitten von Wolken zu baden. Wieder und wieder hatte sie das Gesicht hinein in das himmlische Nass getaucht und es danach mit der Schürze abgerieben, bis die Haut wie Feuer brannte.

Madeleine blieb stehen und blickte zurück. Deutlich zeichneten sich ihre Schuhe auf der sonst unberührten weißen Fläche ab. Nur ein Vogel, vielleicht eine Krähe oder eine Amsel, hatte eine zarte Spur hinterlassen. Vor einem aus dem Schnee herausragenden Stein verlor sie sich. In der Ferne sah Madeleine schon Schloss Gottesau, jetzt es war nicht mehr weit bis in die Residenz.

Zuerst dachte sie, ein Strunk liege vor ihr am Wegrand oder ein vergessener Strohballen, aber beim Näherkommen sah sie, dass es ein Kind war, das im Straßengraben kauerte, ein Junge. Der erst aufschaute, als sie vor ihm stand. Christoph mit nur einem Auge.

»Was machst du denn hier? Und bei dieser Kälte? Du holst dir ja den Tod.«

Noch während sie redete, zerrte sie den Buben hoch, riss sich den Umhang von der Schulter und wickelte ihn darin ein.

»Wo hast du denn deine Mütze?«

»Verloren.« Er piepste so leise, dass Madeleine ihn kaum verstand.

Sie nahm den an einem langen Bändel um ihren Hals hängenden Muff, den sie sich aus Flicken und einem halben Katzenfell – ein Geschenk von Simon, als er noch gut mit ihr war – genäht und mit Stroh gefüllt hatte, und versuchte, ihn Christoph über Kopf und Ohren zu stülpen. Es ging gerade so, eine Naht platzte auf, das ließe sich wieder reparieren.

»Komm«, sagte sie, »du musst dich bewegen«, und sie nahm seine Finger, um sie zu wärmen und ihn zugleich zum Gehen zu zwingen.

»Ich wollt nach Palmbach«, fing er nach einer Weile an.

»Nach Palmbach? Du lieber Himmel, was wolltest du dort?«

»Die Buttermeierin sagt, du wohnsch in Palmbach.«

»Die Buttermeierin? Die vom Markt? Kennst du sie?«

Er nickte.

»Aber warum wolltest du zu mir?«

»Ich such den Ignatz. Der Ignatz isch doch weg.«

»Was hat das mit mir zu tun?«

Christoph schwieg.

»Wie lang bist du denn schon unterwegs?«

»Es war noch dunkel, als ich los bin. Die Großmutter weiß net, wohin ich bin, aber der Wachtmann am Durlacher Thor hat mir g'sagt, wie ich gehe muss. Dann hab ich mich abber verlaufe, und es gab niemand, den ich hätt frage könne.«

Christoph schaute schon wieder verschmitzt, als sie am Durlacher Thor ankamen. »Ich hab gar net bis Palmbach gehe müsse«, posaunte er dem Wächter entgegen. Vermutlich war es derselbe, der dem Kind zuvor den Weg gewiesen hatte.

»Ja, ich seh, du hasch dei Herzallerliebschtes unterwegs getroffe.«

Der Mann blinzelte Madeleine gutmütig zu.

»Hasch du noch von denne Knolle, von denne du mir eine g'schenkt hasch?«, fragte er sie dann verschwörerisch.

Sie erkannte in dem Mann den Wachtposten wieder, der ihr neulich am Rüppurrer Thor eine Grumbiire abgeluchst hatte. Doch jetzt machte ihr seine Art, sie anzuschauen, keine Angst mehr. Im Gegenteil.

»Alle aufgegessen«, antwortete sie kokett, »aber wenn du mir deinen Namen verrätst, bring ich dir im Frühjahr neue.«

»Ich bin der Conrad.«

»Ich denk an dich, Conrad.«

Wie leicht das Leben mit einem Mal war.

Madeleine wusste von einer Bäckerei gleich links hinterm Tor, zu Beginn der Durlacher Thorgasse, die sich der Länge nach durch Klein-Carlsruhe schlängelte. Bestimmt gab es dort nicht nur frische Weckle, sondern vor allem heißen Wein für den Jungen, damit er wieder zu Kräften käme. Sie konnte jetzt auch einen Schluck vertragen. Verstohlen kramte sie unter ihrem Rock nach dem Beutel, in dem sie ihr Geld verbarg. Es dürfte gerade reichen.

Drinnen in der Wärme des Ladens und nach einem ersten Schluck aus dem Becher röteten sich die Wangen des Kindes.

»Frierst du noch?«, fragte Madeleine.

»Nö«, brummte Christoph mit vollem Mund, »fascht nimmer.«

»Dann erzähl, warum wolltest du zu mir, und was ist mit dem Ignatz?«

Und Christoph fing zu erzählen an.

»Aber der Ignatz hat ihn nicht umgebracht«, beteuerte der Junge, als er zu Ende berichtet hatte. »Der Ignatz macht so was net. Der isch doch mein Freund, wir müsse ihn finde, Madlän. Und er liebt dich doch auch, du muscht ihm helfe. Nimm ihn mit zu dir nach Palmbach, damit sie ihn net widder einsperre.«

Es war ein bisschen viel, was der Junge da heraussprudelte. Simon Sobringer tot? Und der Straßenfeger sollte ihn umgebracht haben? Ihretwegen? Warum? Aus Eifersucht? Was hatte sie denn mit diesem stummen Menschen zu tun?

Nichts, überhaupt nichts!

Sie wollte auch nichts mit ihm zu tun haben.

Und mit so einer grässlichen Freveltat schon gar nichts.

Buondìou, hab ich dir nicht versprochen, ich werd mich von nun an von Männern fernhalten?

»Das geht nicht, Christoph, ich kann ihn nicht nach Palmbach mitnehmen. Das liegt im Württembergischen, da ist doch die Grenze dazwischen«, versuchte sie ihm zu erklären, aber als sie sein enttäuschtes Gesicht sah, lenkte sie ein: »Ich arbeite bei der Rätin Wilde im Inneren Cirkel. Du findest mich dort, wenn du mich brauchst.«

»Dann geh doch zu deiner Rätin zum Arbeite«, brüllte der Bub so laut, dass die Bäckersfrau aus der Backstube angerannt kam. »Hier, kannsch dein Muff wiederhabbe, ich geh allein den Ignatz suche.«

Mit hängendem Kopf stolperte Christoph davon. Madeleine schaute ihm hinterher. Was wusste denn so ein Kind von der Liebe?

23

Major von Sandberg fand, dass Xaver Röttners maskenhaft bleiches Gesicht auf dem Sektionstisch Schmerz ausdrückte, auch Wut und Überraschung.

»Ach was, Schmerz auf keinen Fall, der spürt ja nichts mehr«, widersprach Stadtchirurgus Süßleben. Die Arme hinter dem Rücken gekreuzt, stand der Medicus vor dem Leichnam und betrachtete diesen mit wissenschaftlichem Eifer, während ein hoffnungsvoller junger Wundarzt Zoll für Zoll die Haut des Toten auf Verletzungen hin untersuchte und alle Auffälligkeiten in ein Buch eintrug.

»Und Wut und Überraschung, meinen Sie?« Süßleben spitzte sinnierend die Lippen. »Ich weiß nicht. Ich behaupte, das ist Einbildung. Ich bin der Meinung, für das, was dem Mann zugestoßen ist, sieht er völlig normal aus. Austritt eines Gemischs von Blut und Körperflüssigkeiten aus Mund, Nase und Ohren in Folge mehrerer letaler Schädelknochenverletzungen, Augen schwarzrot verfärbt, offen stehender Mund. Alles völlig normal. Oder würden Sie von einem Mörder erwarten, dass er sich die Mühe macht, seinem Opfer nach der Tat die Augen zu schließen und das Kinn hochzubinden?«, ulkte der Stadtchirurgus. »Ich gebe ja zu, so, wie er uns anguckt, mag das auf empfindliche Gemüter schon ein bissel gruselig wirken. Aber warten Sie ab, sobald sich der Rigor Mortis gelöst hat, wird der Gute ganz friedlich daliegen.«

Von Sandberg räusperte sich pikiert. Als ob er von Leichen und Leichenstarre nichts verstünde. Auf den Schlachtfeldern hatte er jede Menge Tote gesehen, solche, die es gerade erwischt hatte, und andere, die tagelang im Dreck gelegen hatten. Dass sie friedlich aussahen, würde er nicht behaupten wollen, obwohl doch gerade sie allen Anlass dazu gehabt hätten, stolz und zufrieden aus dem Leben zu scheiden. Denn waren sie nicht in hehrer Pflichterfüllung für Fürst und Vaterland gefallen? Leider wurde einem Soldaten diese Ehre nun mal nicht schmerzfrei zuteil. Es war wie bei einer Niederkunft, bei der die Frauen auch in Pein und Wehen schrien. Geburt und Tod. War es am Ende ein und dasselbe?

Süßleben ließ ihm keine Zeit, weiter zu philosophieren.

»Dass sich angeblich in der Miene des Toten seine letzten Empfindungen widerspiegeln«, dozierte der Arzt, »kommt Ihnen wahrscheinlich nur deshalb so vor, weil die Tat an sich verstörend ist und auch weil an zwei aufeinanderfolgenden Tagen gleich zwei Personen gewaltsam ums Leben gekommen sind. Hier, bei uns, in Carlsruhe! In unserer gesitteten und wohlgeordneten Residenz, wo es das schlimmste Verbrechen ist, am Sonntag nicht in die Kirche zu gehen.«

Machte sich Süßleben auf seine Kosten lustig? Hatte der Arzt schon vergessen, dass es erst neulich den abscheulichen Kindsmord gegeben hatte? O nein, die Stadt war mitnichten gesittet und wohlgeordnet, da täuschte sich der Herr Chirurgus gewaltig. Überhaupt nahm der Mann für seinen, von Sandbergs, Geschmack das Leben etwas zu leicht, tat stets lustig und unbekümmert, obwohl man von jemandem in seiner Position mehr Seriosität erwarten durfte.

Von Sandberg wollte gerade eine scharfe Bemerkung machen, als es an der Tür des Anatomiezimmers klopfte.

»Nur zu, herein«, rief Süßleben und rieb sich die Hände, »ich habe mir nämlich erlaubt, verehrter Herr Major, uns ein Petit-déjeuner bringen zu lassen«, lobte er sich selbst, während der Amtsdiener ein Tablett mit Backwerk, Kaffee, Sahne, Zucker und zwei Tellern und Tassen auf einem schmalen Tisch an der Wand abstellte. Der Arzt schnupperte genüsslich. »Hmm, Schinken- und Kalbszungenpastete, Mandelbrezeln und frisches Pistaziengehäcke. Wie ich gehofft hatte. Greifen Sie zu, Herr Major, Sie haben bestimmt noch nicht gefrühstückt, zumindest aber nicht so etwas Feines.«

Von Sandberg lenkte ein, der Duft des Kaffees stimmte ihn in der Tat verträglich, das Gebäck aus der Conditorei im Vorderen Cirkel lockte …

… und du bist auf Süßleben als einen Meister seines Fachs angewiesen, ermahnte er sich. Doch im Stillen nahm er sich vor, den Medicus bei Gelegenheit zum Rededuell herauszufordern. Denn er war sehr wohl überzeugt, dass sich die Todesumstände im Gesicht eines Verstorbenen widerspiegelten, insbesondere eines gewaltsam ums Leben gekommenen.

»Was können Sie nun zu Xaver Röttner sagen?«, fragte er einlenkend, ließ seine Finger über die Gebäckplatte gleiten und entschied sich für die Kalbszungenpastete. Eine solche Köstlichkeit bekam man wirklich nicht alle Tage.

»Er muss hinterrücks überfallen worden sein, und der verschmutzten Kleidung nach zu urteilen, scheint es einen heftigen Kampf gegeben zu haben. Letztlich ist er erschlagen worden. Vermutlich, als er schon am Boden lag. Denn, sehen Sie …«, Süßleben hob mit Hilfe des jungen Wundarztes den steifen Körper etwas hoch, »wenn Sie die Freundlichkeit hätten, Herr Major, und sich bückten … Da am Hinterkopf haben wir eine Platzwunde, der erste Schlag vermutlich, noch nicht lebensgefährlich. Aber hier links vorne über dem Auge, an der Schläfe und über der Stirn finden sich ernsthafte Schädelzerstörungen. Der Täter muss mit aller Gewalt zugeschlagen haben.«

»Können Sie sagen, mit was?«

»Mit einem Stein, vermute ich, oder mit einem Holzprügel.«

»Nicht mit dem Messer, das neben dem Toten gefunden wurde?«

»Nein, das sind keine Stichwunden.«

»Auch keine Wunden vom Knauf eines Degens oder Säbels?«

»Nein, nein, auf keinen Fall.«

»Also mit einem Gegenstand, der überall dort am Kanal herumliegen könnte. Den man nachher auch nicht wegwerfen oder verstecken müsste, weil er in der Umgebung nicht auffällt«, schlussfolgerte von Sandberg, während er nach einem Schinkenpastetchen griff.

»Ich würde sagen«, Süßleben seinerseits entschied sich nach kurzem Zögern für die Kalbszunge, »es riecht nach einem nicht geplanten Überfall, nach einer zufälligen Tat aus dem Affekt heraus, ähnlich wie beim Anschlag auf Simon Sobringer.«

»Zufällig, meinen Sie? Innerhalb von nur vierundzwanzig Stunden zwei zufällige Meuchelmorde? Das kann ich kaum glauben. Das sieht mir doch alles sehr geplant aus. Könnte es sich um denselben Täter handeln?«, fragte von Sandberg.

»Das habe ich mich natürlich auch gefragt, verehrter Herr Major, aber ich würde lügen, wenn ich behauptete, ich wüsste die Antwort. Spielen wir das Spiel doch einfach mal durch: Wir gehen davon aus, dass der Straßenfeger den Grenadier umgebracht hat, wobei es keine Tatwaffe gibt, noch nicht, und wir daher, was den Mörder betrifft, nicht sicher sein können. Doch es gäbe ein nachvollziehbares Motiv: Gier. Für einen armen Schlucker wie den Ignatz ist ein Leibgrenadier des Markgrafen vielleicht tatsächlich ein reicher Mann. Doch warum«, Süßleben leckte sich mit der Zunge ein Brotkrümelchen von den Lippen ab, »warum sollte so ein armer Schlucker einen anderen armen Schlucker abmurksen? Einen Knecht, bei dem doch bestimmt nichts zu holen ist.«

Von Sandberg kratzte sich vorsichtig hinterm Ohr unter der Perücke. Aber bevor er etwas erwidern konnte, winkte ihn der Arzt zum Kopfende des Untersuchungstischs.

»Kommen Sie, Herr Major, ich muss Ihnen unbedingt noch etwas zeigen.«

Auf dem Stuhl, der dort stand, lagen, sorgfältig gefaltet, die Kleidungsstücke des Toten übereinander. Der Arzt nahm das zuoberst liegende Beinkleid, um es über die Lehne eines zweiten Stuhls zu hängen, danach den schweren Winterumhang des Knechts, dann eine Jacke.

»Und jetzt schauen Sie, was der Mann darunter trug!«, sagte er und hielt eine nachtblaue Joppe in die Höhe. Von Sandberg trat näher. Die Hornknöpfe kamen ihm bekannt vor, ein Stück vom Ärmel war abgerissen oder herausgetrennt.

»Es sieht aus, als wenn …«

»Genauso sieht es aus«, bestätigte Süßleben.

»Der Stofffetzen, den meine Leute am Ort der Tat in der

Hecke am Schlossplatz gefunden haben, liegt in der Schieblade meines Schreibtischs in der Kommandantur«, besann sich von Sandberg, »schicken Sie den Amtsdiener, damit mein Adjunct das Beweisstück bringt. Ich will es genau wissen, bevor wir weiter herumspintisieren.«

Während Süßleben ging, um dem Boten Order zu geben, überschlugen sich in von Sandbergs Kopf die Spekulationen. Der tote Knecht trug die Joppe des Tulpenwirts, die dieser im letzten Herbst dem stummen Straßenfeger geschenkt hatte. Wenn aber Xaver sie anhatte, musste dieser der Mörder des Simon Sobringer sein und nicht der Straßenfeger. Wer konnte ihm sagen, wo Xaver an jenem Abend gewesen war? Guthschneider? Die dicke Theres? Gäste der »Tulpe«? In was für einer Beziehung stand Xaver zu dem Grenadier, und wer zum Kuckuck hatte Xaver umgebracht? Und warum?

Er brauchte dringend eine zweite Tasse Kaffee und suchte nach einer Sitzgelegenheit. Auch ein weiteres Schinkenpastetchen gönnte er sich. Es war klug vom Stadtchirurgus gewesen, für eine solide Grundlage zu sorgen. Ohne Essen konnte man nicht denken. Die Augen des jungen Wundarztes schauten begehrlich auf die Delikatessen, und von Sandberg erbarmte sich des medizinischen Famulus und hielt ihm den Teller hin.

»Fangen wir das Spiel noch mal von vorne an«, begann er, als Süßleben in den Untersuchungsraum zurückkam. Peinlich berührt merkte er, dass er die Worte des Arztes und sogar dessen lockeren Tonfall übernommen hatte.

Mehr Ernsthaftigkeit, Sandberg, rügte er sich.

»Wir haben also …«, aber er brach ab. Es kostete von Sandberg Überwindung, zu sagen, was er nicht sagen wollte. »Der Straßenfeger ist also … vielleicht … vielleicht nicht … der Mörder. Vielleicht ist es …« Wieder unterbrach er sich. Schüttelte den Kopf, schaute den Chirurgus fast verzweifelt an. »Nein, das kann nicht sein, das passt nicht, wo soll denn dieser Xaver gewesen sein, warum haben wir ihn nicht gesehen?«

Dann kam ihm die Erleuchtung.

»Herr Chirurg, die waren zu zweit, der stumme Ignatz und

der hörende Knecht, zwei arme Schlucker, wie Sie sagten, die gemeinsam über Simon Sobringer hergefallen sind ...«

Süßleben nickte bedächtig und spann dann die Überlegung weiter: »Xaver hat Sie und Hofrat Groos kommen hören und floh rechtzeitig. Wahrscheinlich mit dem Degen, den er irgendwo in gebührender Entfernung vom Tatort weggeschmissen hat. Den Tauben hat er seinem Schicksal überlassen.«

»Ignatz aber bekommt das nicht mit, er hört uns nicht, kann uns gar nicht hören und sucht in den Taschen des Opfers weiter nach Wertgegenständen, wobei Groos und ich ihn ertappen. Dann gelingt dem Burschen die Flucht aus dem Gefängnis, er trifft sich mit Xaver oder umgekehrt, die beiden geraten in Streit, weil der Knecht ihn verdächtigt, sich die Beute unter den Nagel gerissen zu haben. Er kann ja nicht wissen, dass Ignatz nicht mehr dazu gekommen ist, Sobringers Taschen zu leeren.«

Sie schauten sich an. Süßleben pflückte ein Fädchen vom weißen Leintuch, unter dem der tote Knecht lag. Als der Adjunct mit dem Stofffetzen kam, nickten sie sich zu.

»Ja«, meinte von Sandberg, »so könnte es gewesen sein.«

»Die Sache hat nur einen klitzekleinen Haken«, wandte Süßleben nach einer Weile ein. »Die blaue Jacke. Wir gehen davon aus, dass der Mörder sie getragen hat. Dann wäre also unser toter Xaver hier Sobringers Mörder. Die Jacke aber gehörte Ignatz. Warum sollte der arme Schlucker ein so schönes warmes Stück vorher seinem Komplizen überlassen haben, der doch, wie wir hier sehen, einen schönen warmen Umhang besaß?«

»Erpressung?«

»Sie glauben, dass Xaver den Straßenkehrer genötigt hat, ihm Guthschneiders alte Jacke auszuhändigen? Klingt ein wenig an den Haaren beigezogen, finden Sie nicht auch?«

»Oder der Straßenfeger ist, wie wir immer gesagt haben, der Mörder, aber er will dem Compagnon die Schuld in die Schuhe schieben, erschlägt diesen und zieht ihm die Jacke an.«

Süßleben starrte ihn konsterniert an. »Möglich ist alles,

Herr Major, aber das, verzeihen Sie, erscheint mir doch etwas bizarr: Ich bringe jemanden um, um ihm mein Kleidungsstück anzuziehen. Nach der Tat ziehe ich meine Jacke aus und stehe im Hemd da. Bei eisigen Temperaturen. Ich ziehe dem von mir erschlagenen Menschen seinen warmen Umhang aus, dann dessen Jacke, ziehe dem von mir Erschlagenen meine Joppe an – und dann dessen eigene Jacke und den schönen warmen Umhang noch darüber? Und mache mich frierend in dieser kalten Nacht im Hemd aus dem Staub? Nein, Herr Major, das kann ich mir nicht so ganz vorstellen.«

»Ja, ja«, murmelte von Sandberg verlegen, »ich hatte ja auch nur laut gedacht … um diese Möglichkeit auszuschließen. Also ist Xaver Röttner Sobringers Mörder?«

Er versuchte, das Gefühl, sich lächerlich gemacht zu haben, zu überspielen, indem er das letzte Pistaziengehäcke nahm, das auf dem Tablett verblieben war.

»Ach herrje«, sagte er plötzlich, »da ist ja auch noch die Sache mit dem Grenadier Abele und der Schlägerei in der Taverne.«

»Grenadier Abele?«, fragte der Stadtchirurgus. »Wer ist das nun schon wieder?«

24

Blasser Sonnenschein dringt durch die Lattentür in sein Kellerversteck. Zwischen Mauerritzen wuchert Gestrüpp. Von seinem Schlafplatz aus folgt er mit den Augen den Verästelungen der nackten Zweige. Wurzeln schlängeln sich über Steine und Stroh, als müssten sie mit aller Kraft die Reste der Wände vor dem völligen Zusammenfallen bewahren. Die Klappen vor den zwei ebenerdig angebrachten Fensteröffnungen sind geschlossen und, wie er erleichtert feststellt, von innen verriegelt. Die Treppe ist halsbrecherisch. Ein paar der Trittsteine sind gebrochen, die drei untersten fehlen vollständig. Kommt er von oben, kann er springen. Will er hinaus, muss er einen Riesenschritt tun und sich dabei irgendwie festhalten und hochziehen.

Im Raum riecht es muffig und nach Pisse von allen möglichen Tieren, die wie er in diesem Loch Zuflucht vor der Kälte gesucht haben. Wenn er jetzt einen Zuber mit warmem Seifenwasser hätte! Er wäre schon mit kaltem Wasser zufrieden, er stinkt genauso penetrant wie seine Umgebung. Nur im Schuppen mit den vielen Knöchelchen stank es noch bestialischer.

Schnee in seiner Ecke blinzelt, gähnt und trottet dann zu ihm herüber, um sich ein Streicheln abzuholen.

Er würde gern Feuer machen, aber er wagt es nicht. Jemand könnte draußen das Flackern der Flammen bemerken. Drüben auf dem Tisch sieht er die von Strichen und Kringeln bedeckten Blätter, die er im Laufe der Zeit gesammelt hat. Daneben Papierbögen mit seinen eigenen Kritzelversuchen. Alles liegt noch genauso da, wie er es zurückgelassen hat, als er das letzte Mal hier war.

Die Kesselflicker verstanden ihn, als er ihnen mit Bildern im Sand schilderte, was passiert ist.

Er setzt sich auf, sucht ein Stöckchen und beginnt, ein Gesicht auf den Kellerboden zu kratzen. Ein Kreis, zwei Punkte, einen Strich für die Nase, einen für den Mund …

Es ist ein strahlender Tag gewesen, an dem seine Beschützerin und er mit nackten Füßen herumrannten. War das, bevor der Vater gestorben ist oder danach?

Zuerst hat sie den Kreis gemalt und die zwei Punkte für die Augen. Jetzt ich, zappelte er und fegte ihre Hand weg. Die Zunge zwischen den Lippen, ritzte er eine lange Strichnase in den Sand und einen Mund. Er weiß es noch, als sei es gestern gewesen. Er war gerade fertig mit seinem Werk, da drückte das Mädchen ihre Lippen auf seine. Warm schmeckten sie, wie Sommerregen, auch nach Brot und Sand und nach dem Gras, auf dem sie zuvor herumgekaut hatte. Dann sprang sie auf, ihre Augen blitzten:

Fang mich!

… und er rannte hinter ihr her, bis er ihre Schürzenbändel zu fassen kriegte und sie wild übereinanderkugelten.

Der gestampfte Boden im Keller ist so hart wie Stein und taugt nichts. Er braucht Papier, um dem Oberbuntrock zu zeigen, was er gesehen hat. Viel blankes Papier und den Einaug, der helfen muss, seine Bilder in Mundbewegungen zu übertragen. Doch zuerst hat er Hunger, und wenn er nicht bald etwas zu trinken kriegt, verdurstet er. Woran stirbt der Mensch schneller? An Hunger oder an Durst?

Er setzt sich den Kesselflickerhut auf. Schnee wedelt mit dem Schwanz und springt vor ihm die Treppe hoch, vorsichtig schlüpfen sie ins Freie. Der Garten ist verwahrlost. Wuchernde Krautbüschel, Äste, Blätter, verwelktes, abgestorbenes Gehölz. Unter einem Baum verschrumpelte Früchte. Fäulnis steigt auf, aber besser verdorbenes Obst als krepieren. Und dann weht ihm der Wind einen köstlichen Duft in die Nase. Saftig, würzig, einzigartig. Er schnuppert, folgt dem Geruch und gelangt über ein Mäuerchen in den dahinterliegenden Hof. Weit steht das Fenster im Erdgeschoss offen, durch das der wundervolle Dampf nach draußen strömt. Unterm Sims eine Bank, wie für ihn hingestellt.

Die Küche ist verwaist, er klettert hinein. Mit einer langen Gabel fischt er das im Kessel schmorende Fleisch heraus, packt es in eine danebenstehende Schüssel und wickelt ein Handtuch darum, nimmt noch einen Schluck Wasser aus dem Bottich und noch einen, dann ist er wieder draußen.

Zu spät. Vom Abtritt kommt ein Weib gelaufen, wutschnaubend. Ihr Mund öffnet und schließt sich zeternd, aber auf einer glatt gefrorenen Stelle im Hof rutscht die Frau aus und fällt. Er presst sein Mittagessen an sich und flitzt durch die Toreinfahrt hinaus auf die Straße. Schnee schießt an ihm vorbei.

Zuerst ist weit und breit niemand zu sehen. Doch dann, mit einem Mal – er begreift nicht, wie schnell es geht –, öffnen sich überall Fenster und Türen, strecken Menschen die Köpfe heraus, fuchteln mit den Händen. Zwei Männer versperren ihm den Weg, er weicht ihnen aus. Wie konnte die Frau die anderen nur so schnell alarmieren? Immer sind sie ihm überlegen, in allem sind sie ihm überlegen. Verflucht. Verflucht. Verflucht.

Da, ein Zaun, ein schützender Mauervorsprung, er gleitet dahinter in die Hocke. Das Fleisch duftet betörend. Er bemerkt Füße, die vorbeitrampeln, dann wird es ruhig. Trotzdem wartet er noch eine Weile, bis er überzeugt ist, dass die Leute die Suche nach ihm aufgegeben haben. Schnee stupst ihn, hechelt, drängt zur Schüssel.

Ja, du bekommst was.

Sie teilen sich den Braten. Ein Bissen für ihn, einen für Schnee, immer abwechselnd. Er trinkt die Soße und reibt sich dann die fettigen Finger an seinen Beinkleidern ab. Schnee bekommt den Topf zum Auslecken. Was für ein schönes Leben, es geht ihm gut, es geht ihm so gut wie schon lange nicht mehr. Der Hausfrau sei Dank.

Jetzt braucht er nur noch Papier. Aber den Kaufmann auf der Langen Straße darum zu bitten wie sonst, getraut er sich nicht. Der Einaug muss ihm welches besorgen. Sobald es dunkel ist, wird er zum Haus des Jungen schleichen, um ihn abzufangen. Bis dahin bleibt er in seinem Keller.

Als er aus seiner Deckung herauskriecht, lässt er die leere Schüssel zurück. Irgendjemand wird sie finden. Vielleicht bekommt die gute Frau sie sogar wieder zurück.

Er versucht, die dicht bebauten Gassen des Viertels zu umgehen, ganz gelingt es ihm nicht. Als Kinder hinter ihm und Schnee herrennen und das Tier streicheln wollen, presst er vorsichtshalber fest die Lippen zusammen, damit er nur kein Aufsehen verursacht, und verjagt die Buben und Mädchen mit fauchenden Augen.

Etwas ist anders, als er an dem verfallenen Haus ankommt. Er weiß nicht, was, aber er spürt es. An einen Baum gepresst, sucht er die Umgebung ab. Wird er beobachtet? Nein. Bis zum Kellereingang sind es nur wenige Schritte, er hechtet los. Die Tür. Das ist es. Die Tür ist nur angelehnt, der Riegel zurückgeschoben. Wie damals, als er das Versteck entdeckt hat. Innen hat er dann einen Haken angebracht, den er vorlegt, wenn er im Keller ist, um vor Überraschungsbesuchen gefeit zu sein.

Er ist sich sicher, dass er den Riegel bis zum Anschlag zugeschoben hat, als er vorhin gegangen ist. Vorsichtig drückt er gegen die Tür. Der Haken innen ist nicht eingehängt, sie schwingt auf. Schnee bleibt am oberen Treppenabsatz stehen, fletscht die Zähne. Im Keller bewegt sich nichts. Er wartet, steigt dann Stufe für Stufe hinunter. Immer noch nichts. Er muss sich getäuscht haben. Vor lauter Hunger hat er vorhin wahrscheinlich das Versteck doch nicht richtig geschlossen. Aber dann spürt er, da ist jemand. Und bevor er fliehen kann, springt eine Gestalt hinterm Stuhl hervor.

Der Einaug.

Das Kind schüttet sich aus vor Lachen. Und fährt erschrocken zurück, als Schnee es jäh anspringt.

Er packt das Tier beim Pelz und zieht es vom Einaug zurück. Der schaut ihn fragend an, deutet auf Schnee.

Nur langsam beruhigt sich der Vierbeiner. Als Einaug ihm seine Hand hinstreckt, schnüffelt das Tier daran, schnüffelt an dessen Schuhen, an den Beinen, dann dreht es sich zu ihm um.

Besänftigend krault er Schnee zwischen den Ohren, am Hals, streichelt ihn und bedeutet ihm, Platz zu machen.

Guck, winkt Einaug jetzt, noch immer etwas verängstigt wegen Schnee, guck, was ich dir mitgebracht habe.

Einaug zieht einen Laib Brot aus dem Beutel, der ihm quer um den Oberkörper hängt, und zaubert auch eine mit einem Korken verschlossene Flasche hervor.

Er scheut sich nicht, den Kleinen zu umarmen, feixt vergnügt, boxt und knufft den Jungen übermütig, sodass der den Mund weit aufreißt und das Gesicht schmerzlich verzieht. Das hat er nicht gewollt, dem Kind wehtun, und er verbeugt sich rasch, dreimal, viermal, die Finger seiner Malhand streicheln den Handrücken der anderen. Er freut sich doch einfach nur.

Einaug lacht. Ach, schon gut, du musst dich nicht entschuldigen, und abwechselnd trinken sie jeder einen kräftigen Schluck aus der Flasche. Dann wird er ernst.

Setz dich!, bedeutet er dem Buben und zieht ihn zum Tisch, sucht nach einem Blatt, auf dem noch freie Stellen sind, und kramt nach Stiften. Zuerst zeichnet er mit wenigen Strichen eine Hütte, daneben einen kleinen Hügel und darin ein Männchen, liegend. In den mondrunden Kopf der Figur malt er ein Kreuz, wie er sie von dem Gräberfeld hinter dem großen Feierlichen Haus kennt.

Einaug schaut ihn entsetzt an.

Doch, wirklich. Ignatz nickt.

Aus seiner Manteltasche holt er die Knöchelchen, das Messer und das Fell, vor allem das Fell. Das Kind will darüber streichen, aber er packt es am Oberarm, schaut ihm ins Gesicht, in die Augen, versucht mit Gesten und Zeichnungen zu erklären, was er braucht. Was Einaug für ihn machen soll: Hilf mir! Geh zum Oberbuntrock! Er presst seine Lippen zu einem schmalen Strich, fährt mit dem Finger darüber, hin und her, zweimal, dreimal: Geh zu dem Oberbuntrock mit dem dünnen Mund. Und … er deutet auf das Papier auf dem Tisch: Ich brauche neues Papier, leere Bögen.

Am Gesicht des Buben sieht er, dass er ihn überfordert.

Er muss langsamer gebärden, mehr Geduld aufbringen, auch wenn es ihm schwerfällt.

Noch einmal fängt er zu gestikulieren an.

Nach einer Weile blinzelt Einaug und zeigt mit zwei Fingern, dass er verstanden hat. Nicht alles, aber doch ein bisschen, so viel: In den Zwischenraum zwischen den Fingern, die er hochhebt, würde eine dünne Scheibe Brot passen. Dann huscht ein Strahlen über Einaugs Gesicht. Auch er nimmt jetzt einen Stift und malt unbeholfen. Eine Frau in einem breiten Rock, um den Kopf lange Haare.

Das Mädchen, bedeutet er und zeichnet ihm einen großen Korb auf den Rücken. Das Honigmädchen. Ich hab sie getroffen. Sie wird uns helfen.

25

Major von Sandberg hätte es sich denken können. Als sich Heinrich Abele am frühen Nachmittag bei ihm im Hauptquartier meldete, bestritt er, sich mit Simon Sobringer im Wirtshaus geprügelt zu haben. Ein kleiner Streit, ja, den habe es gegeben, nicht der Rede wert. Er habe sich mit dem Breisgauer immer gut verstanden.

»So«, höhnte von Sandberg. »Immer gut verstanden? Ich habe da anderes gehört. Da sollen Drohungen gefallen sein.«

Eine Weile ging es zwischen ihnen hin und her, bis es von Sandberg zu bunt wurde und er mit der Faust auf den Tisch haute.

»Schluss jetzt mit der Kinderei! Gestehe Er endlich!«, schnauzte er ihn barsch an.

Da knickte Abele ein, gab kleinlaut die Prügelei zu und gestand auch die Drohung: Ja, es stimme, er habe gesagt, dass er es dem Sobringer heimzahlen wolle. Das rutsche einem halt so raus, wenn man wütend sei. Aber er habe es nicht so gemeint, und mit dem Mord an dem Kameraden habe er nichts zu tun, das schwöre er bei seiner Mutter und allen Heiligen.

»Sind Sie katholisch?«, blaffte von Sandberg, doch das Geständnis des Soldaten stimmte ihn friedlicher. Er riss sich am Riemen und mäßigte seinen Ton.

»Nein, evangelisch-lutherisch.«

»Die haben keine Heiligen, die Evangelischen. Schwören Sie also besser nicht. Und jetzt sagen Sie mir gefälligst, wo Sie am letzten Freitagabend gewesen sind! Und erzählen Sie mir nur nicht, bei den Huren. Das ist die dümmste Ausrede, die es gibt.«

Grenadier Abele wurde puterrot, er zupfte an seinem Uniformrock herum, stammelte Unverständliches und schwieg dann eisern.

»Ach, spielen wir nun den stummen Straßenfeger?«,

herrschte ihn von Sandberg schon wieder aufgebracht an und sprang von seinem Schreibtischstuhl auf. Sein Vorsatz, Haltung zu bewahren, blieb auf der Strecke. »Mit mir nicht, Freundchen. Er sage mir jetzt sofort, was Er an dem bewussten Freitagabend gemacht hat, oder Er wandert ab in den Bau, aber nicht nur für eine Nacht, sondern bis zum Ende seiner Tage. Und das wird schneller kommen, als Ihm lieb ist.«

Ungeduldig marschierte er vor dem Soldaten auf und ab, von einer Wand des Zimmers zur anderen. Rieb sich in vorgeblicher Erwartung die Hände. »Höchstpersönlich werde ich für Ihn das Schafott mit aufbauen helfen. Es wird mir ein Vergnügen sein«, knurrte er und hielt abrupt vor dem Soldaten inne. »Also, wird's bald, Herr Grenadier!«

Heinrich Abele duckte sich unwillkürlich. Er sei, stotterte er, er sei bei einer jungen Dame gewesen, doch schon bei dem Wörtchen »jung« ging die Stimme in ein kaum noch vernehmbares Flüstern über.

»Habe ich richtig verstanden?«, kläffte von Sandberg. »Bei einer jungen Dame? Habe ich nicht gesagt, Er soll mich mit Hurengeschichten verschonen?«

»Es ist keine Hure«, wagte Abele nun doch zu protestieren. »Es ist ein ehrbares junges Mädchen.«

»Noch schlimmer. Wer ist es? Und was hat Er dort gemacht? Wissen die werten Eltern des Mädchens Bescheid?«

Aber Abele wollte nicht mit der Sprache herausrücken, wand sich, suchte Ausflüchte. »Ich möchte die Demoiselle nicht kompromittieren, es ist doch alles meine Schuld.«

»Demoiselle! Ich höre immer Demoiselle. Vornehmer geht's wohl nicht mehr. Herrgott noch mal, wie lang will Er sich noch zieren? Es wird doch nicht die Tochter des Kaisers von China sein«, bellte von Sandberg. Wenn es diesem Burschen beliebte, sich auf einen Schlagabtausch mit ihm einzulassen, auf ein Katz-und-Maus-Spiel, bitte schön, doch er, Major von Sandberg, würde den längeren Atem haben.

»Das Fräulein Groos«, presste Grenadier Abele hervor.

Wie von einer Kugel getroffen, riss es von Sandberg zurück.

Die Knie wurden ihm weich, er hatte den Eindruck, dass sich der Boden unter ihm auftat. »Fräulein Groos? Fräulein Sophie Groos? Die Tochter von Hofrat Groos?«

Abele sagte nichts, stand stramm, die Augen auf einen Punkt in der Ferne gerichtet, sein Adamsapfel hupfte erregt auf und ab.

»Ja, hätten Sie sich nicht einfach nur in das Töchterchen vom Schuhmacher an der Ecke vergucken können? Musste es ausgerechnet vom Hofrat sein Fräulein Tochter sein?«

Von Sandbergs Siegesgewissheit war dahin. Wie sollte er die Aussage des Grenadiers nachprüfen, ohne den ehrenwerten Groos zu brüskieren? Hoffte der gute Mann doch schon seit Monaten, dass der blonde Pianist, der die junge Dame an den Liederabenden begleitete, endlich um die Hand der Tochter anhielt. Und nicht zuletzt: Würde Sophie Groos, wenn er, Major von Sandberg und Freund des Hauses, sie befragte, die Sache nicht schlichtweg leugnen, damit den Eltern die Peinlichkeit gar nicht erst zu Ohren käme? Junge Damen konnten eigensinnig sein.

»Sie bleiben in Rufbereitschaft«, befahl er Abele resigniert. Warum hatte er nur darauf bestanden, das Verbrechen an dem Hallodri von Sobringer selbst aufzuklären zu wollen? Warum hatte er die Angelegenheit nicht dem Hofgericht überlassen, dem verschlafenen Actuarius Hennig oder irgendeinem anderen Beamten? Was hatte er denn am Ende davon, wenn er herausbekommen würde, wer der vermaledeite Täter war? Tot blieb tot. Und wenn er ganz ehrlich sein wollte, weinte er dem Ermordeten auch keine Träne nach. Denn wenn er noch ehrlicher sein wollte: Simon Sobringer war kein frommes Lamm gewesen, hatte es geliebt, Unruhe zu verbreiten, und war am Ende vielleicht sogar selbst schuld an seinem brutalen Dahinscheiden.

Von Sandberg erschrak über die Gedanken, die sich da in seinem Kopf ausbreiteten, ungezähmt herummäanderten wie ein Bach bei Hochwasser durch eine sumpfige Wiese. Er rief sich energisch zur Ordnung. Der Charakter Simon Sobringers spielte keine Rolle. Mord war Mord, und seine verdammte Aufgabe war es, Zuchtlosigkeit in seinem Regiment zu bekämpfen und wieder geregelte Verhältnisse herzustellen.

»Vor allem aber wolltest du gelobt werden«, flüsterte ihm etwas ins Ohr, ein höhnisch hässliches Teufelchen, das er sofort abzuwürgen versuchte.

»Doch, doch«, beharrte es umso eindringlicher, »gib's zu. Von oberster Stelle, vom Markgrafen wolltest du belobigt werden, am liebsten mit einem Orden an deiner Brust, silbern glitzernd, von allen beneidet. Und du erhofftest, befördert zu werden, vom Major zum …?«

Von Sandberg fuhr sich unwirsch über die Stirn.

»Ich werde mit Fräulein Groos reden müssen«, sagte er müde und schaute Abele fast hilfesuchend an. »Ich kann weder ihr noch Ihnen diese Schmach ersparen.«

Ja, er hätte es sich wirklich denken können, dass die Befragung von Sobringers Mannschaftskameraden außer Ärger nichts bringen würde. Was sollte er nun Hofrat Groos erzählen, wenn dieser nach dem Ergebnis der Verhöre fragte? Und Groos würde fragen. Unweigerlich. Der Mann hatte das Recht dazu. Auch der Actuarius würde wissen wollen, was die Ermittlung gebracht hatte, wobei er diesen vielleicht vorab unter dem Siegel der Verschwiegenheit einweihen könnte. Doch bei Groos ginge das nicht, er müsste ihn belügen. Eine entsetzliche Vorstellung. Aber als die junge Dame ihm vor einer Stunde, in Tränen aufgelöst, im Sessel gegenübergesessen hatte, war er schwach geworden und hatte ihr hoch und heilig versprochen, sie nicht zu verraten.

Unter einem fadenscheinigen Vorwand hatte er bei ihr vorgesprochen. Sie könne ihn aber nicht empfangen, die Eltern seien nicht zu Hause, hatte sie eingewandt. Umso besser, umso besser, hatte er ihr versichert, denn er wolle dem Herrn Vater eine Freude bereiten, von der dieser und die geschätzte Frau Mutter vorerst noch nichts erfahren sollten. Er bräuchte ihre Mithilfe. Und so hatte sie ihn in den Salon geführt. Er war sich vorgekommen wie ein falscher Hund, als er mit dem wahren Grund seines Besuchs herausrückte, und blickte danach angelegentlich zum Fenster hinaus, um Fräulein Sophie Zeit zu geben, sich die Tränen in ihrem liebreizenden, jetzt aber völlig verheulten Gesichtchen zu trocknen.

Ja, die Bekanntschaft mit dem Grenadier Abele bestünde schon lang, seit fast einem Jahr, bestätigte sie noch immer ein wenig zögerlich, nachdem sie die Wangen frisch gepudert und ihr derangiertes Äußeres wieder halbwegs in Ordnung gebracht hatte. Und ja, fuhr sie mit einem Mal überraschend selbstsicher fort, sie wisse auch um die Schwierigkeiten einer Heirat, aber Heini, vielmehr Grenadier Heinrich Abele, und sie seien sich zugetan und gewillt, aufeinander zu warten.

Er hatte es ja gewusst: Junge Damen konnten eigensinnig sein.

»Und am Freitagabend?«, fragte er vorsichtig. Ob der Grenadier ihr da seine Aufwartung gemacht habe?

Sie nickte, und das Rot, das jetzt ihre Wangen überzog und sich bis zu den Haarwurzeln ausbreitete, gefiel ihm außerordentlich.

»Der Vater war ja mit Ihnen unterwegs gewesen, Herr Major, und die Frau Mutter bei ihrer Schwester in der Waldgasse. Ich habe Unpässlichkeit vorgeschützt, sodass ich sie nicht begleiten musste. Sie werden uns doch nicht verraten?«, fragte sie und schaute ihn, den Kopf leicht zur Seite geneigt, mit dem entzückenden Lächeln ihrer Mutter an, als sei er der gute Onkel aus dem Märchen. Das Mädchen aus Arnheim, das nun in Utrecht Advocatengattin war, fiel ihm ein. Was hatte das liebe Geschöpf damals nicht alles für Geschichten erfunden, um sich mit ihm treffen zu können, und sei es nur für eine halbe Stunde gewesen.

»Ich verrate Sie nicht«, versprach er und empfahl sich wehmütig, nicht ohne ihr ein Tablett mit frischem Pistaziengehäcke aus der Conditorei im Vorderen Cirkel als Aufmerksamkeit für die werten Eltern anzukündigen.

»Ach, lieber Herr Major von Sandberg, Sie sind wunderbar, und wenn ich Ihnen noch einen Vorschlag machen dürfte: am besten zum 4. Februar. Die Mutter erzählte mir einmal in einem vertraulichen Gespräch, dass mein Vater an diesem Tag um ihre Hand angehalten habe. So könnte ich, falls nötig, sagen, ich hätte Sie darum gebeten, ein Präsent zu besorgen, daher Ihr ungebührlicher Besuch in Abwesenheit der Eltern. Auf die Dienstboten ist ja nicht immer Verlass, dass sie stillhalten.«

Fräulein Sophie ließ offen, ob sie befürchtete, dass die Dienstboten sich die Mäuler wegen seines Besuchs zerreißen und die Eltern davon erfahren oder dass die Mägde die Überraschung für die Eltern ausplaudern würden, wenn sie eines der Mädchen damit beauftragte. Auf jeden Fall, dachte von Sandberg, war nicht nur er, sondern auch Fräulein Sophie um Ausreden nicht verlegen.

Er atmete auf, als er nach dieser heiklen Visite wieder auf der Straße stand. Einerseits wusste er nun etwas mehr, andererseits war er genauso schlau wie vorher. Es dämmerte bereits, ein ungewöhnlich lauer Wind wehte durch die Straßen, der Schnee, der in der Nacht zuvor gefallen war, taute schon wieder. Die Gegend hier herum ist mild, dachte er, und er entsann sich mit einer gewissen Melancholie seiner Kindheit in Schweden, wo die Winter ewig gedauert hatten. Oder trog ihn sein Gedächtnis? Nein, bestimmt nicht. Sie hatten doch von Ende Oktober bis in den Mai hinein Schneeballschlachten veranstaltet, waren mit dem Schlitten täglich den Hügel hinterm Haus hinuntergesaust, und jedes Jahr gefror der See. Und dann war die Kindheit vorbei, und er ging zum Militär. So war es Familientradition.

»Schluss jetzt mit der Gefühlsduselei«, sagte er laut vor sich hin und gestattete sich einen tiefen Seufzer, denn insgeheim stellte er erstaunt fest, dass sie seiner Seele im Augenblick ganz guttaten, diese sentimentalen Wallungen. Aber er hatte eine Aufgabe … »und als alter Soldat wirst du sie erfüllen.«

Er verspürte Hunger. Seit dem Morgen bei Chirurgus Süßleben hatte er nichts mehr gegessen, und Pistazienbrötle, so sehr sie ihm auch geschmeckt hatten, ernährten nun mal auf Dauer keinen Mann. Aber zur »Tulpe« würde er heute nicht gehen. Dem Hofrat musste er jetzt nicht unbedingt begegnen. Morgen vielleicht oder übermorgen. Erst mal das Gespräch mit Fräulein Sophie verdauen und sich in Ruhe überlegen, was er ihrem Herrn Vater sagen wollte, wenn dieser mit seinen hartnäckigen Fragen käme. Der Mann war schließlich genauso eigensinnig wie das Töchterchen. Es stimmte schon, der Apfel fiel nicht weit vom Stamm. Wie hatte die verehrte Frau Groosin gesagt: Jedes Gerücht birgt ein Körnchen Wahrheit. Jedes Sprichwort anscheinend auch.

Nicht weit von der Wohnung der Groosens lag in der Waldhorngasse der »Schwarze Schwan«. Hin und wieder, wenn seine Zeit kurz bemessen und ihm der Weg zur »Tulpe« daher zu lang war, aß er dort. Der Wirt bot eine annehmbare Table d'Hôte. Gewiss kein Vergleich zu Guthschneiders vorzüglicher Cuisine, aber man durfte halt nicht wählerisch sein. Er stieß die Tür zur Gaststube auf und schnupperte. Rotkohl, scharf angebratene Zwiebeln. Speck und Bratwürste. Das ließ sich nicht schlecht an. Er trat ein und suchte nach einem freien Platz, als hinter ihm eine bekannte Stimme ertönte.

»Na, so was, der Herr Major.«

Er erstarrte, dann gab er sich einen Ruck und drehte sich um.

»Welche Überraschung, Sie hier zu sehen, Herr Hofrat. Welch freudige Überraschung«, zwang er sich hinzuzufügen. Was, zum Kuckuck, hatte Groos veranlasst, ausgerechnet heute Abend nicht in die »Tulpe« zu gehen?

Schon zeigte der Hofrat auf den freien Stuhl neben sich und winkte dem kleinen Servierbub. »Noch Teller und Besteck und ein Glas für den Herrn Major«, befahl er, und das Kind, wahrscheinlich der Sohn des Schwanenwirts, deutete einen Diener an und flitzte in die Küche. Von Sandberg blieb nichts anderes übrig, als Platz zu nehmen.

»Erlauben Sie, dass auch ich überrascht bin …«, sagte er und wusste nicht weiter. Aber Hofrat Groos war nicht anzusehen, ob er von Sandbergs Verlegenheit bemerkte. Auf seinem Gesicht erschien ein leicht erzwungenes Grienen.

»Fast könnte man meinen, wir hätten uns verabredet. Dabei habe ich erst vor einer halben Stunde beschlossen, heute nicht in der ›Tulpe‹ zu essen. Aber auch Sie, Verehrtester, sehen nicht so aus, als ob Sie per Zufall hier hereingeschneit wären. Womöglich sogar aus demselben Grund wie ich?« Die ungewöhnlich ernste Stimme des Hofrats bekam einen neugierigen Unterton.

»Ich war in der Nähe«, wich von Sandberg aus, »und als ich den Eindruck hatte, es könnte zu regnen anfangen, dachte ich, es wäre vielleicht besser, gleich hier einzukehren.«

Ein Tag voller Ausreden heute, dachte er, während er rätselte, um welchen »selben Grund« es sich handeln könne, von dem der Hofrat sprach. Um das Töchterchen wohl kaum. Die Liebe eines Fräulein Tochter zu einem Grenadier war kein Anlass, das Wirtshaus zu wechseln.

»Ihre Gründe kenne ich nicht«, fuhr von Sandberg fort, »aber ich versichere Ihnen, dass ich aus reiner Bequemlichkeit hier hereingeschneit bin.«

Der Hofrat wartete, bis der Wirtssohn von Sandberg Wein und Essen serviert hatte. Dann beugte er sich fast verschwörerisch vor. Sein Gesichtsausdruck schwankte zwischen Entrüstung, Häme und etwas, das von Sandberg nicht deuten konnte, vielleicht ein gewisses Beleidigtsein.

»Haben Sie es denn noch nicht gehört?«

»Was soll ich gehört haben?«

»Wirklich nicht?«

Groos nahm einen Schluck Wein, wie um sich Mut anzutrinken. »Na, vielleicht für alle Beteiligten das Beste so. Es soll ja auch nicht an die große Glocke gehängt werden. Obwohl ich diesem Menschen den Hals umdrehen könnte.«

Also doch? Jetzt wird er mir gleich die Affäre seiner Tochter mit Grenadier Abele um die Ohren schlagen und mir die Disziplinlosigkeit in der Truppe vorwerfen. Ich kann es ihm nicht verdenken. Ich bin nicht konsequent genug und lasse den

Männern immer noch viel zu viel durchgehen. Was Groos sich wohl ausgedacht hat, um das Fräulein Tochter aus der Schusslinie der Tratschweiber zu bekommen? Wird er sie weit weg ins Kloster Lichtenthal zu den Cistercienserinnen bringen? Eher nicht, die Groosens waren überzeugte Lutheraner. Dann also zu Verwandten, die möglichst weit weg wohnten.

Der Hofrat rückte noch ein wenig näher an ihn heran. Von Sandberg roch den Wein in dessen Atem und den aus dem Rockkragen aufsteigenden Lavendelduft.

»Stellen Sie sich vor …«, fing Groos an. Über seiner Nasenwurzel zeigten sich scharfe Unmutsfalten, von Sandberg glaubte, ihn gar mit den Zähnen knirschen zu hören. »Stellen Sie sich vor, der von mir bis dato hochgeschätzte Tulpenwirt, Monsieur Guthschneider – man sollte ihm in Zukunft die Führung dieses Namens verbieten! –, dieser Mensch, dessen Ruf bis auf den heutigen Tag unbescholten gewesen ist …«, Groosens Gesicht lief rot an, er musste einen Schluck Wein trinken, um sich zu beruhigen, »dieser Mensch hat dem markgräflichen Hof Katzenfleisch angedreht.«

Tief entrüstet lehnte Groos sich zurück, schoss aber sofort wieder vor. »Es soll jedoch nicht bekannt werden«, flüsterte er und blickte zu den Nachbartischen, ob auch niemand lauschte.

Von Sandberg hatte zu essen aufgehört. »Katzenfleisch? Dem Hof?«, echote er. »Woher wissen Sie das?«

»Pst, so reden Sie doch leiser! Unserer Köchin ihr Bruder ist Küchenknecht am Hof. Er hat es ihr erzählt …«

»Und Ihre Köchin hat es brühwarm –«

»Nein, nein, wo denken Sie hin! Meine Frau kam rein zufällig dazu, als die beiden darüber sprachen, und rief den Mann natürlich sofort zur Ordnung. Was ihm denn einfalle, solch unsägliche Gerüchte zu verbreiten. Er solle sich schämen. Aber er hat Stein und Bein geschworen, dass es stimme, dass die Hasenpasteten des Tulpenwirts in Wirklichkeit Katzenpasteten gewesen seien. Der Oberhofjäger habe es bestätigt.«

Katze, dachte von Sandberg, Katze in der Pastete für den Markgrafen? Was für eine Despektierlichkeit. Nun ja … in

Zeiten der Not, auf den Schlachtfeldern … Gut durchbraten, pflegte er seinen Soldaten zu raten, auf jeden Fall gut durchbraten. Doch er behielt die Empfehlung für sich, er sah ja, wie erschüttert Hofrat Groos war. Und Betrug war es natürlich allemal. Einem Markgrafen und seinen Gästen kredenzte man kein Katzenfleisch.

»Und warum soll es nicht publik werden?«, fragte er.

»Weil, als in der Küche der Verdacht aufkam, ein Teil der Pasteten bereits serviert war und Seine Durchlaucht und die Gäste der Soiree schon davon aßen. Und nicht nur das. Die Anwesenden und besonders der Markgraf lobten die Künste des Tulpenwirts in den höchsten Tönen. Nun stellen Sie sich vor, die Herrschaften hätten erfahren, was sie da im Begriff waren zu verspeisen. Es wäre ein Skandal, und die Damen wären reihenweise in Ohnmacht gefallen. Markgraf Carl Friedrich aber wäre auf Jahre hinaus der Lächerlichkeit preisgegeben. Hereingefallen auf Fleisch von streunenden Katzen und die betrügerischen Machenschaften eines Kochs. Allen Hofdienern, ohne Ausnahme, wurde mit sofortiger Entlassung gedroht, wenn nur ein Wort nach draußen dringt.«

»Aber einer schwätzt halt immer«, stellte von Sandberg nüchtern fest und schnitt sich ein Stück von seiner Bratwurst ab. Prüfend betrachtete er den Bissen auf seiner Gabel, dann schob er ihn sich achselzuckend in den Mund.

»Wann hat sich das mit der Hasen-, pardon: Katzenpastete herausgestellt? Und gehe ich recht in der Annahme, dass Sie genau seit dieser Zeit, verehrter Herr Hofrat, Ihren geliebten Hasen in der ›Tulpe‹ vermissen?« Er konnte nicht verhindern, dass seine Stimme leicht ironisch klang.

»Ziemlich genau seit dem Tag, an dem Ihr Grenadier ermordet wurde«, fauchte Groos und blickte ihn jetzt tatsächlich höchst vorwurfsvoll an, als ob der Mord schuld am Aussterben der Hasen sei. »Aber was noch viel schlimmer ist, Herr Major: Weiß ich, ob ich nicht schon all die Monate zuvor Katze für Hase gegessen habe? Pfui Teufel. Und nie habe ich beim Trinkgeld gespart. So ein Lump, dieser Guthschneider. Aber mich hat er zum letzten Mal bei sich gesehen. Womöglich macht er genauso weiter wie bisher, weil er sich an den fünf Fingern abzählen kann, dass die Hofküche alles vermeiden wird, damit die Sache nicht hochkocht.«

»Also dann, in Zukunft hier bei Bratwurst und Rotkraut«, schlug von Sandberg vor und empfahl sich. Er habe noch zu tun, ein Berg von Papier, der auf ihn warte. Und bevor der Hofrat nachfragen konnte, hatte der Major sich erhoben und winkte dem Schwanenwirt, um zu zahlen.

Fast war er dem Lump von Guthschneider dankbar, hatte dessen betrügerisches Handeln ihm doch fürs Erste das Gespräch über den Ausgang der Vernehmung seiner Soldaten erspart. Bis zum nächsten Essen mit Groos würde er eine harmlose Variante der Liebeständelei von Abele mit Groosens herzallerliebstem Töchterlein erfinden, eine, die alle Beteiligten schonte, ihn vor allem, damit der Hofrat nicht auf den Gedanken käme, er hätte seine Männer nicht im Griff. Von Sandberg trat hinaus auf die Straße. Kein Wölkchen am Himmel, von Regen keine Spur. Der Schlossturm glänzte im Abendlicht. Katzenfleisch! Für Seine Durchlaucht! Wirklich, eine Dreistigkeit. Und Guthschneiders Knecht war tot.

26

Zeit, über das Ungeheuerliche nachzudenken, was Christoph ihr erzählt hatte, blieb Madeleine nicht. Kaum war sie nach dem unerwarteten Zusammentreffen mit dem Kind zur Medicinalratswitwe gekommen, hatte die Köchin, sichtlich beglückt über die neue Hilfe, ihr ein Staubtuch in die Hand gedrückt.

»Du kannst dich gleich nützlich machen, der Schreiner stellt gerade die neuen Bücherschränke auf, es staubt überall. Bücher sind eine Pest.«

Und als sich Frau Wilde nach dem anstrengenden Räumvormittag und dem Mittagessen für einen kurzen Schlummer in ihr Zimmer zurückzog, nutzte die Köchin die Gunst der Stunde und wies Madeleine in die Geheimnisse des Haushalts ein. Gläser in die Vitrine, Teller, Tassen und Schüsseln mit dem breiten, blauen Rand ins Büfett, das gute Kaffeeservice mit dem gelbgrünen Rankenmuster in die Anrichte im Esszimmer. »Die Fenster putzen wir jeden zweiten Montag, den Küchenfußboden täglich, die anderen Böden sind alle zwei Tage dran, wenn keine Abendgesellschaft erwartet wird. Aber seit dem Tod des seligen Herrn Rat lädt Frau Wilde nur noch einmal im Monat zu ihrem Salon ein.« Die Köchin redete und redete, Madeleine wurde ganz wirr im Kopf. Wie sollte sie sich das alles nur merken? Besenkammer, Abtrittreinigung, Wasserholen, Silbertuch im Putzschränkchen, gleich daneben im Körbchen Scheuermittel und Korken, um rostige Messerklingen zu reinigen, freitags kam die Waschfrau, und »pass auf, im Esszimmer kommt dir immer die Türklinke entgegen, irgendwas ist gebrochen, wir warten auf den Schlosser«.

Madeleine war froh gewesen, als die Rätin sie gegen drei Uhr wieder in die Bibliothek gerufen hatte.

Stapel für Stapel wühlten sie sich durch die Bücher. Frau Wilde sortierte, katalogisierte, verteilte um und wieder um, und zwischendurch fragte sich Madeleine, warum die Rätin sich so viel Mühe machte, wo ihr Mann doch schon zehn Jahre tot war, wie die Köchin erzählt hatte.

»Deutschsprachige Bände zu deutschsprachigen und französische zu französischen, oder nach Sujets und dann innerhalb eines Themas nach Sprachen?«, fragte Frau Wilde sie, aber sie konnte ihr nicht raten.

»Und wohin gehören übersetzte Texte? Ich hätte vielleicht doch den Hofbibliothekar bitten sollen, das für mich zu erledigen. Aber der selige Rat ließ ungern Fremde in sein Studierzimmer. Er war zweimal beklaut worden. Von da an half ich ihm, wenn neue Bücherkisten eintrafen, und zum Schluss überließ er mir seine ganzen Schätze. ›Du kümmerst dich besser drum als jeder Sekretär‹, sagte er immer. Ich habe es auch gern getan. Und viel gelernt dabei. Wusstest du, dass siebzehnvierundfünzig in Halle eine Frau, eine gewisse Dorothea Leporin, ein Doktorexamen abgelegt hat und bis zu ihrem Tod als Ärztin arbeitete? Ich erinnere mich genau daran, wie der selige Rat davon berichtete. Ich war zweiunddreißig und bewunderte die Frau sehr. Sie veröffentlichte auch eine Untersuchung über die Gelehrtheit des weiblichen Geschlechts. Wo habe ich den Band jetzt nur in diesem Durcheinander hingelegt? Aber wir werden ihn finden, und dann gebe ich ihn dir.«

Sie arbeiteten, bis es dunkel wurde im Raum und die Titel auf den Folianten kaum noch zu erkennen waren.

»Geh«, bat die Rätin, »hol den großen Leuchter aus dem Esszimmer und das Büchlein, das dort auf dem Tisch liegt, ich möchte heute hier zu Abend essen.«

Nie zuvor hatte Madeleine etwas anderes gelesen als Gebete, Bibelerzählungen und fromme Sprüche. Romane waren ihr fremd, der Text verstörte sie. Auch ihre Stimme, die ihr dünn und hohl in den Ohren klang. Und doch war es irgendwie aufregend, was da stand:

»›… ich – hob meine halb ohnmächtige Sternheim triumphierend auf, drückte sie das erste Mal in meine Arme, und küsste den schönsten Mund, den meine Lippen jemals berührten.‹«

Ob die Nonno sie hätte gehen lassen, wenn sie geahnt hätte, was für Geschichten im Haushalt der Medicinalratswitwe gelesen wurden?

»Du siehst angestrengt aus, Madeleine, ich habe dir für den ersten Tag zu viel zugemutet …«

»Nein, nein …« Madeleine stotterte. »Es ist nur, dass ich nicht daran gewöhnt bin, auf Deutsch zu lesen. Ich weiß nicht, ob ich die Wörter richtig ausspreche, und alles verstehe ich auch nicht.«

»Du liest gut, dir fehlt nur ein wenig Übung, aber das kommt mit der Zeit. Und wenn du ein Wort nicht kennst, frag mich. Trotzdem machen wir jetzt Schluss, für heute hast du genug gearbeitet. Und dann noch die neue Umgebung. Ich weiß, wie es mir ergangen ist, als ich jung und zum Lernen ins Kloster geschickt worden war. Wochenlang habe ich das Kopfkissen nass geweint. Bis meine Mutter Mitleid hatte und erlaubte, dass ich gemeinsam mit meinen Brüdern von einem Hauslehrer unterrichtet wurde. Es braucht lang, bis man sich an eine fremde Umgebung und an ein fremdes Bett gewöhnt.«

»Das ist es nicht«, wich Madeleine aus. »Mir fiel nur ein, was mir heute Morgen der Wächter am Stadttor erzählt hat, dass jemand umgebracht worden sein soll. Direkt vor dem Schloss …?«

»Ja, ein Grenadier, am Freitagabend, und in der nächsten Nacht gleich noch ein Mann, vom Tulpenwirt der Knecht. Aber du musst keine Angst haben, Carlsruhe ist eine friedliche Stadt, ich weiß auch nicht, was da passiert ist.«

»Und wer hat das getan?«

»Du meinst, ob der Mörder in beiden Fällen derselbe ist? Ich kann es dir nicht sagen.«

Die Rätin zögerte, bevor sie weitersprach: »Manche meinen, dass der Straßenfeger aus Klein-Carlsruhe den Soldaten umgebracht hat. Man hat ihn in der Nähe des Toten aufgegriffen, heißt es …«, wieder stockte sie, »aber dann ist er wohl entkommen, das macht ihn natürlich verdächtig. Du hast diesen Menschen bestimmt schon mal gesehen. Er fegt immer den

Markt, wenn die Stände abgebaut werden. Doch wahrscheinlich hast du nicht auf ihn geachtet.«

»Ich weiß, wen Ihr meint«, sagte Madeleine zaghaft und wusste nicht, ob sie die Medicinalratswitwe wie zu Hause die Maïre und die Nonno mit Ihr ansprechen sollte, oder ob man in der Residenz Sie sagte. Bisher hatte sie jede direkte Anrede vermieden. Doch die Rätin schien nicht darauf geachtet zu haben. Sie schaute zur Wand über der Anrichte, wo verschiedene Scherenschnitte hingen und daneben ein kleines Gemälde mit dem Kopf eines Mannes, vielleicht des seligen Herrn Rats.

»Ignatz«, fing Frau Wilde wieder an, »ist ein völlig unscheinbarer Mensch. Nein, nicht unscheinbar, das ist das falsche Wort. Unauffällig würde es besser treffen. Unauffällig und, fast möchte ich sagen, lautlos.« Sie überlegte kurz, lachte leise. »Meistens jedenfalls«, fügte sie hinzu, wurde aber sofort wieder ernst. »Aber auf Ignatz selbst trifft das Wort wohl zu, lautlos. Er scheint die Welt völlig ohne Laute zu erleben. Nicht einmal die Glocken der Hofkapelle höre er, selbst wenn er genau danebenstehe. So hat es zumindest sein Vater seinerzeit meinem seligen Mann erzählt. Georg Kemmeler, so hieß der Vater, hat damals beim Bau dieses Hauses mitgearbeitet. Ein anständiger, fleißiger Mensch. Er brachte den Jungen jeden Tag mit, ließ ihn nicht aus den Augen, und der Bub war stolz, helfen zu dürfen. Und wie er half! Schleppte Steine und Holz und besorgte das Essen für die Handwerker. Er war der Erste, der merkte, dass einer von ihnen einen Sonnenstich hatte und umgekippt war. Er hat ihm vielleicht das Leben gerettet. Ignatz und sein Vater unterhielten sich mit Gebärden, mein Mann beobachtete die beiden oft. Der selige Rat hatte in Paris einen gewissen Abbé de l'Epée kennengelernt und erlebt, wie dieser zwei taube Schwestern unterrichtete. Er war vom Erfolg so beeindruckt gewesen, dass er Ignatz unbedingt zu diesem Abbé bringen wollte, insbesondere nachdem Georg Kemmeler gestorben war. Aber es kam nicht mehr dazu. Auch mein Mann verschied kurze Zeit darauf. Schlagfluss.«

Eine der Kerzen im Halter am Fenster zischelte und erlosch.

Irritiert hielt die Rätin inne, lachte ungläubig. »Man könnte meinen, der Herr Rat hat sich gemeldet und will uns etwas sagen.«

Madeleine lief ein Schauer über den Rücken. Schnell stand sie auf, um aus der oberen Schublade der Anrichte eine neue Kerze zu holen.

»Und dann?«, wagte sie zu fragen, während sie den Docht entzündete.

Wieder schaute die Rätin hinüber zu dem Porträt an der Wand.

»Ich hätte mich weiter um das Kind kümmern sollen«, sagte sie und redete mehr für sich als zu ihr. »Aber ich hatte eine kleine Tochter, die sehr krank war. Über meine eigenen Sorgen vergaß ich den Jungen. Ich sah ihn erst wieder, als er anfing, die Straßen zu kehren. Er wirkte zufrieden, und die Leute haben freundlich von ihm gesprochen. Man könne ihm getrost Haus, Hof und Ställe anvertrauen, hieß es, er würde alles in kürzester Zeit gewissenhaft entmisten und Ordnung schaffen.«

Sie schwieg, schaute in die neue Kerze auf dem Fensterbrett.

»Und jetzt soll er einen Menschen umgebracht haben?«, brach es aus ihr heraus. »Ich glaube es nicht. Natürlich, man weiß es nie, aber ich will es nicht glauben«, sagte sie unerwartet heftig.

»Ist dieser Straßenkehrer denn nicht …« Madeleine spürte, wie sie rot wurde. »Ich meine, man sagt doch, dass solche Menschen … also Taube … dass sie nicht richtig im Kopf …«

»Ich weiß nicht, was die Ärzte gemeinhin sagen, mein Kind, aber mein seliger Mann hat mir versichert, dass sie nicht dümmer sind als andere Menschen, dass sie lesen und schreiben lernen, wenn man sich die Mühe macht, sie darin zu unterrichten, nur dass ihre Sprache halt eine Sprache von Zeichen und Gebärden ist, mit denen sie alles ausdrücken, was sie ausdrücken wollen. Mein seliger Mann hatte auch von einem Hofmaler gehört, der im letzten Jahrhundert oben im Norden am Meer lebte, taub und stumm war, verschiedenen

Fürsten diente und großartige Gemälde schuf. Heimbach hat er, glaube ich, geheißen, Wolfgang Heimbach«, setzte sie fast angriffslustig hinzu.

Madeleine schämte sich. Als hätte sie eine Sünde begangen.

Zuerst war es kaum zu hören, ein zittriges Klingeln, von dem Madeleine nicht wusste, woher es kam und was es bedeutete. Sie blickte zur Medicinalrätin, doch diese schien es nicht mitbekommen zu haben. Wahrscheinlich hatte nur das kleine Kommodenührchen im Zimmer nebenan geschlagen, das Frau Wilde so vertraut war, dass sie schon gar nicht mehr darauf achtete.

Dann aber wiederholte sich das Klingeln, heftiger als zuvor, andauernder, und zugleich bummerte es laut am Eingangstor. Madeleine war aufgesprungen.

»Wer kann das sein, um diese Uhrzeit?«, wunderte sich auch die Rätin und trat ans Fenster, um auf die Straße zu sehen, als die Schelle schon wieder anschlug.

»Geh nachschauen, wer da ist, aber frag vorher, bevor du aufmachst!«

Madeleine hatte Angst. Wenn jemand das Tor aufbräche …

Auf Zehenspitzen schlich sie zum Eingang. Wieder klopfte es, wenn auch jetzt leiser, fast resigniert. Jemand schluchzte.

»Wer ist denn da?«

»Madlän?«

»Christoph?«

Sie riss die schmale Schlupfpforte im großen Tor auf.

»Kennst du den Jungen?« Die Rätin war neben sie getreten.

Vom Hinterhaus kam, die Nachtmütze auf dem Kopf, Zinngießer Schierer angelaufen. »Was ist denn hier los?«

Christoph drehte sich zur Seite, als fürchtete er, geschlagen zu werden, aber er wich nicht von der Stelle.

»Dem Lümmel gehört 'ne Tracht Prügel. Um diese Zeit andere Leut erschrecke …«, polterte der Zinngießer und schickte sich an, die Ärmel seines Schlafrocks hochzukrempeln. Aber die Rätin funkelte ihn gebieterisch an.

»Hier wird nicht geschlagen. Und du, Kind, komm rein,

sonst haben wir gleich die halbe Nachbarschaft vor dem Haus stehen.«

Bruttelnd verzog sich Schierer, Madeleine schloss das Türchen, nachdem sie sich vergewissert hatte, dass sonst niemand auf der Straße war.

»Ich kenn dich doch«, stellte die Rätin fest, als sie sich den Jungen jetzt im Licht der Flurkerze besah. »Du hilfst manchmal dem Ignatz. Was willst du?«

»Sie hat g'sagt, ich kann zu ihr komme, wenn ich Hilfe brauch«, stotterte Christoph verschüchtert und deutete mit dem Kinn auf Madeleine. »Und jetzt brauch ich Hilfe, der Ignatz schickt mich.«

»Wo ist er?«

»Des darf ich net verraade.«

»Und was will er?«

»Papier und Stifte braucht er. Und er will mit dem Mann mit der Uniform sprechen. Ich weiß net, was der isch, General oder Major oder Offizier ...«

»Du meinst Major von Sandberg?«, unterbrach ihn die Medicinalrätin. »Der versucht hat, Ignatz zu verhören?«

»Hat der dünne Lippen?«, fragte Christoph zurück und bemühte sich, so vornehm zu sprechen wie die Rätin.

»Die hat er, in der Tat.« Frau Wilde amüsierte sich. Madeleine folgte verwundert dem Gespräch der beiden.

»Dann isch's, dann isch es der Richtige.« Christoph nickte heftig. »Dem will er nämlich was zeigen. Ein Haus oder eine Hütte, und neben dem Haus, sagt der Ignatz, liegt ein Toter. Ich hab net alles verstande, was er mir erklärt hat, nur, dass er unbedingt mit dem Major spreche muss. Ich weiß aber net, wo ich den Major suchen soll, und deshalb wollt ich die Madlän fragen, dass sie mir hilft, dass ich ihn find. Un dann muss ja auch jemand für den Ignatz reden, dass der Mann ihn net gleich widder einsperrt.«

Als die Standuhr im Flur mit einem schabenden Gekrächz zum Schlag ansetzte, fuhr Madeleine zusammen, der Muskel unter Christophs verstümmeltem Auge fing zu pochen an.

»Ich glaube«, bemerkte die Medicinalrätin trocken, »wir können jetzt alle etwas zur Stärkung gebrauchen. Mach das Feuer in der Küche noch mal an, Madeleine, und setz Wasser auf. Und dann überlegen wir, was zu tun ist. Wo wohnst du?«, fragte sie den Buben.

»Am Landgrabe, auf der Insel.«

»Und weiß deine Mutter, wo du dich rumtreibst?«

»Ich hab kei Mutter mehr, ich wohn bei der Großmutter.«

»Madeleine, pass den Nachtwächter ab, er soll der Frau Bescheid geben, wo der Junge ist. Damit sie sich nicht unnötig Sorgen macht.«

27

Dienstag, den 28ten Januarij 1772

Er solle zu Medicinalrätin Wilde in den Inneren Cirkel kommen, umgehend, richtete ihm der Bote aus, der am Morgen an die Tür seines Amtszimmers klopfte und ihn vom Schreibtisch hochscheuchte. Ein »Bitte« hörte von Sandberg nicht. Oder lag es am schroffen Ton des Überbringers, dass das Ersuchen der Witwe ihm mehr wie ein Befehl klang? Jedem anderen außer seinem General und dem Markgrafen hätte er umgehend eine Abfuhr erteilt. Zumindest jedem anderen männlichen Wesen. Aber Frau Wilde war eine Dame, und sie galt etwas in der Carlsruher Gesellschaft, daran hatte der Tod des Medicinalrats nichts geändert. Im Gegenteil. Sie wurde geachtet und verehrt, weil sie vielversprechende mittellose Herren Schüler förderte, die Medizin studieren wollten und dafür in eine andere Stadt ziehen mussten. Und sie hatte zur allgemeinen Erbauung den »Kreis um Polymatheia« gegründet, eine Gesellschaft des gelehrten Lesens, der allen, Arm und Reich, Männern und Frauen, offenstand. Selbstredend gehörten Hofrat Groos und seine Damen zu den Mitgliedern, und wann immer es sein Dienst erlaubte, schloss er sich ihnen an. Auch er schätzte die Rätin.

Aber nicht morgens um diese Uhrzeit. Frau Wildes vorgeblich brandeilige Bitte brachte seinen gesamten Tagesablauf durcheinander, und von Sandberg ließ eine Stunde verstreichen, bis er sich auf den Weg zu ihr machte.

Sie empfing ihn mit einem reizenden Lächeln der Entschuldigung, was ihn verwirrte und zu seinem Befremden versöhnlich stimmte, und kam ohne Umstände sofort zur Sache: »Sie suchen doch Ignatz Kemmeler, den Straßenkehrer, nicht wahr?«

Da hatte er seine Männer in alle Himmelsrichtungen ausgesandt, hatte die Dörfer und Gehöfte der Umgebung durchforsten lassen, und hier stand der Kerl vor ihm, in einem ordentlichen Rock, die Haare frisch gewaschen, noch nass glänzend, nur die Schuhe waren nicht gesellschaftsfähig. Neben ihm, wie um ihn zu verteidigen, ein knurrender wolfsgrauer Köter mit weißen Pfoten und ein Kind, das er sofort wiedererkannte.

»Wieso?«, war alles, was er herausbekam. Er fühlte sich wie ein Schulbub, dem der Lehrer gerade höhnisch verkündete, dass er die Rechenaufgabe, von der er doch überzeugt war, er habe sie mit Bravour gemeistert, verhauen hatte. Und jetzt grinste dieser einäugige Bengel auch noch selbstzufrieden.

»Ignatz muss Ihnen etwas mitteilen«, begann Frau Wilde, während das junge Mädchen, das ihm als Mademoiselle Madeleine vorgestellt worden war, mit verschlossener Miene Kaffee einschenkte und dazu Zwieback servierte, der betörend nach Anis und Rosenwasser duftete. Das Gesicht des Mädchens sagte ihm etwas, aber er konnte sich beim besten Willen nicht entsinnen, wo er sie schon einmal gesehen hatte.

Es wurde mucksmäuschenstill im Zimmer, als Ignatz sich jetzt auf den Wink der Rätin hin an den Tisch setzte, auf dem Papiere und ein Stift lagen. Man hätte ein Blatt durch die Luft segeln hören können, wäre es in diesem Augenblick zu Boden geflogen.

Zuerst zögerte der Straßenfeger, schaute unschlüssig zu Frau Wilde und kurz zu Mademoiselle, dann aber griff er nach einem ersten Stück Papier und malte, ohne zu zittern oder abzusetzen, eine Linie von einem Rand zum anderen. Die Enden markierte er mit je einem kleinen Bogen. Von dieser waagrechten Linie zog er neun Striche fächerförmig hoch zu einem Kreis am oberen Blattrand. Dorthinein setzte er ein turmähnliches Gebilde und rechts und links daneben längliche Rechtecke.

Der Schlossplatz, bedeutete der Straßenfeger und ließ seine einander zugewandten Handflächen die unsichtbaren Mauern eines Turms emporgleiten. Dann tippte er sich mit der Rechten auf den Kopf, eine Geste, die von Sandberg erst begriff, als Frau Wilde eine Fünfkreuzermünze mit dem Porträt des Markgrafen aus ihrem Geldbeutel holte und sie dem Straßenkehrer gab. Der nahm das Geldstück mit zustimmendem Nicken und platzierte es auf den gemalten Turm. Das Antlitz des Fürsten schaute nach oben.

Von Sandberg konnte es kaum glauben. Dieser Mensch, der nie eine Schule von innen gesehen hatte, brachte es fertig, den Plan von Carlsruhe so auf Papier zu bringen, dass die Details sofort erkennbar waren, die Lange Straße mit dem Durlacher Thor im Osten und dem Mühlburger im Westen, die strahlenförmigen Gassen, die aufs Schloss zuliefen, das Schloss selbst mit Turm und Flügelgebäuden. Und die Hand des Hörlosen auf seinem Kopf bedeutete »Markgraf«.

Ignatz nahm ein neues Blatt und schaute ihn jetzt direkt an, zwang ihn geradezu, seinen Blicken und Gesten zu folgen. Das hier, bedeutete der Hörlose und malte auf die weiße Fläche einen neuen großen Kreis, ist noch einmal der Schlossplatz. Dorthinein zeichnete er Wege, Büsche, Hecken.

»Und hier ist der Ignatz mit seinem Besen.« Christoph tippte auf einen kurzen Strich, der in einer Art Borstenbündel endete. Der Junge flüsterte, als würden laute Worte den Zeichnenden in seiner Konzentration stören. »Und da«, fuhr er fort und deutete auf zwei Strichmännchen in einiger Entfernung, »streiten sich zwei, ein Soldat mit hoher Mütze und ein anderer Mann. Der andere Mann läuft weg, Ignatz geht zu der Stelle, aber der Soldat ist tot.«

Während der Bub redete, zeigte Ignatz abwechselnd auf die Figuren, auf den Besenstiel, auf sich, mimte mit den Fingern: kämpfen, laufen, rennen.

»Ist das wahr? Erzählst du uns auch keine Märchen?«

Von Sandberg packte den Straßenfeger am Arm. Lüg mich nicht an, hätte er am liebsten geschrien. »Sag die Wahrheit!«, presste er zwischen den Zähnen hervor, zweimal, dreimal. Jedes Mal lauter und heftiger. Unbewusst fuchtelte er mit seinen Händen in der Luft herum, vielleicht nützte es ja etwas. Zugleich deutete er auf die Zeichnung und machte eine ungelenke Handbewegung, von der er nicht wusste, ob das, was er damit sagen wollte, bei Ignatz ankam.

Der Hörlose gab nicht zu erkennen, ob er begriffen hatte. Er nahm ein drittes Blatt Papier und malte ein Gebäude darauf, ein Häuschen ohne Dach, ohne Fenster, nur mit einer Tür. Dann wickelte er aus einem Tuch ein Messer und legte es auf die Skizze. Dazu Knochen und ein Stück Fell. Katzenfell. Von Sandberg blieb der Mund offen stehen. Glänzendes, getigertes Katzenfell. Mademoiselle Madeleine, die aufmerksam zugeschaut hatte, wurde blass.

»Das ist die Stelle, wo des Häusle steht.« Christoph deutete auf den dicken Punkt, den Ignatz eben auf seinem zuerst gemalten Blatt in das vierte Sträßchen vom Mühlburger Thor aus eingezeichnet hatte. Sein Zeigefinger flog zwischen Blatt drei und Blatt eins hin und her: Häuschen – Punkt, Punkt – Häuschen.

»Die Lammgasse«, murmelte von Sandberg.

»Und dort liegt 'ne Leiche«, sagte Christoph, während Ignatz eben auf der Zeichnung ein liegendes Strichmännchen malte.

Häuser, Nachbarn, Verkehr und mittendrin ein zugemüllter Bauplatz. Von Sandberg schielte argwöhnisch zu Stadtchirurgus Süßleben, den er vorsichtshalber hatte rufen lassen ebenso wie ein halbes Dutzend Männer seines Regiments, die mit Hacken und Schaufeln bewaffnet waren. Von Hofrat Groos wusste er, dass dieser heute nach Mannheim fahren und erst in ein paar Tagen zurück sein wollte. Der Major war nicht unglücklich darüber, ersparte es ihm doch vorerst unliebsame Fragen nach seinen Soldaten. Am Ende hatte die Kneipenprügelei vielleicht doch nichts mit dem Mord zu tun, und er könnte die unselige Liebschaft zwischen dem Grenadier Abele und Fräulein Sophie stillschweigend unter den Tisch fallen lassen. Eigentlich ein hübsches Paar, die beiden, so bei Licht besehen. Dagegen war der Pianist ja doch ein recht farbloser und langweiliger Zeitgenosse. Mit seinem Tastengeklimpere dürfte der unbedarfte junge Mann wohl ohnehin kaum in der Lage sein, eine Familie zu ernähren.

Stadtchirurgus Süßleben und der reserviert dreinblickenden Mademoiselle Madeleine schien der Ort ebenfalls suspekt. Nur gut, dass die Medicinalratswitwe auf die Besichtigung der Örtlichkeit von vornherein verzichtet hatte.

»Ich sorge lieber für eine heiße Suppe, wenn Sie später alle hungrig und durchfroren zurückkommen und mir Bericht erstatten. Sie kommen doch zurück?«, hatte sie sich noch vergewissert.

Einzig der Bub, dieser einäugige Christoph, rannte unverdrossen neben dem Hörlosen her und schien an dessen Aussage nicht zu zweifeln.

Aussage. Von Sandberg stolperte über das Wort. Konnte man Ignatz' Mimik und Fingerzeichen, seine Gebärden und die zugegeben verständlichen, aber letztlich doch laienhaften Skizzen als Aussage bezeichnen? Müsste man es nicht besser Beschreibung nennen, Ausführung, Mitteilung, Demonstration, Darlegung? Man müsste darüber nachdenken. Was wohl die Rätin dazu meinte? Er sollte sie einmal bei einem ihrer nächsten Salonabende darauf ansprechen. Es könnte ein aufschlussreiches Gespräch werden.

Vor dem Zaun am Ende des Grundstücks kläffte Ignatz' Köter. Der Hörlose gab dem Tier ein Zeichen. Von Sandberg bemerkte erstaunt, wie der Hund jetzt die Schnauze zwischen zwei Latten steckte und sie in Bodennähe auseinanderschob. Ignatz hängte beide Streben aus, und mit wenigen Handgriffen erweiterten von Sandbergs Männer die Lücke, sodass sie alle einer nach dem anderen bequem hindurchschlüpfen konnten. Nur ein wenig die Köpfe einziehen mussten sie, und er ließ es sich nicht nehmen, als Letzter Mademoiselle die Hand zu reichen, damit sie mit ihrem ausladenden Rock nirgends hängen blieb und sich gar eine Dreiangel ins Kleid riss. Sie nahm die Hilfe an, wenn auch mit noch immer unnahbarer Miene. Wenn er nur wüsste, was er ihr getan hatte.

Als er sah, dass von der Lammgasse die ersten Neugierigen

angelaufen kamen, Kinder, ein alter Mann, ein paar Weiber, stellte er zwei seiner Leute zur Wache ab. Noch einmal durfte er einen verdächtigen Ort nicht ohne Aufsicht lassen.

»Dass mir niemand hier durchkommt!«

Dann folgte er Ignatz, der vorangegangen war.

Die Erdaufschüttung fiel ihm sofort ins Auge, ein Hügel wie über den Gräbern, die er in dem kalten November 1757 geholfen hatte auszuheben, um Kameraden, welche bei der Schlacht von Roßbach an der Saale ihr Leben gelassen hatten, halbwegs würdevoll zu bestatten. Er verglich Ignatz' zuletzt gefertigte Skizze mit dem Gelände vor sich. Und wieder konnte er nur staunen: Dieser Bursche, dieser hörlose Mensch, war ein verdammt guter Beobachter. Ein Späher, dachte er.

Langsam, Sandberg, lob ihn nicht zu früh. Noch hast du keinen Beweis, dass der Kerl nicht der Mörder des Simon Sobringer ist.

Da gab der Hund Laut.

»Zwei Mann graben hier«, befahl er erregt, als er sah, wie das Tier zu wühlen anfing, »die beiden anderen brechen die Tür zur Hütte auf!«

Der Verwesungsgeruch drinnen verschlug ihm den Atem.

»Guthschneider seine Katzenschlachtbank«, murmelte er und pfiff scharf durch die Zähne.

»Wie meinen Sie das, Guthschneiders Schlachtbank?«, fragte der Stadtchirurgus, der ihm neugierig über die Schultern blickte. »Und wieso Katzen?«

»Sie wissen nichts von dem Skandal um Guthschneiders Hasenpastete am Hof?«

»Nein, ich bedauere, was hat es damit auf sich?«

Von Sandberg überlegte, wie er Süßleben die Geschichte erklären sollte, ohne dem Ansehen des Markgrafen zu schaden, als er auf dem Boden unterm Tisch, ein wenig versteckt hinter einem Korb mit Tierfellen, etwas liegen sah. Er bückte sich, hob den Gegenstand auf und drehte ihn hin und her.

»Was ist das?«, fragte der Arzt.

»Offensichtlich ein Lederriemen.«

»Ja, und …?«

»Ein Riemen, wie er für den korrekten Sitz von Uniformgamaschen unter den Schuhen benutzt wird. Schauen Sie …!« Von Sandberg hielt sein linkes Bein in die Höhe und verglich den gefundenen Riemen mit denen unter seiner Schuhsohle. Die gleiche Farbe, das gleiche Material.

»Aber Sie sagten doch: Guthschneiders Schlachtbank«, warf Süßleben ein, während er geflissentlich das Lederstück beäugte. »Der Tulpenwirt ist doch kein Soldat und trägt daher meiner bescheidenen Meinung nach keine Gamaschen.«

»Genau das ist der Punkt, Verehrtester.« Von Sandberg rieb sich das Kinn, morgen musste er unbedingt zum Barbier.

»Vor einiger Zeit, ich versuche gerade zu rekonstruieren, wann genau das war«, fuhr er fort, »musste ich Grenadier Sobringer, unseren Simon Sobringer, darauf hinweisen, dass seine linke Gamasche nicht korrekt saß. Der Riemen war abgerissen, ob er es nicht bemerkt habe? Er bat um Nachsicht, es sei ihm entgangen und würde nicht wieder vorkommen. Da Sobringer normalerweise fast schon übertrieben penibel auf sein Äußeres geachtet hatte, habe ich mich mit seiner Antwort zufrieden gegeben. Was hätte ich denn auch sonst sagen sollen? So was kann immer mal passieren.«

»Wollen Sie damit sagen, dass Ihr Grenadier hier gewesen ist?«

»Es sieht ganz danach aus. Und jetzt frage ich Sie, haben Sobringer und unser liebenswürdiger Wirt gemeinsame Sache gemacht?« Er deutete auf den Korb mit den vier oder fünf Katzenbälgen darin.

Wieder schaute ihn der Stadtchirurgus fragend an. »Ich versteh's immer noch nicht. Was hat Guthschneider mit Katzen zu tun?«

Ungeduldig winkte von Sandberg ab. »Ich verrat's Ihnen später. Bei Bratwurst, Rotkraut und einem Schoppen im ›Schwarzen Schwan‹. Christoph!«, rief er dann den Jungen. »Frag Ignatz, ob er weiß, wer hier am Werk war.«

Für einen winzigen Moment gab es ihm einen Stich, dass er, von Sandberg, Major im markgräflichen baden-durlachischen Leibgrenadierregiment, auf die Hilfe eines tauben Straßenkehrers und eines einäugigen Rotzbengels angewiesen war. Doch dann fesselte das beredte Gebärdenspiel der ungleichen Freunde seine Aufmerksamkeit. Mit einem Mal kam ihm das dumme Pack gar nicht mehr so dumm vor. Er versuchte, in Ignatz' Gesten, Mimik und Augen zu lesen, ohne allerdings viel zu verstehen. Aber das Gesicht des Hörlosen erschien ihm nicht mehr verzerrt und grimassenhaft, sondern von heller Lebendigkeit, beredt, aussagekräftig. Selbst die Lippen des Straßenkehrers öffneten und schlossen sich fein und weich, als spräche der junge Mann. Über seinem Kopf bildete Ignatz mit den Händen einen hohen Hut in der Form der Kopfbedeckung der Grenadiere.

»Der Sobringer war hier am Werk, Herr Major«, hörte er hinter sich Mademoiselle Madeleine leise sagen, »der Grenadier Simon Sobringer.«

Er drehte sich zu ihr um. Der bestialische Geruch im Raum schien die junge Frau nicht zu stören. Sie hielt ihm den Muff entgegen, in dem sie ihre Hände wärmte. Die eine Hälfte bestand aus grauschwarzem Katzenpelz.

»Dieses Stück hier, Herr Major, hat mir der Grenadier geschenkt. Als er noch lebte. Ich habe ihn gefragt, woher er das Fell hat, aber er sagte, ich soll nicht so neugierig sein. Da hab ich's genommen und mich gefreut und mir den Muff genäht.«

Während die junge Frau redete, verfärbte sich ihr Gesicht tiefrot, und sie senkte den Blick.

»Herr Major«, kam in diesem Augenblick einer der Soldaten von draußen hereingestürmt, »gestatten, mer habbe die Leich.«

28

»Wer hätte gedacht, dass ich an einem heiligen Dienstagnachmittag zu solchen Genüssen kommen werde«, sagte Stadtchirurgus Süßleben. Es klang fast andächtig.

»Nein, nein, es ist gar nichts Besonderes«, wehrte Rätin Wilde ab. »Nur eine kräftige Graupensuppe …«

»… mit Speck, Rindfleisch, Würschtle, geräuchertem Aal«, zählte der Arzt auf und ließ seine Augen über den üppig gedeckten Tisch schweifen. »Und was ist das hier, Hase oder Katze?«

Alles lachte, selbst Ignatz schien die Frage verstanden zu haben und verzog das Gesicht zu einem zurückhaltenden Grinsen. Nur Frau Wilde schaute verunsichert.

»Das will ich doch nicht hoffen«, sagte sie, »in der Fleischbank haben sie es der Köchin für Hirsch verkauft.«

»Das dürfte man ja nun wirklich am Geschmack unterscheiden können«, bemerkte von Sandberg belustigt und nahm am Kopfende des Tisches Platz, worum die Rätin ihn gebeten hatte.

»Und du, Christoph, kommst hierher zu mir«, rief diese, noch immer irritiert, dem Kind zu, »und Ignatz setzt sich neben dich. Sag ihm, wenn der Hund ruhig unterm Stuhl liegen bleibt, habe ich nichts dagegen. Sonst muss er vor die Tür.«

»Wirklich eine Festtafel«, bemerkte von Sandberg. Er nieste zur Bestätigung.

»Gesundheit, Herr Major, Sie werden sich doch nicht erkältet haben dort draußen? Es hat ja lange gedauert. Ich dachte schon, Sie kommen gar nicht mehr, und ich muss die Suppe allein essen. Aber nun fangen Sie an, bedienen Sie sich. Madeleine, würdest du bitte die Schüsseln herumreichen? Und dann erzählen Sie endlich, werter Herr Major, ich sterbe vor Neugier.«

Wieder musste von Sandberg niesen, es hörte gar nicht mehr

auf, sodass Frau Wilde, die ihm gegenübersaß, ihn besorgt anblickte.

»Christoph, lauf in die Küche. Die Köchin soll Wein heiß machen, mit den guten Kräutern darin. Sie weiß dann schon.«

Von Sandberg war gerührt, er erinnerte sich nicht, dass sich jemals irgendjemand um ihn und sein Befinden gesorgt hatte, außer vielleicht die Mutter oder die Amme, als er noch in den Windeln lag. Und das Mädchen, das einen Utrechter Advocaten geheiratet hatte. Ob es noch manchmal an ihn dachte?

Schon wieder nieste er, er musste sich wirklich einen Katarrh zugezogen haben, warum sonst wäre er mit einem Mal so schwermütig? Dummer Esel.

Als die dampfende Medizin kam, trank er in kleinen Schlucken.

»Und der Arzt in mir empfiehlt Ihnen jetzt, schleunigst zu essen, sonst ist die Terrine leer und das Fleisch weg, und das wäre gar zu schade«, empfahl Süßleben neben ihm mit vollem Mund.

Mit dem Kaffee am Schluss der Mahlzeit spürte von Sandberg seine Lebensgeister zurückkommen. Nur noch ein Mandelbrötle, dann begann er: »Wir waren uns nicht sicher, wer dieser dritte Tote ist …«

»… aber eigentlich haben wir gleich den richtigen Riecher gehabt.« Süßleben prostete ihm vergnügt zu.

Missmutig runzelte von Sandberg die Stirn. »Wollen Sie weitererzählen, Herr Stadtchirurgus? Bitte schön, nur zu!«

»O nein, Gott bewahre, Herr Major, das würde ich mir nie erlauben. Die Ehre steht Ihnen zu.«

Der Arzt schien äußerst aufgeräumter Stimmung zu sein und versuchte jetzt schon zum dritten Mal, Mademoiselle Madeleine an seiner linken Seite ein Gläschen Likör aufzuschwatzen, allerdings vergeblich.

Dem müssen das Essen, der Alkohol und die Mademoiselle zu Kopf gestiegen sein, grollte von Sandberg innerlich.

Sie war aber auch eine Augenweide, vor allem jetzt, wo sie

nicht mehr ganz so bitterböse dreinblickte wie am Morgen. Die Männer sahen sich bestimmt reihenweise nach ihr um. Ob ihr dabei mal ein Kerl in Uniform frech gekommen war? Das wäre eine Erklärung für ihr kühles Verhalten ihm gegenüber. So etwas ging natürlich auf gar keinen Fall. Er würde ein ernstes Wort mit seinen Männern sprechen. Im Heer hatten Anstand, Höflichkeit und Disziplin zu herrschen. Und Zuvorkommenheit gegenüber dem weiblichen Geschlecht. Dass sich das alle hinter die Ohren schrieben. Aber so ein bezauberndes Geschöpf auch …

»Ich glaube, bester Herr Chirurg, die Ehre gebührt weder Ihnen noch mir«, besann sich von Sandberg säuerlich auf das, was er hatte sagen wollen, »sondern in erster Linie Ignatz.« Er legte seine rechte Hand auf den linken Arm des jungen Mannes, der zwischen ihm und Christoph saß, zurückhaltend, stumm, bescheiden. Auch gegessen hatte Ignatz kaum etwas, aber beobachtet.

»Nun spannen Sie mich nicht länger auf die Folter«, bat die Rätin, und von Sandberg rief sich zur Ordnung.

»Gewiss, Madame, und da wir mit dem Essen fertig sind, denke ich, dass ich Ihnen jetzt zumindest in Andeutungen beschreiben kann, was wir vorfanden, ohne die Gemüter zu verstören.«

Von Sandberg warf einen fragenden Blick auf Mademoiselle Madeleine und den Jungen. Als von beiden keine abwehrenden Reaktionen kamen, machte er weiter: »Zunächst erkannten wir den Toten in der Tat nicht. Das Gesicht war entstellt, Erde in Mund, Ohren und Augenhöhlen eingedrungen. Aber als meine Männer auf Veranlassung des verehrten Herrn Medicus die, wie soll ich sagen, Verunreinigungen beseitigt hatten, war es klar, wer vor uns lag …«

»Wegen der kalten Temperaturen war das Gesicht noch gut zu identifizieren«, beeilte sich Süßleben zu ergänzen. »Sie müssen wissen, Madame, im Sommer, wenn das Thermometer klettert …«

»Das tut hier nichts zur Sache. Wir haben Januar«, schnitt

von Sandberg ihm schroff das Wort ab. »Frau Wilde möchte wissen, wer der Tote ist.«

Die Rätin warf ihm einen dankbaren Blick zu. Dabei nickte sie so heftig mit dem Kopf, dass ihre Löckchen unter der hübschen Haube allerliebst wippten.

»Wer ist es denn nun?«

»Guthschneiders früherer kleiner Laufbursche, der Frieder«, sagte von Sandberg. »Und es tut mir leid, sagen zu müssen: Der Junge ist erdrosselt worden. Nach den Eindrücken am Hals zu urteilen, vermutlich mit einer dünnen Schnur. Wir haben solche Schnüre auch im Schuppen gefunden …«

»Durch die Drosselung aber …«, platzte Süßleben wieder dazwischen, »war die Zunge stark angeschwollen, schwarz verfärbt und trat zwischen Zähnen und Lippen hervor. Der Fäulnisprozess …«

Als er Frau Wildes und Mademoiselle Madeleines peinlich berührte Gesichter sah, versetzte von Sandberg dem Medicus unterm Tisch einen energischen Stoß vors Schienbein. Süßleben besaß die Geistesgegenwart, den bestimmt höllischen Schmerz in seine Serviette zu husten. Dann befasste sich der Arzt mit seiner Moccatasse und rührte angelegentlich in dem letzten Tropfen, der noch darin war.

»Der kleine Frieder«, grübelte die Rätin erkennbar erschüttert, »der, der Guthschneider das Geld gestohlen haben soll? Das verstehe ich nicht.«

»Auch ich habe es am Anfang nicht begriffen, obwohl mir ja nun inzwischen klar war, dass es einen Zusammenhang zwischen dem Grenadier Simon Sobringer und dem Tulpenwirt gab. Ich habe daraufhin Guthschneider kommen lassen, ich wollte sehen, wie er reagiert, wenn er den Schuppen sieht.«

»Und Guthschneider fiel aus allen Wolken«, beteuerte Süßleben, schwieg aber vorsichtshalber sofort wieder.

»Ja, da hat der Herr Stadtchirurgus recht«, lenkte von Sandberg großzügig ein und konnte sich eines gewissen Triumphgefühls, dass er Süßleben dessen Grenzen gezeigt hatte, nicht erwehren. »Der Tulpenwirt war so fassungslos, dass er mir schon fast leidtat und ich den Verdacht, Guthschneider und Sobringer könnten zusammen gemauschelt haben, sofort verwarf. Bis wir ihm den Frieder zeigten. Da knickte er ein, sackte regelrecht in sich zusammen. Er muss den Jungen wirklich gern gehabt haben, sehr gern. ›Das war dieser Hund von Sobringer‹, heulte er, und dann gestand er. Dass der Grenadier für ihn gewildert habe, seit Langem schon, Hasen, einmal auch ein Rehkitz. Und dass er Frieder häufiger zu ihm geschickt habe, um die Ware abzuholen. Vielleicht habe der Frieder Lunte gerochen und sei dem Sobringer krumm gekommen.

Und dann, an besagtem Freitagabend, hätten der Koch und der Hofjäger ihm in der Schlossküche auf den Kopf zugesagt, dass das, was er geliefert habe, nie im Leben Hase sei. Ihm sei sofort klar geworden, dass Sobringer ihn hintergangen hatte. Katzenfleisch! Für den Markgrafen! Er war erledigt, ruiniert. In Panik verließ er die Hofküche, und als ihm unvermutet auf dem Schlossplatz der Grenadier über den Weg lief, drehte er durch. Guthschneider beteuerte, dass es reiner Zufall gewesen sei, dass er dem Grenadier nicht aufgelauert habe. Ich nehme es ihm ab. Den Rest kennen Sie. Die beiden fingen an zu streiten, ein Wort hat das andere ergeben, Ignatz hat es aufgemalt. Schließlich führte uns der Wirt zu der Stelle an der Alb, wo er Sobringers Degen weggeschmissen hat. Die Waffe lag noch immer dort im Wasser, wir konnten sie rausangeln. ›Aber umbringen wollen hab ich ihn nicht‹, hat er immer wieder beteuert. ›Das müssen Sie mir glauben!‹ Aber selbst wenn ich es ihm glaube, vor seinem Richter nützt es ihm nichts.«

Von Sandberg schwieg, es war eine lange Rede geworden, so lange zu sprechen lag ihm nicht. Zwischendurch hatte er zu Ignatz geschaut, als müsse er sich vergewissern, dass er auch alles korrekt erzählte. Und Ignatz schien volles Vertrauen in ihn zu haben. Es rührte ihn.

»Der Tulpenwirt«, ließ sich Mademoiselle Madeleine vernehmen, »war immer freundlich zu mir.«

Plötzlich wusste von Sandberg, bei welcher Gelegenheit

er die junge Frau gesehen hatte – und wo er sie, ja, er entsann sich jetzt genau, alles andere als freundlich behandelt hatte. War das nötig gewesen?

Er schaute sie an. Sie schaute zurück. Mit erhobenem Kopf.

»Ich gebe Ihnen recht, Mademoiselle, wir alle haben Guthschneider immer als einen freundlichen Menschen gekannt. Leider ist er einem Schlitzohr aufgesessen, einem …«, er stockte, »einem Möchtegern, der zu seinen Lebzeiten wenig Rücksicht auf die Seelen seiner Mitmenschen nahm. Ein kurzer Moment, der über Guthschneiders Leben entschieden hat. Auch mir tut es leid um den Wirt.«

Es schien ihm, als verschlösse sich Mademoiselle Madeleines Gesicht erneut, und er begriff schlagartig. Der Muff aus Katzenfell. Ihre Verlegenheit, als sie ihm den wärmenden Pelz gezeigt hatte. Das leichte Zittern ihrer Stimme. Wäre er ihr Vater, würde er sie jetzt in den Arm nehmen und ihr einen Kuss ins Haar drücken. Männer, würde er sagen, Männer, meine Tochter, und ganz besonders Soldaten sind eine besondere Spezies. Da zuckte es um ihren Mund, und sie lächelte ihn an.

»Eine letzte Frage«, meldete sich Frau Wilde zu Wort. »Warum musste auch Xaver Röttner sterben?«

Von Sandberg war der Rätin dankbar, dass sie die stumme Aussprache zwischen ihm und Mademoiselle unterbrochen hatte.

»Der Xaver war auch so ein neunmalkluges Schlitzohr«, antwortete er. »Der Knecht hat, wie Guthschneider beichtete, die blaue Joppe im Gasthof gefunden. Xaver zog seine Schlüsse daraus. Dumm nur, dass er dem Wirt das Messer auf die Brust gesetzt hat und ihn erpressen wollte …«

»… aber das darf man doch auch nicht«, krähte Christoph, »so ein Messer ist scharf.«

Von Sandberg wusste für einen Augenblick nicht, ob er lachen durfte oder besser ernst blieb. Ein bisschen vorlaut war er ja, der Junge, aber aus dem könnte etwas werden. Wenn er in die richtigen Hände käme …

»Du hast vollkommen recht, Bub, aber deshalb jemanden

umbringen, das darf man auch nicht, egal wie wütend man auf ihn ist.«

Christoph nickte. »Nein, das darf man auch nicht.«

»Schade eigentlich, dass die Jacke so groß ist«, ließ sich Stadtchirurgus Süßleben wieder vernehmen. »Ignatz hätte sicher seine Freude daran, und eigentlich gehört sie ihm ja auch. Wir waren doch Zeugen, Herr Major, als der Tulpenwirt behauptet hat, er habe sie ihm geschenkt.«

»Eine nagelneue Jacke, die der Wirt sich eine Woche zuvor eigens für seinen großen Auftritt vor dem Markgrafen hatte anfertigen lassen«, klärte von Sandberg die Rätin auf, die den Zusammenhang nicht kannte. »Aber ich werde Ihre Idee gern aufgreifen, werter Herr Medicus. Sobald das Gericht das Stück freigibt, lasse ich es für Ignatz umändern.«

Er merkte, dass der Hörlose ihn fragend anschaute. Herrgott, wie sollte er ihm verständlich machen, was er gesagt hatte? Wie konnte er überhaupt mit ihm kommunizieren? Er würde Ignatz gern so viele Fragen stellen. Zum Beispiel, wie er es geschafft hatte, aus dem Gefängnis zu entwischen, wo er sich in jener Nacht versteckt hielt, woher er den Hund hatte. Aber auch, was er sich vom Leben wünschte und wie er die Welt sah. Von Sandberg fühlte, wie die Rätin zu ihm blickte, während sie Christoph neben sich ein extragroßes Mandelbrot auf sein Desserttellerchen legte. Verehrter Herr Major, schien sie zu sagen, ich sehe, Sie wollen etwas für Ignatz tun, ich ebenfalls. Und auch für Christoph hier. Tun wir uns doch zusammen!

Eine erstaunliche Frau. Wie alt mochte sie sein? Wohl nur unwesentlich älter als er.

Er musste wieder niesen.

»Dürfte ich die verehrte Frau Rätin noch einmal um ein Glas Ihres vorzüglichen Würzweins bitten? Sie würden mir damit das Leben retten.«

29

Mittwoch, den 29ten Januarij 1772

Als er mit dem Oberbuntrock, mit Einaug, mit Blümchen und der Dame, bei der Blümchen jetzt arbeitet, in einen großen Saal eintritt, dessen Wände und Decke farbwarm heiter bemalt sind, unterbrechen die Diener ihre Arbeit und glotzen ihn an, als sei er nackt. Aber er versteckt sich nicht. Gemessen und aufrecht geht er an der Seite des Oberbuntrocks zu den Stühlen, die man ihnen zuweist. Er trägt neue Schuhe.

Und tatsächlich senkt der Mann vor dem großen schweren Prunktisch in der Mitte des Raums verlegen den Kopf und fährt fort, Mappen und Folianten zu ordnen. Auch der Bediente an einem kleinen Nebentisch reißt sich zusammen. Eifrig kritzelt er weiter an den Reihen von Zeichen, die auf dem Papier vor ihm zu sehen sind. Ein Dritter kommt mit einer Karaffe Wasser.

In einer Nische entdeckt er Staub. Wenn er hier fegen würde, gäbe es so etwas nicht. Er würde für Ordnung sorgen.

Er packt Schnee im Nacken, zeigt mit der Handfläche zu Boden und schaut dem Tier fest in die Augen. Sofort legt sich Schnee ihm zu Füßen und rührt sich nicht mehr.

Dann gehen die Flügel der Tür auf. Sie erheben sich von ihren Plätzen, und herein schreitet der Große Herr. Ein hagerer Mann, farb- und prunklos, aber mit Schnäuzer, folgt hinterdrein, auch er trägt in seinen Händen Bücher und Papiere.

Der Große Herr ist ein freundlicher Mensch. Zwar spitz die Nase, aber wissend und sanft die Augen, unterm Kinn wölbt sich ein zweites, kleineres Kinn, die hohe Stirn flieht aus dem Gesicht, und das über den Ohren zu Locken gerollte Haar endet im Nacken in einer achtunggebietenden Schleife. Sie sollen, nein, sie dürfen vortreten, und der Große Herr unterhält sich mit jedem von ihnen zuvorkommend, am längsten mit dem Oberbuntrock, dessen dünne, gar nicht mehr so verbissene Lippen lebhaft auf- und zugehen. Zwischendurch deutet dieser immer wieder auf Einaug und ihn. Er wächst in diesem Augenblick um die Dicke von mindestens zwei Schuhsohlen.

Schließlich winkt der Große Herr ihn zu sich, reicht ihm die Hand und drückt sie fest. Lächelt, drückt die Hand wieder.

Er ist überwältigt. Er spürt die Bemühung des Großen Herrn, sich verständlich machen zu wollen. Der Herr will ihm etwas erzählen. Etwas Wichtiges. Und doch erschließt sich ihm die Mimik des Großen Herrn nicht. Dessen Gesten ergeben für ihn keinen Sinn. Aber er nimmt es ihm nicht übel. Wahrscheinlich ist es das erste Mal, dass der Große Herr ein Anderohr empfängt.

Der prunklose Schnauzbart hat sich im Hintergrund gehalten. Jetzt bittet der Große Herr ihn zu sich, gibt auch Einaug ein Zeichen, und nach einer langen Ausführung des Großen Herrn, von der er nichts versteht, überreicht der Schnauzbart ihm und dem Freund die Dinge, die er beim Betreten des Saals in der Hand gehalten hatte. Bücher, Malblätter und für jeden von ihnen eine Tafel, hart und doch angenehm bei Berührung, wenn er mit den Fingerspitzen die sanftdunkle Fläche befühlt. Außerdem einen dicken schneefarbenen Stift und andere dünnere. Der Schnauzbart nimmt eine der Tafeln, malt Zeichen darauf, deutet auf diese und dann auf sich. Das bin ich. Das Ich des Schnauzbarts besteht aus nur vier Kringeln. Er prägt sie sich gut ein. Dann nimmt er dem Mann die Tafel aus der Hand, auch den breiten Schneestift, zeigt auf sich und malt: I-g-n-a-t-z.

Ich.

Er hat es so oft geübt im Kellerversteck.

Der Große Herr unterbricht sie mit bestimmender Geste, sein Mund bewegt sich energisch. Einaugs Auge beginnt zu strahlen. Verstohlen stupst ihn das Kind in die Seite, und endlich glaubt er zu verstehen: Der Große Herr hat befohlen, dass der Schnauzbart ihnen beiden, dem Einaug und ihm, die Bedeutung der Zeichen beibringt.

Dann sind sie entlassen. Draußen vor der Tür warten noch andere Männer und Frauen, die auch vom Großen Herrn begrüßt werden sollen. Sie aber waren die ersten heute Morgen. Er ist überglücklich.

Auf dem Weg vom Platz der prächtigen Häuser bis dorthin, wo die vornehme Dame und jetzt auch Blümchen wohnen, beginnt es zu schneien. Der Oberbuntrock reicht der Dame den Arm, und gemeinsam eilen sie voraus, um bald am prasselnden Kaminfeuer sitzen und sich wärmen zu können. Schnee jagt den Flocken hinterher, versucht sie zu fangen, wie er als Kind im Spiel mit seiner Beschützerin die Flocken mit dem Mund aufgefangen hat. Einaug zeigt zu Blümchen, die ein paar Schritte vor ihnen geht, allein. Ihr Schultertuch hat sie sich um den Kopf geschlungen.

Nun lauf schon zu ihr!

Dann drückt ihm Einaug seine Tafel, die Stifte, Hefte und Bücher in die Hand. Verwahr sie gut, sie sind mein Schatz. Und rennt Schnee hinterher. Flocken fangen.

Blümchen geht langsam, ihre Schuhe sind sauber, sie muss nicht mehr den weiten Weg durch Sumpf und Matsch machen wie noch vor Kurzem, als sie auf dem Markt ihre Ware verkaufte. Er mag das Kleid, das sie trägt. Es hat die Farbe des Waldes an warmen Tagen. Alles an ihr ist warm. Wenn der Wind den Rock bauscht, blitzen darunter die Strümpfe. Wie aus Schneeflocken gewirkt sehen sie aus. Es gefällt ihm. Er könnte die ganze Zeit so hinter ihr herlaufen.

Sie geht jetzt noch etwas langsamer, und bald ist er neben ihr. Er getraut sich nicht, zu ihr zu schauen. Stur blickt er geradeaus, sieht aber doch aus dem Augenwinkel heraus, dass auch sie ihn nicht anschaut. Das wurmt ihn ein bisschen.

Nun mach schon, hat Einaug ihm bedeutet. Was soll er denn machen?

Seine Beschützerin hat damals einfach ihren Mund auf den seinen gedrückt. Aber da waren sie noch Kinder.

Und das Narbenmädchen im Obergeschosszimmer? Das war etwas anderes, die hat er bezahlt.

Bücher, Hefte, Stifte und Tafeln in einem Arm, sucht er mit der anderen Hand in seiner Tasche nach dem Löffel, den er geschnitzt hat. Jetzt hilft sie ihm. Nimmt ihm die Sachen ab, damit er die Hände frei bekommt.

Der Löffelgriff hat die Form eines Blumenstängels und endet in einem offenen Blütenkelch.

Für dich.

Blümchen bleibt stehen. Er kann nicht sehen, was sie denkt, ob ihr der Löffel gefällt oder nicht, aber sie nimmt ihn. Und nimmt seine Hand und führt sie an ihren waldwarmen, weichen Bauch und schüttelt heftig den Kopf und lacht. Kein Kind da drin. Ihre brunnentiefen Augen glitzern, ihr Mund küsst übermütig seinen Andermund.

Anhang

Namen realer Personen

Brandt, Susanna Margaretha, wurde am 14. Januar 1772 in Frankfurt/Main wegen Kindsmord durch das Schwert hingerichtet. Sie war Goethes Vorbild für die Figur des Gretchens in seinem »Faust«.

Doll, Henri (Johann Henri/Heinrich Abraham), diente als Pfarrer der Palmbacher Waldensergemeinde vom 1. Oktober 1763 bis zu seinem Tod am 19. November 1793.

Groos, Hofrat und Amtmann (vielleicht Emanuel, keine weiteren Daten bekannt), war während des gesamten Gerichtsprozesses gegen Catharina Würbsin beim Oberamt Karlsruhe zugegen.

Heimbach, Wolfgang (geboren um 1605/1613, gestorben um 1678/1679), gehörloser Hofmaler. Kam vermutlich im norddeutschen Ovelgönne zur Welt, wurde vom Oldenburger Grafen Anton Günther gefördert, lernte und arbeitete in den Niederlanden, in Italien, Böhmen und Dänemark.

Hennig (keine weiteren Daten bekannt) protokollierte als Actuarius die Zeugenbefragungen und Verhöre im Gerichtsverfahren gegen Catharina Würbsin.

Karl Friedrich (1728–1811), Markgraf und späterer Großherzog, Regierungszeit von 1738/1746–1811

Leporin, Dorothea Christiana (1715–1762), verheiratete Erxleben, stammte aus Quedlinburg und war die erste deutsche promovierte Ärztin. Bekannt wurde sie mit ihrer 1742 erschienenen wissenschaftlichen Schrift »Gründliche Untersuchung der Ursachen, die das weibliche Geschlecht vom Studiren abhalten«.

Macklot, Karl Friedrich (1760–1812), Karlsruher Hofbuchdrucker, Hofbuchhändler und Verleger, Herausgeber der Karlsruher Zeitung und des Karlsruher Wochenblatts

Primavesi, Handelsmann aus dem Mailändischen, wurde 1747 in Karlsruhe als Bürger aufgenommen. Besaß einen Garten, der zwischen Marktplatz und Dörfle lag und ungefähr von der heutigen Zähringerstraße bis zum Landgraben reichte, der an dieser Stelle in einer schrägen Linie zwischen heutigem Lidell- und Marktplatz verlief (jetzt unterirdisch).

Sandberg von, schwedischer Herkunft, Vornamen und Lebensdaten konnten nicht ermittelt werden. Diente im baden-durlachischen Leibregiment. In den Akten sind verschiedene militärische Ränge genannt: Capitän, Major, Oberst. Der schwedische Forschungsreisende und Professor für orientalische und griechische Sprachen Jakob Jonas Björnståhl, der Karlsruhe vom 15. Dezember 1773 bis zum 23. Februar 1774 besuchte, erwähnt in seinen Briefen zwei Brüder von Sandberg. Björnståhl schreibt am 16. Dezember: »Herr Major Sandberg erwies uns ebenfals (!) die Ehre, uns zu besuchen. Er hat sich hier zwanzig Jahr aufgehalten, und kann nicht mehr schwedisch sprechen. Er ist aus Småland gebürtig und hat im letzten Kriege unter der österreichischen Armee gegen den König von Preußen gedient. Zugleich ist er Kammerherr beym Markgrafen. Kaum war er weggegangen, so kam auch sein Bruder, Herr Hauptmann Sandberg, der ebenfalls achtzehn Jahr hier gewesen ist. Beide sind liebenswerthe Männer.« In Karlsruher Archivunterlagen und den Prozessakten gegen Catharina Würbsin wird der Major als »von Sandberg« erwähnt.

Sobringer, Simon, hieß in Wirklichkeit Simon Wehringer, geboren am 31. Oktober 1748 in Landeck, Mundingen, bei Emmendingen, Sohn des Caspar Wehringer, Hintersass in Landeck, und der Salome Markstahler in Landeck. Beginn des Militärdiensts am 10. Dezember 1765, Grenadier im baden-durlachischen Leibbataillon, Kompagnie des Majors von Sandberg, gestorben am 21. November 1776 vermutlich in Karlsruhe.

Würbsin, Juliana Catharina, einundzwanzigjährig gestorben durch das Schwert am 17. Januar 1772, evangelisch-lutherischer Religion. Tagelöhnerin zu Gottesaue, wohnhaft bei den Eltern in Klein-Karlsruhe, dem Dörfle. Tochter des Tagelöhners Ernst Christian Würbs und der Catharina Würbsin, achtundvierzig Jahre alt, evangelisch.

Glossar

Die Bedeutung der meisten im Roman vorkommenden fremdsprachigen oder heute ungewöhnlichen oder nicht mehr geläufigen Begriffe ergibt sich aus dem Textzusammenhang. Einige Begriffe werden jedoch zusätzlich im Folgenden erläutert.

Gehörlos/hörlos/taubstumm/taub und stumm – Die heute gebräuchliche Bezeichnung »gehörlos« gab es in der Zeit, in der der Roman spielt, nicht. Der damals übliche Begriff war »taubstumm«. Heute wird das Wort als verletzend empfunden. Gehörlose sind nicht stumm, da sie sprechen lernen und sich in Gebärdensprache ausdrücken können. Je nach Figur beziehungsweise Situation im Roman verwendet die Autorin neben dem zeitgeistbedingten »taubstumm/taub und stumm« auch den Begriff »hörlos/Hörlose«. Sie bezieht sich dabei auf die 1777 erschienene »praktische Unterweisung, Taub=Stumme Personen reden und schreiben zu lehren« von Johann Ludwig Ferdinand Arnoldi (1737–1783). Dem Titel zum Trotz spricht der Theologe und Pädagoge in seiner Schrift überwiegend von »Hörlosen«.

Patouà – Die Sprache der Waldenser ist das Patouà (franz.: patois), das zu den okzitanischen Sprachen Frankreichs gehört. Das Okzitanische gliedert sich in mehrere regionale Gruppen und Varianten. Das Patouà der Waldenser, die zu Ende des 17. Jahrhunderts aus ihrer piemontesischen Heimat vertrieben wurden und Zuflucht in deutschen Landen fanden, besitzt neben französischen vor allem starke italienische Einflüsse. Auf der Kanzel und in der Schule wurde jedoch Französisch gesprochen, eine Tradition – oder ein innerer Zwang? –, an dem die Glaubensflüchtlinge auch in der neuen Heimat festhielten. In der Regel enden weibliche

Formen im waldensischen Patouà nicht auf -a wie allgemein üblich in den romanischen Sprachen, sondern auf -o.

Accouchierhäuser (franz.: accoucher = entbinden) – Gebärhäuser

Bams (alter Karlsruher Ausdruck, Pl.: Bamsen) – Kind

Bankert (mhd.) – uneheliches Kind

Bengeln (südd.) – mit einem Knüppel, einem Bengel, Äpfel oder Birnen vom Baum herunterschlagen

Bonne route! (franz.) – Gute Fahrt! Hier: Einen guten Heimweg!

Buondìou (Patouà) – lieber Gott

Canneel (vom latein. canna = Rohr) – Zimt

Ce salaud! (franz.) – Dieser Dreckskerl!

Corpus Delicti (latein.) – Beweisstück zur Überführung eines Täters

E li omni? (Patouà) – Und die Männer?

Fichu (franz., Pl.: fichus) – Schultertuch der Frauenkleidung

Fraïre (Patouà, ausgespr.: fra-ir) – Bruder

»... ich – hob meine halb ohnmächtige Sternheim triumphierend auf ...« – Dieses in Kapitel 26 wiedergegebene Zitat wurde der »Geschichte des Fräuleins von Sternheim« von Sophie von La Roche, Reclam Nr. 7944, Stuttgart 1983, S. 197, entnommen.

Impertinence (franz.) – Unverschämtheit

Levez vos mains au ciel / c'est ici que vos pères / ont juré devant Dieu / de ne point le trahir ... (Beginn der französischen Version des Waldenserlieds »Der Schwur von Sibaud«) – Hebt eure Hände gen Himmel / hier, wo eure Väter / geschworen haben vor Gott / ihn niemals zu verraten ...

Maïre (Patouà, ausgespr.: ma-ir) – Mutter

Méou baboch (Patouà) – mein Kind

Méou fillho/filhëtto (Patouà) – meine Tochter/Töchterchen
Mersì (Patouà) – danke
Mes enfants (franz.) – meine Kinder
N'est-ce pas? (franz.) – nicht wahr?
Ninna nanna (ital.) – Wiegenlied
Nonno (Patouà) – Großmutter
Notre páire dâ sèel, que toun noum sie santifia (Patouà) – Vater unser im Himmel, geheiligt werde dein Name
Pécca (Patouà) – Sünde
Pëchit/pëchitto (Patouà) – der Kleine/die Kleine
Përdoun! (Patouà) – Entschuldigung!
Petite grâce pour les femmes (franz., Pl.: petites grâces) – wörtlich: kleine Gnade für die Frauen
Rigor Mortis (latein.) – Leichenstarre
S' la voû plai (Patouà) – bitte
Semel pro semper (latein.) – ein für alle Mal, in Form einer Einmalzahlung
Sindic (Patouà) – Bürgermeister, Schultheiß

… und für alle, die es genauer wissen möchten

Der Prozess gegen Catharina Würbsin

Catharina Würbsin war Tochter des Tagelöhners Ernst Christian Würbs und der Catharina Würbsin, sie hatte noch zwei Brüder. Als Tagelöhnerin arbeitete sie in Schloss Gottesaue, das nach einer wechselvollen Geschichte seit 1740 Kammergut war. Die Familie wohnte in Klein-Karlsruhe, dem Dörfle, möglicherweise in der Durlacher Thorgasse 111 (nahe Rüppurrer Tor, die Straße ist heute nicht mehr vorhanden; sie verlief ungefähr parallel nördlich der heutigen Kapellenstraße). Wie allgemein üblich im Dörfle waren auch bei Familie Würbs Soldaten einquartiert.

Spätestens seit Dezember 1769 logierte dort der Leibgrenadier Simon Wehringer. Weihnachten 1769 führte er laut Prozessakten die junge Catharina zur Christmette und blieb die Nacht über bei ihr. Vermutlich Oktober oder November 1770 brachte Catharina ein erstes gemeinsames Kind zur Welt, das jedoch bald verstarb. Das zweite Kind, ein Mädchen, wurde am 16. November 1771 geboren. Laut Catharinas Aussage im Verhör erschlug sie es unmittelbar nach der Geburt im Keller des Hauses mit einer Rübe und versteckte es im Garten unter einem Haufen Rübkraut. »Ihre Mutter … habe hierauf dieses Kind, welches noch gelebet, schreÿen gehört und selbiges unter den Rüben gefunden und hervorgezogen, sofort in die Stube gebracht und die Hebamme herbeigeholt, worauf es bald verschieden seÿe.«

Noch am selben Tag wurde Catharina verhaftet. Auf die Frage, warum sie das Kind, ihr eigenes »Fleisch und Blut«, getötet habe, gab Catharina an, der Grenadier habe geleugnet, der Vater zu sein »und gedrohet, ihr das Meßer in den Leib zu stechen, wann sie schwanger seÿe … Sie gestehe daß sie ihre Schwangerschaft verborgen gehalten und gestern habe sie Creuz Schmerzen verspühret, worauf sie heute früh im

Keller das Kind gebohren, und ein zu ihr gekommen kleines Männle in einem grünen Kleid ihr die böße Gedanken eingegeben, das Kind von der Welt zu schaffen.«

In den Prozessunterlagen wird der Name der Familie fast durchgängig als Wirbs beziehungsweise bei den weiblichen Mitgliedern Wirbsin geschrieben. Hingegen liest man in der Literatur zu dem Fall und im ersten Karlsruher Adressbuch von 1818 nur den Namen Würbs beziehungsweise Würbsin.

Der Fall der Catharina Würbsin fällt in eine Zeit, in der in der Öffentlichkeit, sprich: in der gelehrten Männerwelt, immer häufiger über »Unzucht«, voreheliche Schwangerschaften und die Psyche des weiblichen Geschlechts (kaum über die des männlichen) sowie über Kindsmorde und Maßnahmen zu deren Verhinderung debattiert wird. Den einen ist das gesellschaftliche Moralverhalten, insbesondere das der Frauen, zu locker und zügellos, und sie beklagen die angeblich zunehmende Zahl der Tötung Neugeborener; die anderen erachten die strengen Sittlichkeitsvorstellungen und Heiratsverbote, wie sie Kirche und Staat vorschreiben, für widernatürlich und unaufrichtig.

Zu den ersten Befürwortern einer wenn auch äußerst bescheidenen Lockerung der bestehenden Gesetze gehört der preußische König Friedrich II. bzw. der Große. In seinem Edikt von 1765 befiehlt er für Preußen die Abschaffung der gefürchteten und demütigenden Hurenstrafen und bestimmt, dass Frauen fortan »wegen ihrer Schwaengerung, von aller Strafe und Vorwurf frey« bleiben sollen. Allerdings muss sich eine Frau im Fall einer unehelichen Schwangerschaft mindestens »einer ehrbaren Frau … offenbaren« und sich bei der Niederkunft helfen lassen. Verheimlicht sie hingegen Schwangerschaft und Geburt, erwartet die Betroffene eine langjährige Zuchthausstrafe. Auch sollen »vorsetzliche« Kindsmörderinnen weiterhin mit dem Schwert hingerichtet werden.

Ausgehend von drei Kritikpunkten – der Staat sorgt nicht für die Unterkunft lediger Mütter, der Staat bestraft die Väter nicht, und der Staat unternimmt nichts gegen die Diskriminierung lediger Mütter – setzt der Mannheimer Jurist Ferdinand Adrian Freiherr von Lamezan im Sommer 1780 zunächst anonym in »Rheinische Beiträge zur Gelehrsamkeit« einen Preis von hundert Dukaten aus für die klügste Antwort auf die Frage: »Welches sind die besten ausführbaren Mittel, dem Kindermord abzuhelfen, ohne die Unzucht zu begünstigen?« (Ebersold, S. 29–34)

Dergleichen Preisausschreiben zu Problemen der Gesellschaft sind in dieser Zeit nichts Ungewöhnliches; meist kommen um die vierzig Antworten zurück. Wie brandaktuell aber das Thema Unzucht und Kindsmord war, zeigt in diesem Fall die enorme Zahl von rund vierhundert eingereichten Aufsätzen und Abhandlungen. Dabei gehen die Meinungen und Ansichten der Einsender weit auseinander. Viele pochen auf restriktive Sittlichkeitsgebote, auf die Reglementierung der weiblichen Sexualität, auf das Verbot geselliger Zusammenkünfte von Unverheirateten; Müßiggang und Genusssucht müssten im Keim erstickt werden. Andere hingegen plädieren für ein gesellschaftliches Umdenken. In unterschiedlicher Gewichtung werden unter anderem gefordert: Aufhebung der entehrenden Hurenstrafen und Abschaffung von Schandzeichen, Erleichterung der strengen Heiratsvorschriften, anonyme Entbindungshäuser, Strafen auch für Männer, Fürsorgepflicht des Staats für uneheliche Kinder und nicht zuletzt Prämien für betroffene Frauen, »die freywillig ihre Schwangerschaft dem Polizey-Amte oder einer vertrauten Person anzeigen«, um »der gefaehrlichen Verwirrung zurzeit der Niederkunft vorzubeugen«. (Wächtershäuser, S. 38)

Außerhalb des Wettbewerbs beteiligt sich auch der damals fünfunddreißigjährige Pestalozzi in einer dreihundertneunzig Seiten umfassenden Schrift an der Diskussion. Vehement setzt er sich ein für verständnisvolle und fürsorgliche »Gewissensraethe«, bei denen schwangere Mädchen Rat und Hilfe bekommen sollen, verurteilt »Untreue und Betrug verführender Jünglinge«, möchte die kränkende, demütigende Gesetzgebung für Frauen reformieren und fordert die Umgebung der Schwangeren – Eltern, Arbeitgeber, Nachbarn, Herbergswirte – auf, eine unehelich Schwangere nicht alleinzulassen oder gar wegzuschicken.

Pestalozzi schwebt eine ideale Gesellschaft der Reinheit und Liebe vor; dafür zu sorgen sei Pflicht des Fürsten. Pestalozzi schreibt: »Fürst! verheurathe deine Jugend, u. straf das unversorgete Volk, das nicht heurathen kann, nicht, wenn es die Bedürfnisse seiner Natur befriediget, und nicht kinderlos bleibt, sonder lenke alle Väter und Mütter deines Reichs, mit Kraft dahin, dass sie alle, alle die Unverehelichten wie die Verehelichten ihre Kinder lieben, erhalten und versorgen wollen, und lieben, erhalten und versorgen können.

Für den Staat ist ein unehliches Kind nur in so fern ein Schaden, als es nicht recht erzogen wird. --

Für die Menschheit ist ein uneheliches Kind unzweydeutig ein Gewinnst, wenn es recht erzogen wird --« (Pestalozzi, S. 104–105)

In Karlsruhe war Catharina Würbsin die letzte Kindsmörderin, die durch das Schwert hingerichtet wurde.

Gehörlosigkeit

»Die ersten Nachrichten von Versuchen, in unserem Lande Taubstumme zu unterrichten, reichen nur bis zum Jahr 1780 zurück«, schreibt H. Willareth, Oberlehrer und Vorstand der Taubstummenanstalt Gerlachsheim, 1891 in seinem Buch »Über die Entwicklung des Taubstummen-Bildungswesens im Großherzogtum Baden«.

Die Geschichte der Gehörlosigkeit hingegen ist so alt wie die der Menschheit selbst, und zu allen Zeiten gibt es, wenn auch stets nur vereinzelt, Bemühungen, Gehörlosen Hör- und Sprechvermögen zu vermitteln. »Nutznießer« sind fast ausschließlich Töchter und Söhne adliger und begüterter Familien. Erst der französische Abbé Charles-Michel de l'Epée, der 1760 zwei gehörlose Schwestern kennenlernt und sie bei sich zu Hause unterrichtet, gründet nach dieser Erfahrung 1771 das »Nationale Institut der Taub-Stummen zu Paris« (Institution Nationale des Sourds-Muets de Paris). Es gilt noch heute als die weltweit erste Schule mit einem gezielten Bildungsangebot und Lehrplan für Gehörlose.

De l'Epée hält die Gebärdensprache für die natürliche Sprache der Gehörlosen und favorisiert sie im Unterricht, auch wenn seine Methode schon bald umstritten ist, weil er glaubt, dass die Gebärdensprache die französische Grammatik und den Satzbau genau wiedergeben müsse. Er verkennt, dass die von den Schülern und Schülerinnen in natürlicher Weise erworbene (»Familien«-)Gebärdensprache über eigene Strukturen und Ausdrucksformen verfügt, die im Unterricht genutzt und zu einer einheitlichen visuellen Sprache mit einer eigenen Grammatik entwickelt werden können.

Ungefähr zur selben Zeit bringt auch in Eppendorf bei Hamburg der Lehrer und Kantor Samuel Heinicke einem gehörlosen Kind das Schreiben bei. 1778 gründet er in Leipzig das »Chursächsische Institut für Stumme und andere mit Sprachgebrechen behaftete Personen«. Die Gebärdensprache hält er allerdings für unnütz, ja geradezu für schädlich, da es die Gehörlosen vom Sprechen abhalte, sodass sie sich nicht wie gewünscht in die Gesellschaft integrieren könnten. Heinickes Ziel ist es, den Gehörlosen mit allen Mitteln, um nicht zu sagen mit aller Gewalt, das Sprechen beizubringen.

Schon bald befehden sich die Befürworter der Gebärdensprache und die Verteidiger der Lautspracherziehung, auch Lautier- oder orale Methode genannt, aufs Heftigste. Während Abbé de l'Epée und dessen Nachfolger ihre Unterrichtsweise öffentlich vorführen und Besuchern des Instituts die Fortschritte ihrer Schüler zeigen, lassen Heinicke und andere Vertreter der Lautspracherziehung sich nicht in die Karten blicken. Insbesondere Heinicke schreckt Interessierte mit horrenden Honorarforderungen ab, wenn sie bei ihm seine Unterrichtsmethode studieren wollen. Einer der wenigen, der Einblick in seine Methode des Lautsprachunterrichts gibt, ist

Johann Ludwig Ferdinand Arnoldi, Pfarrer in Großenlinden bei Gießen. Er veröffentlicht 1777 in Gießen seine Schrift »praktische Unterweisung Taub=Stumme Personen reden und schreiben zu lehren«.

Trauriger Höhepunkt des Kriegs zwischen Gebärdensprachlern und Lautsprachlern ist der Mailänder Kongress von 1880, in dessen Folge allen Protesten zum Trotz fortan und weltweit nur noch die Lautsprache und Lippenlesen als Unterrichtsmethoden eingesetzt werden sollen. Gehörlose Lehrer werden von nun an zur Unterrichtung gehörloser Kinder nicht mehr zugelassen. Sie durften nicht einmal mehr am Kongress teilnehmen. Erst 2010 werden beim »International Congress on the Education for the Deaf« in Vancouver die Beschlüsse des Mailänder Kongresses aufgehoben. Längst ist erwiesen, dass die ausschließlich lautsprachliche Erziehung Gehörlose in ihrer Bildung und Entwicklung behindert, während die Gebärdensprache eine umfassende Grundlage zur Wissensvermittlung bietet und vielseitig differenzierte Kommunikation ermöglicht.

In Deutschland wird die Gebärdensprache 2002, in Hessen bereits 1998 als eigenständige Sprache anerkannt. Je nach Land und Region gibt es eine deutsche, französische, englische, spanische, russische, finnische, brasilianische, chinesische und so weiter Gebärdensprache.

Das erste Taubstummeninstitut in Karlsruhe entsteht 1784. Geleitet wird es von Johann Wilhelm Hemeling (1758–1817), der von 1808 bis zu seinem Tod auch Leiter der Karlsruher Hofbibliothek ist. Laut H. Willareth findet in den 1780ern eine erste Zählung der Gehörlosen in der badischen Markgrafschaft statt. Demnach gibt es, um nur einige wenige Orte zu nennen, in Karlsruhe zwei Gehörlose, in Ettlingen drei, in Pforzheim fünf, in Durlach neun. Im Amt Rötteln (südlicher Schwarzwald zwischen Badenweiler und Basel) wird mit vierzig betroffenen Personen die höchste Zahl an Gehörlosen gezählt.

Hemeling reist zunächst nach Leipzig, um Heinickes lautsprachlichen Unterricht kennenzulernen. »Bei ihm konnte ich aber meinen Endzweck nicht so, wie ich glaube, dass es den Absichten Ew. Hochfürstlichen Durchlaucht gemäß ist, erreichen, da er ein sehr eigennütziger Mann ist, der von dem, wovon er so einnehmend geschrieben, besonders was seine so sehr gerühmte Menschenfreundlichkeit betrifft, sehr wenig in Ausübung bringt«, berichtet er im Anschluss daran und verlässt enttäuscht Leipzig. Doch besucht er schon bald Professor Stork in Wien, der ein Befürworter der Gebärdensprache des Abbé de l'Epée in Paris ist. Mit dem Unterricht an der Wiener Gehörlosenschule zeigt Hemeling sich höchst zufrieden, und er beginnt in Karlsruhe, im Sinne der »französischen Schule« tätig zu werden: In seinem Unterricht haben Gebärdensprache und Schriftform Vorrang.

Doch Hemeling, der nicht der Gesündeste ist, bleibt der Erfolg weitgehend versagt. Oft hat er nicht mehr als fünf bis sieben Schüler, und ihre Verweildauer an seinem kleinen Institut ist immer nur kurz, zu kurz für einen nachhaltigen Unterricht. Ab 1792 kehrt Hemeling in seinen ursprünglichen Beruf als Bibliothekar zurück und wird Leiter der Hofbibliothek. Auf seine Fürsprache hin erhält dann Johann Georg König (1781–1843) die Erlaubnis des Markgrafen, nach Paris zu reisen, um die »französische« Lehrmethode des Abbé de l'Epée und dessen Nachfolger zu studieren, eine Entscheidung, die oben genannter Oberlehrer und Vorstand der Taubstummenanstalt Gerlachsheim, H. Willareth, als Befürworter der »deutschen« lautsprachlichen Methode schmerzlich bedauert.

Palmbach und die Waldenser

Die Gemeinschaft der Waldenser hat ihren Ursprung im ausgehenden 12. Jahrhundert und geht zurück auf den Lyoner Kaufmann Pierre Valdès (1140–1217), auch Petrus Waldus oder Waldes genannt. Im Gegensatz zur katholischen Kirche durften sich alle Gläubigen zum Predigen berufen fühlen, und Teile der Bibel wurden ins landessprachliche Okzitanisch übertragen. Die Waldenser bekannten sich zu einem bescheidenen Leben, lehnten den Ablass, die Heiligenverehrung, das Fegefeuer und die Todesstrafe ab. Taufe, Abendmahl und Beichte blieben anerkannte Sakramente. 1215 erklärte der Papst die Waldenser zu Ketzern.

Doch trotz der einsetzenden Verfolgungen breitete sich die Glaubensgemeinschaft rasch aus und fand zahlreiche Anhänger, insbesondere in Frankreich und Norditalien sowie in Teilen Mitteleuropas. Auch zogen sich viele Gemeinden in schwer zugängliche Alpentäler zurück. Nach 1517 schlossen sich die Waldenser den Ideen der Reformation an. In Deutschland vereinigten sie sich später mit der reformierten beziehungsweise evangelischen Kirche. Auch die Palmbacher Kirchengemeinde trat 1821 der evangelischen Landeskirche Baden bei.

Nach einer neuen Verfolgungswelle Ende des 17. Jahrhunderts gewähren einige evangelische deutsche Fürsten waldensischen Familien überwiegend aus den Alpentälern Schutz und das Recht auf freie Religionsausübung und stellen den Flüchtlingen Land und erste Mittel für den Haus- und Ackerbau zur Verfügung. Allein in Baden-Württemberg erinnern Orts- beziehungsweise Stadtteilnamen wie Pinache, Serres, Perouse, Corres, Groß- und Kleinvillars, aber auch Dürrmenz, Neuhengstett und viele andere an die ersten waldensischen Niederlassungen. In dieser Zeit entsteht auch auf damals noch württembergischem Gebiet der Ort Palmbach.

Zuvor hat eine Gruppe von Waldensern, die 1699 in Südhessen aufgenommen worden ist und den Waldenserort Walldorf (heute Mörfelden-Walldorf) gegründet hat, wegen dortiger schlechter Bodenverhältnisse Herzog Eberhard Ludwig von Württemberg im Oktober 1700 um »Reception« auf seinem Territorium gebeten. Nach langen Verhandlungen kommt der Herzog dem Ersuchen nach und erlaubt fünfundvierzig Familien, sich in den Orten Grünwettersbach und Untermutschelbach, die beide damals zum Oberamt Neuenbürg im Nordschwarzwald gehören, niederzulassen.

So ziehen ein halbes Jahr später dreißig waldensische Familien mit hundertdreizehn Personen nach Grünwettersbach, das nach dem zerstörerischen Dreißigjährigen Krieg und dem Pfälzischen Erbfolgekrieg nur noch rund dreißig Einwohner zählt. Vierzehn weitere Familien erhalten Zuflucht im nahe gelegenen Untermutschelbach mit seinen gerade noch neun Bürgern.

Nach Reibereien mit den Einheimischen, die den Neusiedlern feindlich gesinnt sind, können knapp ein Jahr später, im Februar 1702 und damit dreizehn Jahre vor der Gründung der badischen Residenz Karlsruhe, die Grünwettersbacher Waldenser auf einer südöstlich vom Ort gelegenen, zweieinhalb Kilometer entfernten kleinen Anhöhe den ersten Spatenstich für ihre eigene Siedlung setzen; jede Familie erhält rund fünfzehn Morgen Land zur Bewirtschaftung, die Neugründung nennen sie nach ihrem Heimatdorf La Balme im Pragelatal. Doch bereits 1704 ist im örtlichen Sterberegister der Ortsname »Balmbach« erwähnt, und 1725 findet sich erstmalig im Ortstaufregister die Schreibweise Palmbach. Noch heute leben Nachkommen der Ortsgründer mit waldensischen Familiennamen in Palmbach wie Jourdan, Raviol, Piston, Baral, Berger.

1725 erhält Palmbach seine erste Kirche, damals noch in Holzbauweise. 1730 kommt es zum Vertrag zwischen Grünwettersbach und Palmbach über die umstrittenen Wasserrechte am Fallbrunnen, und nach einem badisch-württembergischen Gebietstausch fallen im Oktober 1806 Grünwettersbach, Palmbach und Untermutschelbach an das inzwischen zum Großherzogtum gewordene Baden. Die Zollschranken in der Umgebung fallen, statt französisch wird in Kirche und Schule nun deutsch gesprochen.

Über einhundertfünfzig Jahre später, im Jahr 1972, schließen sich die Gemeinden Palmbach und Grünwettersbach zu Wettersbach zusammen, und 1975 stimmen die Bewohner für die Eingemeindung in die Stadt Karlsruhe. Gemeinsam mit Wolfartsweier, Hohenwettersbach und Stupferich gehören

Palmbach und Grünwettersbach heute zu den fünf sogenannten Karlsruher Bergdörfern.

Karlsruhe zur Zeit des Romans

In der Zeit, in der dieser Roman spielt, Januar 1772, ist die badische Residenz noch keine siebenundfünfzig Jahre alt, aber sie zählt immerhin schon knapp dreitausendfünfhundert Einwohner, wobei aus den Statistiken nicht ersichtlich wird, ob mit oder ohne Bewohner des Dörfle. Vermutlich ohne, denn Klein-Karlsruhe gehört zu jener Zeit nicht zu Karlsruhe.

Dieses Dörfle liegt zwischen Marktplatz, Lange Straße, der heutigen Kaiserstraße, Durlacher Tor und Landgraben, der heute unterirdisch unter der Kapellenstraße verläuft (Eine kurze Strecke vor dem Rüppurrer Tor wurde der Graben auch Steinschiffkanal genannt, weil darauf die Boote fuhren, auf denen das Baumaterial für die Residenz herbeigeschafft wurde).

Die wild gewachsene Siedlung besteht aus ärmlichen Hütten, Häuschen und Baracken, in denen vor allem Familien von Handwerkern und Tagelöhnern leben, die zum Aufbau der Residenz benötigt werden; auch besitzt sie zunächst keinerlei Rechtsstatus, die Bewohner sind Markgraf Karl Friedrich direkt unterstellt. Erst 1795 erhalten sie ein eigenes Dorfbürgerrecht, und im August 1812 erfolgt die Eingemeindung nach Karlsruhe. Ob es damit zu einer Verbesserung der Lebensverhältnisse im Ort kommt, mag dahingestellt bleiben. Noch Ende des 18. Jahrhunderts ist im »Geographischen Lexikon von Schwaben« zu lesen: »An Karlsruhe schließt sich ein Dörfchen an, welches Klein-Karlsruhe heißt. Dieses Nest dient zu nichts, als den Plan der Stadt Karlsruhe ganz zu verunstalten.« (Das Dörfle, S. 15)

Und Pläne zur Stadtverschönerung und -erweiterung hat der markgräfliche Hof jede Menge. Von Anfang an. Klar und symmetrisch sollen die barocke Stadt erbaut, die Häuser nach einem bestimmten Modell in streng vorgegebener Höhe errichtet werden. Zahlreiche Schaubilder zeugen von den Vorstellungen der Fürsten und ihrer Baumeister. 1765 stehen abgesehen von der Schlossanlage siebenhundertsechsundzwanzig Wohnhäuser und Nebengebäude, davon hundertdreiunddreißig in der Langen Straße zwischen Durlacher und Mühlburger Tor. Aber überall klaffen noch Baulücken, und das Bauamt mahnt an, diese doch zuerst zu schließen, bevor an eine Stadterweiterung gedacht wird.

Markgraf Karl Friedrich, der Enkel des Stadtgründers, ist ein vielseitig interessierter und vor allem aufgeklärter Fürst. So vermerkt der bereits zuvor erwähnte schwedische Forschungsreisende Jakob Jonas Björnståhl am 22. Dezember 1773 in seinem Tagebuch, dass »die Leute von allen Seiten herbeyströmen und sich beym Markgrafen einfinden, der alle Mittwochen jedermann Gehör giebt. Es waren Supplikanten darunter, die ganze sechzig Meilen, sogar aus der Nachbarschaft von Basel, hergekommen waren. Der Fürst hört sie alle; und dieser rührende Anblick erinnerte uns sehr lebhaft an unsern gnädigen Gustaf, der mit gleicher väterlicher Zärtlichkeit seinen Unterthanen begegnet, und freyen Zutritt verstattet.«

Allgemein beliebt ist auch die hochgebildete Markgräfin Karoline Luise, die mit ihren herausragenden Kenntnissen in der Malerei, Literatur und den Naturwissenschaften, von der Botanik bis zur Physik, zu den Geistesgrößen ihrer Zeit gehört.

Bibliografie

Archivquelle zum Fall Catharina Würbsin: Generallandesarchiv Karlsruhe, GLA 206/3179

Kindsmord und Unzuchtsverbrechen (Auswahl)

Birkner, Siegfried (Hg.): Das Leben und Sterben der Kindsmörderin Susanna Margaretha Brandt, Frankfurt am Main 1989

Ebersold, Günther: Ferdinand Adrian Freiherr von Lamezan: Beamter, Aufklärer und Wohltäter, in: Ebersold, Günther: Alter, neuer und »natürlicher« Adel. Karrieren am kurpfälzischen Hof des 18. Jahrhunderts, Ubstadt-Weiher u.a. 2014, S. 9–68

Hochstrasser, Olivia: Armut und Liederlichkeit. Aufklärerische Sozialpolitik als Disziplinierung des weiblichen Geschlechts – das Beispiel Karlsruhe, in: Weckel, Ulrike u.a. (Hg.): Ordnung, Politik und Geselligkeit der Geschlechter im 18. Jahrhundert, Göttingen 1998, S. 323–343

Lingner, Annika: Kindsmord und Abtreibung. »Schröcklich pocht schon des Gerichtes Bote«. Zur Medialität des Strafrechts – Kommunikation und Infantizid in literarischen und juridischen Diskursen des 18. Jahrhunderts, in: Temme, Gaby, Künzel, Christine (Hg.): Hat Strafrecht ein Geschlecht?, Bielefeld 2010

Metz-Becker, Ruth (Hg): Kindsmord und Neonatizid. Kulturwissenschaftliche Perspektiven auf die Geschichte der Kindstötung, Marburg 2012

Pestalozzi, Johann Heinrich: Ueber Gesezgebung und Kindermord. Wahrheiten und Träume, Nachforschungen und Bilder. Geschrieben 1780. Herausgegeben 1783, Frankfurt und Leipzig

Rodegra, Heinz: Kindestötung und Verheimlichung der

Schwangerschaft. Eine sozialgeschichtliche und medizinsoziologische Untersuchung mit Einzelfallanalysen, Herzogenrath 1981

Schlettwein, Johann August: Von den zuverläßigen Mitteln den Kindermord zu verhüten, in: Archiv für den Menschen und Bürger in allen Verhältnissen. Achter Band, Leipzig 1784, S. 115–125

Stukenbrock, Karin: Das Zeitalter der Aufklärung. Kindsmord, Fruchtabtreibung und medizinische Policey, in: Jütte, Robert: Geschichte der Abtreibung. Von der Antike bis zur Gegenwart, München 1993, S. 91–119

Toppe, Sabine: »Polizey« und Mutterschaft: Aufklärerischer Diskurs und weibliche Lebensrealitäten in der zweiten Hälfte des 18. Jahrhunderts, in: Weckel, Ulrike u.a. (Hg.): Ordnung, Politik und Geselligkeit der Geschlechter im 18. Jahrhundert, Göttingen 1998, S. 303–322

Wächtershäuser, Wilhelm: Das Verbrechen des Kindesmordes im Zeitalter der Aufklärung. Eine rechtsgeschichtliche Untersuchung der dogmatischen, prozessualen und rechtssoziologischen Aspekte, Berlin 1973

Gehörlosigkeit (Auswahl)

Arnoldi, Johann Ludwig Ferdinand: praktische Unterweisung Taub=Stumme Personen reden und schreiben zu lehren, Gießen 1777

Bollag, Fiona mit Hummel, Peter und Kuepper, Angela: Das Mädchen, das aus der Stille kam, Köln 2006

Lane, Harlan: Mit der Seele hören. Die Geschichte der Taubheit, München 1988

Sacks, Oliver: Stumme Stimmen. Reise in die Welt der Gehörlosen, Reinbek bei Hamburg 1992

Wallisfurth, Maria: Lautlose Welt. Das Leben meiner gehörlosen Eltern, München 2005

Willareth, H.: Über die Entwicklung des Taubstummen-Bildungswesens im Großherzogtum Baden, Tauberbischofsheim 1891

Palmbach und die Waldenser (Auswahl)

Baret, Guido: Disiounari dâ patouà dë la Val San Martin: Dizionaria della parlata occitanica provenzale alpina della Val Germanasca. Italiano – provenzale alpino e provenzale alpino – italiano, Pinerolo 2005

Bräunche, Ernst Otto: Palmbach – Streifzüge durch die Ortsgeschichte, Karlsruhe 2001

de Lange, Albert: Dreihundert Jahre Waldenser in Deutschland, Karlsruhe 1998

Förster, Katja: Wettersbach. Grünwettersbach und Palmbach von den Anfängen bis zur Gegenwart. Veröffentlichungen des Karlsruher Stadtarchivs, Band 34, Karlsruhe 2019

Heidelberger-Josiah, Ngozi: Glaubensflüchtlinge in Württemberg am Beispiel der Waldenser in Palmbach, in: Landesgeschichte in Forschung und Unterricht. Beiträge des Tages der Landesgeschichte in der Schule vom 26. Oktober 2016 in Bad Mergentheim, hg. für den Württembergischen Geschichts- und Altertumsverein von Gerhard Fritz und Frank Meier, Schwäbisch Gmünd 2017, S. 38–53

Kiefner, Theo: Die Waldenser auf ihrem Weg aus dem Val Cluson durch die Schweiz nach Deutschland. Bd. 5, Die Ortssippenbücher der deutschen Waldenserkolonien – Walldorf und Palmbach, Untermutschelbach, Kleinsteinbach aus La Balme, Roure und Méan im Val Pragela, Hugenottenkolonie Neukelsterbach, Stuttgart 2001

Klüber, Friedrich Adolf: Übersicht der Wanderungen und Niederlassungen französischer, savoyischer und niederländischer Religionsflüchtlinge besonders nach und in Deutschland, Karlsruhe 1854

Spengel, Wilhem, Krahl, Heinz-Theo: Wettersbacher Heimatbuch, Karlsruhe 1975
Waldenserweg Palmbach: http://www.waldenserweg.de

Karlsruhe (Auswahl)

Björnståhl, Jakob Jonas: Briefe auf seinen ausländischen Reisen an den Königlichen Bibliothekar C. C. Gjörwell in Stockholm, Leipzig und Rostock 1782, S. 116–145
Brunn, Friedrich Leopold: Briefe über Karlsruhe, Berlin, 1791, neu herausgegeben von Gerhard Römer, bearbeitet von Werner Schulz und Hans Georg Zier, Badische Bibliotheksgesellschaft e.V., Karlsruhe 1988
Bunk, Veronika: Karlsruhe – Friedenstein. Family, cosmopolitanism and political culture at the courts of Baden and Sachsen-Gotha-Altenburg (1750–1790), Stuttgart 2011
Lauts, Jan: Karoline Luise von Baden – Ein Lebensbild aus der Zeit der Aufklärung, Karlsruhe 1980
Leiber, Gottfried: Friedrich Weinbrenners städtebauliches Schaffen für Karlsruhe, Band I: Die barocke Stadtplanung und die ersten klassizistischen Entwürfe Weinbrenners, Karlsruhe 1996
Müller, Christina: Karlsruhe im 18. Jahrhundert. Zur Genese und sozialen Schichtung einer residenzstädtischen Bevölkerung, Schriftenreihe des Stadtarchivs Karlsruhe, Bd. 1, Karlsruhe 1992
Stadtarchiv Karlsruhe, Hg.: Karlsruher Frauen 1715–1945. Eine Stadtgeschichte. Veröffentlichung des Karlsruher Stadtarchivs, Band 15, Karlsruhe 1992
Stadtarchiv Karlsruhe, Hg./Bürgerverein Altstadt (durch Peter Pretsch): Das Dörfle – Altstadt Karlsruhe, Streifzüge durch die Ortsgeschichte, Katalog zur Dörfle-Ausstellung im Prinz-Max-Palais 2013, Karlsruhe 2013

Danke

Viele Menschen haben mich bei der Arbeit an diesem Buch begleitet. Ohne ihre verständnisvolle Unterstützung, ihre wertvollen Hinweise und Ratschläge wäre es mir unmöglich gewesen, die Geschichte des jungen Ignatz zu schreiben. Vor allem Kevin Ehlen, Martina Müller und Rainer Schroer von der Kölner LVR-Johann-Joseph-Gronewald-Schule, Dr. Juliane Mergenbaum von der Hörbehindertenseelsorge an St. Georg in der Kölner Südstadt, die Erlanger Ärztin und Psychiaterin Dr. Inge Richter und die Journalistin Petra Pluwatsch öffneten mir, der Hörenden und Sprechenden, die Tür zu einer Welt, die ich bis dahin kaum wahrgenommen hatte. In zahlreichen Begegnungen und Gesprächen vermittelten sie mir eine Ahnung vom Alltag und der Gefühls- und Gedankenwelt gehörloser Menschen. Ich bin ihnen unendlich dankbar, dass ich diese Erfahrung machen durfte, auch wenn ich weit davon entfernt bin, das Leben von Gehörlosen in all seinen Besonderheiten nachempfinden zu können.

Großer Dank gebührt auch Dr. Albert de Lange, durch den ich den Klang des heute fast vergessenen waldensischen Patouà ins Ohr bekam, und Roland Jourdan, der mir Palmbach zeigte und die Geschichte des Orts und der Waldenser erzählte, die auch seine Geschichte ist.

Wer ein Buch schreibt, stößt früher oder später auf scheinbar belanglose, manchmal auch kuriose, aber für den Ablauf der Geschichte wichtige Fragen. Dann heißt es, Sachliteratur wälzen, Telefonate führen, kluge und bewanderte Fachleute suchen. So erklärte mir der Andernacher Erste Kriminalhauptkommissar Walter Günther das Aussehen von im Winter vergrabenen Leichen, Karl Pfefferle vom Bienenkundemuseum Münstertal beschrieb mir die Krüge, in denen in alten Zeiten Honig auf Märkten verkauft wurde, und Hanns-Ulrich Kümmerle vom Deutschen Wetterdienst in Freiburg freute sich, als ich alles über das Phänomen der »kochenden Hasen« im Schwarzwald wissen wollte. Der Karlsruher Kunsthistoriker Dr. Jürgen Krüger machte sich dankenswerterweise für mich auf die Suche nach den ersten Kirchenglocken in der markgräflichen Residenz, und die Familienforscherin Karin Werner aus Mundingen spürte zu meiner großen Freude die Geburtsdaten des (echten) Simon Wehringer auf. Da wir nun mit besagtem jungen Mann bei den Leibgrenadieren angelangt sind, darf ich auch Oberstleutnant a. D. Dr. Karl-Heinz Lutz, zuvor Zentrum für Militärgeschichte und Sozialwissenschaften der Bundeswehr in Potsdam, und Dr. Alexander Jordan vom Wehrgeschichtlichen Museum in Rastatt nicht vergessen, von denen ich wichtige Informationen über den Alltag des badischen markgräflichen Heers erhielt. Ihnen und all denjenigen, die hier nicht aufgezählt werden konnten, danke ich sehr, dass sie sich die Zeit genommen haben, meine vielen Fragen zu beantworten. Dennoch können trotz sorgfältiger Recherche Fehler passieren. Falls dies im Buch der Fall sein sollte, liegt es nicht an den genannten Personen, sondern allein an mir.

Nicht zuletzt danke ich meinen Freunden, Bekannten und, ja, auch oftmals Unbekannten, die gar nichts davon wissen (können), für Anregungen und Ideen. Insbesondere danke ich Dr. Nicol Goudarzi für lebhaften Gedankenaustausch, meiner Schwester Helga Müller-Schwartz für ihr stets geduldiges Zuhören sowie der Cheflektorin des Emons Verlags, Dr. Christel Steinmetz, die mich immer wieder ermutigt hat weiterzuschreiben, wenn ich befürchtete, »meinem« Ignatz nicht gerecht zu werden.

PETRA REATEGUI
Moselhochzeit
HISTORISCHER KRIMINALROMAN
emons: